LA FRONTERA DE CRISTAL

CARLOS FUENTES

玻璃边界

[墨西哥] 卡洛斯·富恩特斯 ————— 著

李文敏 ————— 译

上海译文出版社

目 录

首都女人

致埃克托·阿吉拉尔·卡明

一

"坎帕萨斯[1] 完全没有任何游客会感兴趣的东西。"《蓝色向导》[2] 中这句断然的评价引得米切琳娜·拉博尔德微微一笑,笑容短暂地打破了她那俏丽脸庞上完美的对称——一位法国爱慕者曾称之为"墨西哥小面具",那种墨西哥美人特有的精致无瑕的骨骼,仿佛不会被时间所侵蚀。对死亡来说完美的脸,那个献殷勤的男人又补充道,而这一句米切琳娜就不喜欢了。

她是个品味高雅的年轻女人,这源于家庭的教育、传承和熏陶。她来自一个"老家族",即便是生在一百年前,所受的教育也不会太过不同。"世道变了,但我们不变。"仍是家庭顶梁柱的她的奶奶总是这么说。只不过,昔日在这些良好教养的背后有着更多的权势,有庄园田产、法律之外的特权和教会的祝福——还有裙撑。裙撑使身材的不足之处更易于掩饰，而现代服装则将其暴露无遗，牛仔裤凸显出肥大的臀或是瘦削的腿。"咱们的女人样子像画眉，"爷爷的话音犹在她耳边（愿他安息），"腿儿细，屁股肥。"

她想象自己穿着裙撑，感觉比穿牛仔裤更自在。知道自己被人想象着，不被察觉地偷偷交叉起双腿，甚至斗胆在裙撑之下不着一物，让那常被人津津乐道的臀部，那最隐秘的羞耻的间隙里，接纳着新鲜而自由的空气，清楚男人们只能去想象她的样子，那该多美好！她厌恶在海滩赤裸上身的潮流，视比基尼为敌，穿迷你裙也是勉为其难。

正当她想着这一切满脸绯红的时候，乘务员来到身边轻声耳语，提醒她这架格鲁门私人飞机即将降落在坎帕萨斯机场。她试图在沙漠、光秃的山丘和翻滚的尘土中分辨出一座城市，却什么也没看到。一片海市蜃楼掳走了她的目光：遥远的河流，再过去是成片的金色屋顶、林立的玻璃大厦、一个个如同硕大石头编织扣般的公路交点……然而，那是玻璃边界的另一侧。而这下面，那本旅游手册说得没错：什么都没有。

迎接她的是莱昂纳多先生，她的教父。仅仅六个月

1　文中虚构的墨西哥城市名，位于美墨边境。
2　原文为法语，指法国著名旅游手册 *Guide Bleu*。

前，在首都见面后，他向她发出邀请："来我的家乡转转吧，你会喜欢的，教女。我派我的私人飞机去接你。"

无需讳言，她喜欢她的教父。他是个五十岁的男人，比她年长二十五岁，身材健硕，留着络腮胡子，半秃顶，却有着罗马皇帝般完美、古典的轮廓，伴之以恰到好处的笑容和眼神。尤其是那双充满幻想的眼睛，好像在对她说：我已经等你很久了。

米切琳娜本来拒绝纯粹的完美，因为在她遇到过的帅气至极的男人里，没有一个不让她失望。他们自认为比她更好看，美貌赋予了他们令人无法忍受的霸道劲儿。教父莱昂纳多拥有完美的轮廓，然而他的脸盘儿、秃顶和年龄本身又消解了这种完美……可是，他的笑容却又像是在说：别把我太当真，我这人喜欢调情没个正经；然而，那眼神，却再次散发出难以抗拒的激情，对她说着，我爱上一个人会很认真，我会索取一切，因为我也会付出一切，你怎么说？

"你说什么，米切琳娜？"

"哎呀，教父，我是说，我出生的时候我们就认识了，你怎么说六个月前才刚……"

他打断她：

"这是我第三次认识你，教女。每次我都觉得像第一次。还能有多少次？"

"但愿还有很多次。"她没想到说完竟面红耳热，不过没有人会注意到，因为她刚刚在锡瓦塔内霍[1]待了十天，谁也分不清她是因为害羞而脸红还是只不过被太阳晒伤了。但她是个无论走到哪儿都能照亮整个空间的女人，她与所到之处融为一体，并把那些地方衬得更美。在公共场所，总有男人的口哨合奏曲迎接她，在坎帕萨斯的小小机场也不例外。不过，当这些流里流气的小青年看到是谁与她同行，便顿时恭恭敬敬地闭了嘴。

莱昂纳多·巴罗索先生不仅在这北方势力强大，在首都也一样。米切琳娜·拉博尔德的父亲请时任部长的莱昂纳多做他女儿的教父，目的显而易见：庇护、野心和一丁点儿的权力。

"权力！"

很好笑。六个月前在首都，她的教父亲口这样解释给他们听。墨西哥的健康在于周期性地更新它的精英阶层，敬酒不成，便罚酒。当本土贵族持续个没完没了，我们就把他们赶下去。确切地说，这个国家的社会和政治智慧在于懂得急流勇退，为不断的更新换代敞开大门。在政治层面，拒绝连任是我们了不起的减压阀。这

1　墨西哥西南部海滨城市，知名旅游度假目的地。

里不会有索摩查[1]，也不会有特鲁希略[2]。没有人是不可或缺的。执政六年就回家去。贪了很多吗？那更好。那是为让他知道及时隐退不再多说一个字儿付出的社会成本。你们想想看，要是斯大林只在位六年，把权力和平移交给托洛茨基，托洛茨基再交给加米涅夫，加米涅夫接着交给布哈林，照这么下去，如今苏联就真是世界第一强国了。在墨西哥，西班牙国王没有授予过克里奥尔人[3]稳固的头衔，共和国也没有授封过贵族……

"但从来都有差别。"拉博尔德奶奶打断他，她坐在自己的百宝箱前，"我的意思是，从来都有体面人。因为执掌权力三十多年就自诩为波菲利奥[4]时代贵族的人让我觉得可笑。三十年算什么！图斯特佩克革命[5]后，我们家人看着波菲利奥·迪亚斯的拥护者开进首都的时候，都吓坏了，这些披头散发的瓦哈卡[6]人是些什

---

1 全名安纳斯塔西奥·索摩查·加西亚（Anastasio Somoza García, 1896—1956），独裁者，曾于1937年至1947年、1950年至1956年两次任尼加拉瓜总统。
2 全名拉斐尔·莱昂尼达斯·特鲁希略·莫利纳（Rafael Leónidas Trujillo Molina, 1891—1961），独裁者，曾于1930年至1938年、1942年至1952年两次任多米尼加共和国总统。
3 欧洲白种人在殖民地移民的后裔。
4 全名何塞·德拉·克鲁兹·波菲利奥·迪亚斯·莫里（José de la Cruz Porfirio Díaz Mori, 1830—1915），独裁者，1876年至1911年间任墨西哥总统。这35年被称为黑暗的波菲利奥时代。
5 波菲利奥·迪亚斯领导的以"停止连任"为口号推翻塞瓦斯蒂安·莱尔多·德特哈达统治的政变，发生于1876年。
6 墨西哥南部的一个州。

么人？和西班牙杂货贩子与法国卖草鞋的混在一起。波菲利奥·迪亚斯！科尔库埃拉们！里曼图尔[1]们！纯粹的野心家！那时候我们体面人都是莱尔多[2]主义者……"

米切琳娜的奶奶八十四岁了，仍然是那么从容自得。她头脑清明，桀骜不驯，立身于权力集团的最外围。她的家族在革命[3]后便失势了，莎琳娜·伊卡萨·德拉博尔德女士逃遁于她那古怪的对于废旧物什、玩意儿，特别是旧杂志的收藏爱好中。凡是曾出现过的流行玩偶，无论是骑士马梅尔托、小无赖邱巴米尔托、鲨鱼船长，还是大力水手，都被她从遗忘中拯救出来，填充着棉花的布偶塞满了一整柜，她修补它们，在脏腑露出来的时候缝合它们。

明信片、电影海报、烟盒、火柴盒、饮料瓶盖、漫画杂志，莎琳娜女士用极大的热情囤积着这一切，几乎要把她的儿女逼疯，更别提她的孙子孙女了。直到一家经营纪念藏品的美国公司以大约五万美元的价格买走了她一整套《今天、明天和永远》杂志，所有人都如梦方

1 全名何塞·伊夫·里曼图尔（José Yves Limantour, 1854—1935），波菲利奥的拥护者，1893 年至 1911 年间担任墨西哥财政部长。
2 全名塞瓦斯蒂安·莱尔多·德特哈达（Sebastián Lerdo de Tejada, 1823—1889），1872 年至 1876 年间任墨西哥总统。
3 指墨西哥革命，1910 年至 1920 年间墨西哥各派系之间的长期流血斗争，以结束独裁统治、建立立宪共和国告终。

醒：在她的抽屉里，她的柜子里，这位老人保存的是一座金矿，是回忆之银，记忆之珍宝……她是怀旧的女沙皇[1]啊！她最有文化的孙子说。

莎琳娜女士望着屋外的塞纳河街，眼泪模糊了视线。如果人们也曾像她保存米老鼠玩偶一样保存这座城市……不过，关于这个不提也罢。她留在这里，见证了一座城市越是扩张越是坍缩的荒谬的死亡，仿佛墨西哥城本身就是一个可怜的生灵，出生、成长，又宿命般地死去……她重又把鼻子扎进收藏的几卷《小男孩》漫画杂志里，不指望任何人倾听或是理解她铭文般的话：

"Plus ça change, plus c'est la même chose..." [2]

她的家人在外交使团中谋得职务，以求体面地养家糊口，同时保持他们的习惯和文化，甚至幻想能够维系家族的荣耀。在巴黎，米切琳娜的父亲被委派陪同当时年轻的议员莱昂纳多·巴罗索。随着一杯杯勃艮第葡萄酒，一餐餐大维富[3]盛宴，一次次卢瓦尔河谷城堡群游览，莱昂纳多对这位来自旧家族的外交官的感激之情与日俱增，甚至延及他的妻子，紧接着是他刚出生的女儿。他未经请求，便主动提出：

---

1 此处为双关语，女名莎琳娜（Zarina）在西班牙语中有女沙皇、沙皇皇后的意思。
2 法语，意为"万变不离其宗"。
3 巴黎著名美食餐厅。

"让我来做这个小丫头的教父吧。"

米切琳娜·拉博尔德·埃伊卡萨，便是那个首都女人。因为频繁地出现在报纸彩页中，诸位都认得她。一张经典的克里奥尔人面孔，白皙的皮肤透着地中海的暗影，橄榄和精糖调和的色泽。在云雾般的眼睑和一抹极淡的黑眼圈风暴保护下，修长乌黑的双目呈现出完美的对称；同样对称的还有直挺的鼻子，纹丝不动，只有鼻翼不安分也引人不安地微微翕动，仿佛一个吸血鬼正试图从这光彩照人的身体里紧锁的暗夜中挣脱。还有那对颧骨，在肌肤之下看起来易碎得像鹌鹑蛋壳，却超越肌肤的岁月，伴着笑靥打开来，形成完美的颅骨。最后是她那乌黑的披肩长发，飘逸、光亮，香皂的气味多于发蜡，令人战栗地昭示着她身上其他隐秘的毛发，致命而无可抗拒。下巴中央的美人沟，就像个凹陷的单引号，作为皮肤的分界，把每一样东西都左右分开。

当莱昂纳多见到出落成熟的她，这一切浮现在脑海，他马上对自己说："我要她做我的儿媳。"

二

这位首都女人见多识广、漂亮、优雅，不动声色地观看着坎帕萨斯城的面貌。它尘土飞扬的中央广场和一座简朴却骄傲的小教堂，墙垣破败，而大门精工细雕、巍然矗立，宣告着巴洛克一直到达了这里，这沙漠的尽头，也只到这里。到处是乞丐和流浪狗。魔法般丰盛美好的市场里，大喇叭吆喝着减价货，吟唱着波莱罗舞曲。这是个冷饮的帝国，还有哪个国家能消费更多碳酸饮料？扁圆形热带黑香烟散发着浓烈的烟雾。空气里飘着糖衣花生的气味。

"看到你教母的样子可不要吃惊，"莱昂纳多先生对她说着，似乎是为了把她的注意力从丑陋的街景上移开，"她决定了做个拉皮手术，你知道的。还去了巴西，找那个著名的皮唐古伊[1]做的。回来的时候，我都没认出她来。"

"我记不太清她的样子了。"米切琳娜笑着说。

"我差点把她还回去。这个不是我老婆，我爱上的可不是这个……"

"我没法对比。"米切琳娜说，语气里不经意流露出一丝妒意。

他笑了，而米切琳娜重又想起过去的时尚，想到掩饰身体的裙撑和遮脸的面纱，它使面孔变得神秘甚至是诱人。过去的光线是昏暗的。蜡烛和面纱……她的家族

---

1 全名伊沃·皮唐古伊（Ivo Pitanguy，1926—2016），巴西籍国际著名外科整形医生。

历史上有过太多修女，很少有什么比自愿的闭关修行更能激发米切琳娜的想象力，一旦深居其中，在庇护之下，想象力就完全释放，喜欢谁，想要谁，向谁祈祷，忏悔些什么……十二岁的时候，她渴望幽居在一座古老的殖民时期修道院里，不停地祈祷，鞭笞自己，用冷水冲洗，然后再祈祷……

"我想永远做个小女孩儿。圣母，庇佑我，不要把我变成女人……"

司机在一排巨大的铸铁围栏前鸣笛，就像她曾在关于好莱坞的电影中看到过的影视城入口一样。没错，教父对她说，这里管我们这个街区叫迪士尼乐园，北方这儿的人很爱取笑人，可我们总得有地方住啊，教女，这年头得加强防护，没辙，必须守卫自己和属于自己的东西。

"我多想敞着门生活啊，像我们北方从前那样，可现在就连美国佬也需要武装护卫和警犬，有钱是种罪过啊。"

从前……米切琳娜的视线从墨西哥殖民时期的修道院和法国城堡的回忆中飘回到眼前真实的景象。这片高墙环绕的别墅群，半似城堡，半似陵园：有带希腊柱头的宅第、饰有葡萄藤叶的柱子和秀顽的神像；有带着喷泉和石膏尖塔的阿拉伯清真寺；还有电影《乱世佳

人》里塔拉庄园的复制品，连同它那新古典主义风格的
檐廊。没有一片瓦，一块土坯，只有大理石、水泥、
石头、石膏还有铁栅栏，铁栅栏后面还有铁栅栏，里
面还有铁栅栏，前面还是铁栅栏，一座栅栏围成的迷
宫。敞开的车库门发出依稀可闻的嗡鸣，保时捷、奔
驰和宝马汽车有如一群乳齿象栖息在洞穴般的车位
上，地上的一摊摊汽油就像它们无意中撒的尿，散发
着臭气。

　　巴罗索的住宅是都铎-诺曼底式的，双坡屋顶上铺
着蓝色板瓦，外墙面是明显的石砌风格，到处是彩色镶
铅玻璃。就差在花园里修个埃文河[1]岸，在衣箱里放上
安妮·博林[2]的头像。

　　奔驰车停了下来，司机跑下车，像个灵活的骰子，
身穿海蓝色衣服，长着一张浣熊似的脸，一边赶去为雇
主和他的教女开车门，一边还来得及系好衣服扣子。米
切琳娜和教父下了车，他伸出手，领着她往门口走去。
门开了，卢西拉·巴罗索女士冲着米切琳娜微笑——莱
昂纳多先生言过其实了，夫人看起来比他还要老——她
拥抱了米切琳娜。站在她身后的便是那个小伙子，小马

1　英格兰河流，又译艾芬河、雅芳河。
2　安妮·博林（Anne Boleyn, 1501—1536），英格兰王后，亨利八世第二任妻
子，伊丽莎白一世生母，因通奸叛国等罪名被斩首，头与身体被放入一个柜子
埋葬。

里亚诺，家族的继承人。他从不旅行，也很少出门，她从未见过他，现在是时候认识他了。一个深居简出的小伙子，非常严肃，非常规矩，酷爱阅读，喜欢躲在庄园里日夜读书，是时候让他出门走走了，他已经年满二十一岁了。当晚，首都女人和外省小伙，教女和儿子，可以去边境那头的美国跳舞，在离这里半小时路程的地方，跳舞、彼此了解、情投意合，为什么不呢？自然会的……

三

　　小马里亚诺一个人回来了，喝醉了酒，哭着。卢西拉女士听到他在楼梯上磕绊的声音，想到了不可能发生的事，小偷，莱昂纳多，进来个小偷。这不可能，有保安，还有铁栅栏。莱昂纳多穿着睡袍跑下来，看到他的儿子倒在楼梯拐角处，呕吐着。他扶他站起来，抚慰他，父亲感到喉咙哽咽，儿子的呕吐物弄脏了他漂亮的利伯提印花睡袍。他扶着他回到昏暗的卧室，这里没有灯，正如这个少年一直以来所要求的那样。父亲总是逗他：你大概是只猫吧；你能在黑暗中看见东西；你会瞎的；你怎么做到在暗处看书的？

　　"怎么了，儿子？"

"没事，爸爸，没事。"

"她对你做了什么？快告诉我她对你做了什么，儿子。"

"没什么，爸爸。我发誓。她什么也没做。"

"她对你不友好吗？"

"非常友好，爸爸。太友好了。她什么也没做，是我自己。"

是他的问题，他很羞愧。在车里，她试着非常友好地与他谈论书和旅行。至少，车里是昏暗的，司机很安静。迪厅里却不是，噪音让人难以忍受，灯光尖锐刺眼，太可怕了，就像白色的刀子，一直追逐他，好像在寻找他，只找他一个人。而她，连阴影都尊重她，想要她，用爱包裹着她。她在阴影的包裹下走动、跳舞，美极了，爸爸，她真是个迷人的姑娘。

"也就刚刚配得上你，儿子。"

"你该看看他们有多崇拜她，多羡慕我，爸爸。"

"那感觉很好，对不对，马里亚诺？别人羡慕自己女人的感觉棒极了，怎么了？怎么了？她对你不好吗？"

"没有，她非常有教养，要我说，太有教养了，一切都做得好。看得出来是首都人，见多识广，拥有最好的东西。为什么迪厅里的灯光不追着她？为什么要追着我？"

"她允许你了，不是吗？"

"没有，我出来了，叫了辆美国出租车，把司机和奔驰车留给她了……"

"我是问你她有没有让你……"

"没有，我买了一瓶杰克丹尼威士忌，一口气都喝了下去，感觉难受得要死了，打了个美国出租车，我跟你说，我穿过边境回来了，我都不知道我在说什么……"

"她羞辱你了，是不是？"

他告诉父亲不是，也或许是，米切琳娜的礼貌，她的礼貌羞辱了他，她的同情冒犯了他，米切琳娜就像一个穿着伊夫圣罗兰牌法衣的修女，只不过随身携带的不是圣像，而是配着镀金链子的香奈儿手包，她在阴影里跳舞，她同阴影跳舞，而不是同他，她把他交到那闪烁的光刀下，煞白，冰冷，在那里所有人都能更清楚地看到他，嘲笑他，厌恶他，要求把他赶走，他毁了聚会，怎么会让他进来的，他是个魔鬼。而他只想和她一起待在阴影里，躲在一直保护着他的个人世界里。我发誓，爸爸，我没想对她提过分的要求，我只要她自己本来就已经在给我的东西，一点点怜悯，在她的怀抱里，用一个吻，给我一个吻对她来说算得了什么呢？你会吻我，爸爸，你就不会被我吓跑吗？

莱昂纳多先生抚摸着儿子的头，他羡慕他黄褐色的头发，而他早早地就谢了顶。他亲吻了他的额头，帮他舒舒服服地在床上躺下，就像小时候那样为他裹紧被子，他没有为他做睡前祷告，因为他不相信这些，但是差点儿就要哼首歌哄他入睡。他觉得给他唱首摇篮曲实在荒唐。事实上，他也只记得一些波莱罗舞曲，而那些歌唱的都是被羞辱的男人和虚伪的女人。

"你上了她，儿子，对不对？"

四

米切琳娜的欢迎聚会办得非常成功，特别是因为卢西拉女士要求家里的男士——也就是莱昂纳多先生和小马里亚诺——暂时消失。

"你们到庄园去吧，晚点儿回来。我们想来一场纯粹闺蜜的聚会，舒舒服服的，好好说说闲话。"

莱昂纳多拿出了十足的耐心，他知道米切琳娜不会忍受得了这帮老女人每次聚到一起说的那些蠢话。小马里亚诺的情况不适宜出行，但他没有告诉卢西拉。反正这个孩子也从不引人注意，他是那么悄无声息，像个影子……莱昂纳多先生独自到边境那头和几个美国人吃了个饭。下午六点就吃晚饭，什么野蛮习惯！[1] 结果当他回来的时候，聚会正进行到高潮，他只将手指放到嘴唇上示意年轻的印第安侍者不要声张。反正他是个不会说西班牙语的帕瓜切[2]人，正因为这个，卢西拉女士总是雇他来，这样一来女士们就可以肆无忌惮地畅所欲言了。除此之外，这个印第安年轻人苗条、俊美，宛如一尊沙漠之神，不是白色大理石的，更像是乌檀木的，当女士们酒劲儿上来的时候，会集体脱光他的衣服，让他赤身裸体头顶托盘走来走去。这群闺蜜棒极了，在一起百无禁忌。难不成首都女人们以为就因为她们是北方人，就毫无疑问是些土包子吗？做梦去吧，边境离这里不过一步之遥，只需半小时就能置身于尼曼百货、萨克斯百货或是卡地亚专卖店，那么首都女人，那些注定只能穿佩里苏尔[3]的奇兰嘎[4]有什么好得意的？但是小心点儿，卢西拉女士把食指靠向嘴唇，莱昂纳多的教女正往里走呢，听说她穿着打扮讲究得很，见多识广，就像人家说的，很 *chic*[5]，你们表现得自然点儿就行，但是别

---

1 墨西哥晚饭时间通常在八点以后。
2 墨西哥的一个印第安民族。
3 墨西哥本土百货商场。
4 墨西哥其他地方的人对墨西哥城人的称呼，最早有明显的贬义，后逐渐成为一种诙谐的称呼。西班牙语有阴阳性，故男性称为奇兰哥（chilango），女性称为奇兰嘎（chilanga）。
5 源自法语，形容时尚、雅致。

冒犯她。

　　她是这里唯一一个没有做过面部整容的，笑容可掬地在二十个富婆中间坐下来。她们身上喷着浓浓的香水，穿着边境那头置办来的盛装，珠光宝气，几乎所有人的头发都染成红褐色，有的戴着威尼斯梦幻风眼镜，有的正眼泪汪汪地试戴美瞳。不过大家都很随意，要是这位首都女人想跟她们打成一片，没问题，但如果发现她是个拘谨的人，她们压根儿不会搭理她……这就是闺蜜们的茶话会，在这里会喝一种甜酒，因为酒劲儿上来得更快也更有味儿，仿佛生活是个无止境的餐后甜点（desert？ dessert？ [1] 甜点？沙漠？啊，我都糊涂了，亲爱的卢西拉，我才刚喝了第一小杯"修女"啊……）。甜茴香酒加上冰块就是一杯"修女"，一种云絮状上头很快的饮品，就像是把天空喝下去，姑娘们，就像喝云喝醉了一样。她们唱起歌来，你和云让我如痴如狂，你和云使我神魂颠倒……

　　大家笑起来，又喝了很多"修女"。有人对米切琳娜说话，让她活跃一点儿，别像个修女一样坐在客厅中间的淡紫色锦缎垫子上，那么对称。怎么，你的教女就没有一点瑕疵吗，卢西拉？喂，她只是我丈夫的教女，

---

1 原文为法语，desert 意为"沙漠"，dessert 意为"餐后甜点"，词形和发音相似，容易混淆。

不是我的，不管怎么说，多完美啊！两只眼睛一模一样，小鼻子直挺，下巴上长着美人沟，嘴唇那么……有几个人羞赧地笑了，红着脸看卢西拉，而卢西拉毫不在意，她早已生出坚硬的外壳，别人的评价就像水一样从表面滑落。她若无其事地在那儿庆祝着男人的缺席，不过，那个印第安小子除外，他不算，我丈夫的教女很优雅，不过人很好，你们别弄得她不自在，让她做她自己，我们也做我们自己，我们都是从修道院里出来的，别忘了，我们都上过修女学校，我们都在某一天释放了自己，所以你们别弄得米切琳娜不好意思。可是我们明明又回到修道院里来了呀，卢西拉，一位戴着镶钻眼镜的女士说，我们孤孤单单，没有男人，但是脑子里想的全是男人！

这句话开启了你一言我一语无休止的关于男人的讨论，他们的卑鄙，他们的吝啬，他们的冷漠，他们借口工作繁忙逃避责任的本事，他们对肉体疼痛的恐惧，我倒想看看哪怕一个这样的混蛋生上一次孩子，还有他们性技巧的贫乏，总之，她们怎么可能不找情人呢？喂，喂，你知道些什么，罗莎巴？别装傻，我只知道你们告诉我的，我呢，如你们所见，像圣女一样纯洁。大家又唱了会儿歌，再接着嘲笑男人们。"安布罗休疯了，他逼着侍女用香水，刮腋毛，你能相信吗？那个可怜的小婊子觉得自己是体面人了”；“因为我们在纽约有一个共同账户，他就装出一副很大方的样子，但是我已经调查到他在瑞士的秘密账户了，账号什么的都弄清楚了，我勾引了律师，等着瞧尼古拉斯这个守财奴能不能赢过我”；“他们都以为等他们死了，钞票才能到我们手上，我们得弄清楚银行账户，掌握信用卡，以防有一天被他们抛弃”；“在我第一任丈夫发现之前，我一次性从他的万能卡上取走了十万美元”；“我们得一起看色情片，因为不然的话，压根儿不会发生我跟你说的那些……”；“什么总统先生给我打电话了，什么总统先生跟我说了，托付我一个秘密，奖赏我一个拥抱，‘行了，你们结婚吧’，我跟他说”。不过，她们没敢在米切琳娜面前剥光那个帕瓜切人，米切琳娜善意地陪着她们一起笑，摆弄着她的珍珠项链，有风度地附和着她们的玩笑，保持着完美的姿态，不远也不太近，她害怕一切会结束于集体拥抱、发泄、汗水、哭泣、悔恨、颤抖和压抑的欲望，以及可怕的承认：坎帕萨斯完全没有任何让人感兴趣的东西，对任何人来说都没有，不管是外地人，本地人，奇兰哥还是北方人……啊，真想立刻马上坐上格鲁门飞机离开这里，飞到韦尔[1]去。为什么

1 美国科罗拉多州伊格尔县的一座城市。

呢？难道就为了见到更多不满足的墨西加[1]人，惊恐万状，因为觉得全世界的钱都全然没什么鬼用，因为总有更多更多高不可攀的东西，做英国女王，做文莱的苏丹，成为金·贝辛格那样的性感女郎，或是像汤姆·克鲁斯那样拥有一个性感女郎。她们突然爆发出一阵大笑，模仿着滑雪者的动作，但她们并不是在科罗拉多的山峰上，而是在墨西哥北部的沙漠里。夕阳西下，余晖骤然间布满苍穹，扫过这座都铎-诺曼底式宅邸的镶铅玻璃窗，照亮了二十个女人的脸庞，为她们染上魔鬼般的红色，刺得她们戴了美瞳的眼睛一阵目眩，迫使她们不得不观看这每日上演的奇观：太阳在烈火中逐渐消失，在把它所有的珍宝带到地下世界之前，最后一次在光秃的山峦和砾石丛生的平原中间展示它们，只留下仙人掌，如同黑夜的王冠。它带走了一切，生命、美、野心、嫉妒、财富，太阳还会再次升起吗？

所有人的目光都朝向日落，除了两个人。

莱昂纳多·巴罗索在胭红的帘子后面看着这一切。

米切琳娜·拉博尔德·埃伊卡萨望向他，直到他也望向她。

两束目光恰好在这一瞬间交汇，在这个没有人在意

1　又译墨西卡人，是墨西哥谷的原住民族群，阿兹特克帝国的建立者。

首都女人正看向哪里，也没有人去想莱昂纳多是否已经回来的瞬间。那二十个女人沉默地望着日落，就像在哭泣着参加她们自己的葬礼。

这时候，乐队演奏着北方的坦波拉曲进来了，屋子里挤满了头戴斯泰森帽身穿粗呢上衣的男人，意境被打破了，大家兴高采烈地呼嚷起来，全未留意到米切琳娜请辞离开。她朝帘子走去，在它沉重的褶皱间，碰到了她的教父炙热的手。

五

只有卢西拉一个人听到了那辆林肯敞篷车是带着怎样急切的轰响和怎样尖锐的车轮摩擦声从车库中发动的，但她没太在意，因为无论它怎么跑，也追不上红色的地平线。巴罗索夫人觉得这是个美好而诗意的想法，"我们永远无法到达地平线"，但她不知道该怎么说给她的闺蜜们听，况且她们已经醉得不省人事了。也许发动机的响动只是她想象出来的，不过是吉他声在她神经质的头脑中发出的回响。

莱昂纳多没有喝醉。他的地平线是有尽头的，那就是同美国的边境。夜晚蓦然降临，凉风使他更加清醒，思绪更清明，目光更澄澈。他只用一只手驾车，另外一只紧握着米切琳娜的手。他告诉她，说这些他很难为情，但她应该明白她将能够拥有任何想要的东西，他不想夸耀，但是所有的钱，所有的权势都会是她的，此刻眼前只有荒凉的沙漠，但她的生活可以像边境另一侧的梦幻都市那样，金色塔楼，玻璃宫殿……

好，她对他说，我知道，我接受。

莱昂纳多从笔直的沙漠公路上驶了出去，猛地刹住了车。远处，教堂石建成的坟墓注视着他们，此刻在黄昏的描绘中单薄如同纸做的剪影。

他望向她，仿佛他也能在黑暗中看见似的。女孩儿的眼睛足够闪亮。至少在这点上他的儿子马里亚诺和她会有共同之处，穿透黑暗，在黑夜里视物的天赋。也许，若不是因为昏暗，他不会那么清晰地在教女的眼中看到他所认出的东西。确实，白日的光太刺眼，只有在夜晚，才能看清这个女人的灵魂。

好，她说，我知道也接受。

莱昂纳多用浑身的力气握紧停着的林肯汽车的方向盘，就像紧紧抓住他灵魂最深处的礁石。钱是他，权势是他。而她想要的爱，他意识到，是他的。

"不，我不行。"

"你，"米切琳娜说，"我想要的是你。"

她用她那完美的嘴唇吻了他，他在自己剃光而此刻又重新长出胡须来的下颌上感受到了米切琳娜下巴中间那深深的凹陷。他沦陷在教女张开的嘴里，仿佛所有的光无非源自这根舌头、这些牙齿和这些唾液中。他闭上眼睛亲吻她，看到了全世界的光。但他没有松开方向盘。他的手指会说话，叫喊着想要亲近米切琳娜的身体，在纽扣中间拨弄，找到她的乳头，抚摸着使它们站立起来，那是这无瑕美人身上的又一组对称。

他绵长地亲吻她，用舌头探索着她的上颚，形状完美，没有裂缝，就在这时，上帝和魔鬼再一次结成了同盟：他感觉像是在亲吻自己的儿子；父亲的舌头受伤了，血从像珊瑚礁一样破损的上颚锋利的裂缝中流了出来；残忍地取代米切琳娜的嘴唇那柔软触感的，是自己儿子嘴唇那肥硕、发炎、红肿、受伤、黏黏糊糊、淌满厚厚口水的肉感。

这是昨晚他的儿子上她的时候她所感觉到的吗（尽管儿子不肯承认）？为什么现在她说想要他，这个父亲，既然她到这里来明明是为了引诱他那个没本事引诱任何人的儿子？她来这儿不是为了完成家族的约定吗，为了得到有权有势的政客莱昂纳多·巴罗索为感谢在巴黎度过的美好的几日，那些红酒、美食和游玩，而给予没落的拉博尔德·埃伊卡萨家族的无限保护？就为了这些值得去生活、工作、变成有钱人吗？巴黎曾是报偿，而现在，巴黎成了她，她是世界、欧洲和精致品味的化身，而他正在向她献上其优雅和美貌的补充物——钱，没有钱，她很快就不再优雅美丽，只不过是个边缘化的贵族，就像她埋头收藏古董的年迈的奶奶……

他邀请她完成这个约定。他做了她的教父来荣耀她的家族，现在他献出自己的儿子与她缔结婚姻，最后的点睛之笔。

"但是我在首都已经有个男朋友了。"

莱昂纳多紧紧凝视着沙漠，直到目光失落在其中。

"现在没了。"

"我没骗你，教父。"

"什么都可以买。那个没用的东西对钞票比对你更感兴趣。"

"你这么做是为了我，对吗？你也喜欢我，不是吗？"

"你不明白，你什么都不明白。"

他的脑海中掠过那条无形的边境线和他的承诺。在另一边的豪华酒店里，人们都认识他，无需出示身份证和行李箱就可以租给他最豪华的套间，一晚上或几个小时，在他走出电梯之前就会把水果篮和冰好的香槟送到房间。一个客厅，一间卧室，一间浴室。两个人一起沐浴，为对方涂抹香皂，相互抚摸……

莱昂纳多点燃发动机，掉转林肯汽车，朝坎帕萨斯开回去。

六

奶奶莎琳娜女士赞同孙女儿的意见，米切琳娜将穿旧式礼服结婚，服装自然是来自老人已经收集了几代的正宗礼服，姑娘有的是选择。

裙撑，她说，我一直梦想穿裙撑，好让所有人猜测我，想象我，却不清楚新娘究竟是什么样子。那么，奶奶高兴地说，你还需要一幅面纱。

一天晚上，她穿上新娘装、裙撑和面纱，最后一次独自躺下入睡。她梦见自己在一个修道院里，在院落、连拱廊、礼拜堂和过道中间散步，其他在幽禁中的修女，像动物一样趴在禁闭室的栏杆上，对她喊着下流的话，因为她要结婚了，因为她选择了一个男人的爱而不是和耶稣的神婚。她们辱骂她，因为她背叛了她的誓约，因为她离开了她的教团、她的阶层。

于是米切琳娜试图从梦中逃离，梦的空间正是那个修道院，然而所有的修女都在祭坛前聚集，挡住了她的去路。黑人侍女们撕扯着姐妹们的法衣，褪到腰部，修女们叫嚷着要求对她们施以鞭笞，以此来压制肉体的魔鬼，为米切琳娜修女做出榜样；还有几个不知羞耻地把经血弄到地板上，然后去舔自己的血，在冰冷的石头上划着十字；另外的人在那些被刺伤、疮口溃烂的耶稣卧像旁躺下。到这里，身在墨西哥城的米切琳娜的梦，与身在坎帕萨斯昏暗无光的卧室里的马里亚诺的梦交汇了。男孩儿也梦到了一尊墨西哥教堂里面的痛苦的耶稣像，比他的母亲圣母们更加痛苦，圣子倚在一副玻璃棺材里，被布满灰尘的鲜花围绕，他自己也一点点化为灰尘，消失在返回灵魂的旅程中，只留下作为证物的几个钉子，一支长矛，一顶荆棘王冠，一块蘸了醋的破布……真想把这短暂躯壳的种种不幸抛却啊！

耶稣是多么孤独，而他又是多么羡慕他。如果人们连悲苦的、被嘲弄的、受伤的耶稣都可以放过，为什么就不能放过他？他只不过想生活在父母的庄园里，整日读书，除了那些淳朴而对大自然的戏弄无动于衷的印第安人以外，不需要任何陪伴。有人称他们为帕瓜切人，还有人叫他们"被抹去的印第安人"，同他一样，隐形的印第安人，存在于沙漠这个模仿和变形的巨大画布上的拟态生物。他在沙漠中的庄园里，比他的家庭在迪士尼乐园里更封闭、更孤立吗？他们同坎帕萨斯，同这个国家没有任何联系，无视他们的高墙外发生的一切，消费着纯进口的东西，看着光缆电视，难道不是和他一样闭塞吗？为什么他们否定他的孤独，他的与世隔绝，既然他们的孤独和与世隔绝更甚？至少，他读那么多的书，里面有那么美好的东西，如他想象中一样完美的世界，无限新奇的过去，已经猜测到也享受过了的未来。

他梦见一只野兔。

野兔是一种四足野生动物，长耳朵，短尾巴。

它的毛发泛红，幼崽生下来就长着毛。

它的腿比家兔的长，跑得特别快，因为它很胆小。

它不像其他兔子那样刨洞做窝，而是在地面上找一个固定、温暖、不被打扰、自在的地方伏下来。它是哺乳动物，诞生于乳汁，又渴望乳汁，喜欢在黑暗中喂奶、吃奶，在它们的窝里，没有突如其来的惊吓，也没有人观察它们享受……

世上没有一个女人能够忍受马里亚诺的愿望，他只想在现实中最终能生活在那个他意志里一直渴望、内心里一直生活着的地方——一个庄园农舍里。有少量的钱，很多书，还有一些和他一样安静的"被抹去的印第安人"。只身一人，因为世上没有一个女人能为他遮蔽卧室以外的整个空间，而只有在卧室里，他的存在才与空间合一。米切琳娜会是那个女人吗？她会尊重他的孤独吗？她会使他从野心、财产继承、社会责任，以及在人前抛头露面的需要中永远地解脱出来吗？

他的嘴里住着一只瞎了眼、浑身毛发、敏捷而贪婪的野兔,永久地伏在他的舌头上,这不是他的错。

七

婚礼当天,米切琳娜穿着她华美的带裙撑的旧式礼服,白色缎面平底鞋,戴着一袭完全遮住了五官的厚厚的白纱,头顶束着柑橘花环,走进那座都铎-诺曼底式宅邸的大厅。她挽着父亲——已退休的大使艾米尼奥·拉博尔德先生——的手臂。她的母亲身体不适,没能到北方来(爱嚼舌头的人说她不同意这桩婚事,但也没办法阻止)。她的奶奶尽管年事已高,倒是很乐意走这一趟。

"什么样想得出来的杂交我都见过了,再来一个,哪怕是母老虎和大猩猩,也吓不到我,更别提是鸽子和兔子了。"

由于宿疾发作,她最终没能成行,然而裙撑和面纱以某种方式体现了她的存在。卢西拉女士去休斯敦待了整整一个月,为自己置办行头,就好像新娘是她本人。婚礼这天,她看上去活像是蛋糕店打造的,简直就是婚礼蛋糕的化身:三角形活脱一座奶油金字塔,头上顶着樱桃帽子,头发像美味的糖浆,脸仿佛一块会笑的大蛋白脆饼，胸脯好似一抹香缇奶油，而礼服裙像裹尸布般包在身上，颜色有如黑莓果酱浇在了杏仁糕饼面团儿上。

然而，她却没有让儿子挽她的胳膊，是莱昂纳多·巴罗索本人展开怀抱揽住马里亚诺的肩膀。这个年轻人衣着简单，一件米色长风衣，搭配蓝色衬衫和绳扣领带。莱昂纳多的妻子没有把重心放在儿子身上，而是在宴会上，在她的一众朋友、熟人，还有那些出于好奇来参加这个最有权势者之一的儿子婚礼的人身上。拥有土地、海关、城区、财富和权力，使一个人可以控制着这个虚幻的、玻璃的、布满孔隙的边境，这里每年流动着数百万人、思想、商品、任何东西（小声说，走私、毒品、假钞……）。作为北部边境的沙皇，有谁和莱昂纳多·巴罗索先生没有瓜葛，不倚仗他，或者不渴望能为他工作？多不争气的儿子啊！这人生中有得必有失。他的儿子使他显得更有人性。不过那个首都女人明显是把自己卖了，别跟我说不是。人性可以买，恩里克先生。或者说，买卖也可以"人性化"，劳尔先生。

尽管那些年已经对天主教会做出了所有可能的让步，莱昂纳多先生仍然保持着他自由的雅各宾主义，墨西哥改革与革命的古老传统。

"我是自由派，但我尊重宗教。"

让卢西拉女士深恶痛绝的是，他的卧室里没有供奉耶稣圣心像，而是挂了一幅毕加索《格尔尼卡》的复制品。"瞎涂乱抹难看死了！就连小孩儿都比这画得好。"幸运的是，现如今，这对夫妇分睡在不同的卧室，可以各自在床头供奉自己的圣像：毕加索和耶稣，由牺牲、死亡和救赎联系在一起。莱昂纳多先生从不踏入教堂半步，毫无疑问，婚礼主要以世俗方式在家里举办。然而，新娘的盛装为仪式笼罩上一层神秘的庄严，不只是教会仪式的，更是神圣的。

"她会不会是女巫？"

"不，伙计，是那种傲慢的奇兰嘎，来向我们外省人显摆的。"

"这是最新的时尚吗？"

"老掉牙的时尚，老姐妹，老掉牙的。"

"不让看脸吗？"

"据说漂亮极了。"

嘈杂的声音平息下来。主婚人说了那些惯常的话，并诵读了一篇精简版的梅尔乔·奥坎波书简。责任、权利、相互扶持。分享一切，健康与疾病、快乐和痛苦、床榻、时间、岁月、身体、目光。证婚人签字，新人签字。莱昂纳多先生掀起米切琳娜的面纱，将马里亚诺的脸凑近他未婚妻的脸。米切琳娜没能控制住嫌恶的表情。于是，莱昂纳多吻了他们两个人。首先，他用双手托住儿子的脸，把自己的嘴唇——那双米切琳娜无比欣赏的、爱调情没正经的嘴唇——凑近儿子马里亚诺的嘴唇，亲吻了他，用米切琳娜在他眼里看到的那种热情：我爱上一个人会很认真，我会索取一切，因为我也会付出一切……

嘴唇分开了，莱昂纳多先生摸了摸儿子的头。他吻了那双可怕的嘴唇，小诺尔玛，当时卢西拉女士脸色煞白，恨不能去死，随后却又夸耀起他的大胆与个性——不愧是莱昂纳多·巴罗索！——口中带着儿子的唾液，他再一次掀起新娘落下的面纱——真是个尤物！罗莎巴，你说得没错！——给了她一个长久而可怕的吻，姑娘，说实在话，那完全不是一个公公（或者教父）的吻啊。

这是个什么样的上午啊，我跟你们说，什么样的上午！我们无论如何也不能错过！这次婚礼之后，坎帕萨斯再也不是从前的样子了！

八

这一次，林肯汽车关着篷盖，飞快地穿过暮色中冰冷而阒静的沙漠，轮胎和发动机的噪声响彻四野，吓得野兔跳跃着远远逃开笔直的公路。汽车沿着这条连续伸向边境的线，去冲破那虚幻的透明分界，墨西哥和美国之间的那层玻璃薄膜，继续沿着北方的超级公路驶向那梦幻都市，那沙漠中的诱惑，明亮、耀眼，到处是尼曼、萨克斯、卡地亚，还有万豪酒店，在那里，豪华套间在等待着这对新人，香槟，果篮，客厅，宽敞的衣柜，有超大号双人床的卧室，很多可以欣赏米切琳娜的镜子，一个玫瑰色的大理石浴缸，在这里可以与她共浴，为她抹上香皂，抚摸她，让她害羞，她的臀比看上去的还要丰满，腿还要细，像画眉鸟的样子……啊，眼睛如风暴般的女人，纹丝不动的小鼻梁和紧张不安的鼻翼，夜就从这里溜走，分开的潮湿的双唇，我的舌头可以迷失其间而不会遇到珊瑚礁，也不会有钟乳石，更没有残破的哥特穹顶，只有你分开的小下巴蹭的痒，我的美人，它宣告着你其他成对儿的地方，而我此刻正缓缓抚摸着它们，好让我们之间没有丝毫消磨，让一切在期待、惊喜和想要更多、更多的欲望中持续，是的，教父，再给我更多，现在没什么能把我们分开了，教父，你对我说过，还记得吗？每次你看到我，我都希望像第一次，啊，莱昂纳多，我爱上了你的眼睛，因为它们对我诉说着太多……

"我会索取一切，因为我也会付出一切，你怎么说，我的奇兰嘎？"

"没错，教父，正是这个……"

路易斯·米格尔的歌声从虚掩的窗户飘进来，"我想你，很想你，不知你是否也一样……"莱昂纳多和米切琳娜怎么会知道，这音乐来自被抹去的印第安人——帕瓜切人——的一个农庄，在那里，马里亚诺读书，听音乐，在凌晨四点钟心醉神迷地猜想着鸟儿的歌声。那天清晨，一架飞机掠过天空，鸟儿永远地闭上了歌喉。她已经不在了……

羞耻

致胡利奥·奥尔特加

一

胡安·萨莫拉让我在背后讲这个故事。也就是说，他将一直背对读者。他说他感到羞耻，或者用他的话来说："我很痛苦。""痛苦"作为"羞耻"的同义词，是墨西哥语言中独有的特色，就像用"上了年纪"来代替"老"，以免冒犯别人，或者是用"不大好"来淡化一个致命的疾病。羞耻使人痛苦，而痛苦，有时也令人感到羞耻。

所以，在我的整个叙述过程中，胡安·萨莫拉都不会对诸位转过脸来。你们将只能看到他的后颈，他的脊背。我不说"他的屁股"，因为我们都知道这在墨西哥意味着什么。"亮出屁股"，那是最为怯懦、投降和卑贱的低劣行为。这不是胡安·萨莫拉的情况。他身穿一件长长的 XXL 超大号大学套头衫，正面印着学校的徽章，袖子很容易撸上去，衣身一直垂到紧裹着牛仔裤的大腿上。不，胡安·萨莫拉坚持要我告诉你们，他不会那样做。他只不过想强调他的羞耻，也即他的痛苦。他不怪罪任何人。诚然，世界触碰了他，而他也撞上了一个世界。

但归根结底，发生的一切都从他身上碾过，也在他心里发生。这才是意义所在。

这个故事发生在墨西哥石油繁荣时期，七十年代末，八十年代初。打一开始，这就解释了胡安·萨莫拉口中痛苦和羞耻的部分原因。羞耻因为我们像新富那样庆祝繁荣，痛苦因为财富被滥用；羞耻因为总统称我们眼下的问题是如何管理财富，痛苦因为贫困潦倒的人依然如故；羞耻因为我们变得浮浅、挥霍，被粗鄙的任性和可笑的自大所奴役，痛苦因为我们连羞耻都没能管理好；痛苦和羞耻，因为我们不是做富人的料，适合我们的只有贫穷、尊严和努力……墨西哥向来不乏腐败、专断和权倾一时的人，但倘若他们至少是严肃的，那么一切都会被原谅。（难道有严肃的腐败和浮浅的腐败之分吗？）浮浅是无法容忍的，不可饶恕的，是对所有倒霉蛋的讥笑。那些年我们富极一时，没过多久一觉醒来便破了产，落魄街头，痛到笑，又笑到哭，我们的痛苦和羞耻便来源于此。

胡安·萨莫拉于是背朝着你们。二十三岁那年，得益于一个奖学金，他有机会去康奈尔大学读书。他是个刻苦的学生，先是读了预科，接着进入墨西哥国立自治大学学医。他向各位发誓，若不是他母亲被灌输了在墨西哥强盛期有必要去美国高校读个研究生的念头，他本来觉得这就足够了。

"你爸爸从来都不知道占便宜。你看看，做了莱昂纳多·巴罗索二十年的行政律师，到死连半个子儿都没捞着。他脑子里在想什么？没想着你，也没想着我，小胡安，这你都不用怀疑。"

"他怎么跟你说的，妈妈？"

"说什么诚实就是足够的回报了，说他是个正直的从业者，不会背叛马里奥·德拉古埃瓦老师和法律系的其他老师们，他们教诲他律师是个高尚的职业，一个自身腐败的人是没法捍卫法律的。可是，又不是什么违法的事，我跟你爸说，贡萨洛，因为帮忙或者把一件事呈给莱昂纳多·巴罗索收个钱又不是犯罪。除了你，政府里所有的人都发财了！"

"那叫贿赂，蕾拉。那是三重欺骗，再说，也是胡扯。要是事成了，好像是因为人家付钱给我才推动的，要是不成，显得我像个窃贼，无论如何，我都是在欺骗部长，欺骗国家，也欺骗我自己。"

"一个公共工程的小合同而已，贡萨洛，我不过是让你去要这个。然后人家给你佣金，就完事大吉了。又没有人会知道。我们可以用这钱在安苏雷斯买处房子，从圣玛利亚区搬出去。把小胡安送到美国大学去读书。你看，孩子学习那么好，要是浪费在墨西哥国立自治大学这帮混混中间就可惜了。"

　　胡安告诉我们说，母亲给他讲这些的时候脸上挂着一丝苦笑。那种强笑，他只在学校里研究用的死尸脸上偶尔见过。

　　直到贡萨洛·萨莫拉律师死后，他的遗孀才得以唯一一次请求莱昂纳多·巴罗索帮忙。您看能不能给小胡安一个奖学金，让他去美国学医。莱昂纳多先生风度翩翩地说，这不成问题，他乐意之至，用这点小事来表达对萨莫拉的怀念实在是太微不足道了，他是一名那么正直的律师，那么尽职尽责的公务员……

二

　　我跟随着胡安·萨莫拉，穿灰色套头衫的墨西哥学生，走在纽约州伊萨卡市忧郁的街头，康奈尔大学就坐落在这里。我不知道他在寻找什么，这里乏善可陈。主街上几乎没什么商铺，两三个蹩脚的餐馆，紧接着就是山脉和峡谷。胡安几乎感觉自己身在墨西哥，在圣胡安·德尔里奥或是特佩希，那些他有时会去郊游的地方，去呼吸山林和峡谷的空气，远离都市的污染。伊萨卡峡谷是一道幽深险要的断崖，显然也是个诱人的深渊。康奈尔大学因大量绝望的学生从这峡谷的桥上纵身跃下自杀而闻名。有个笑话说，这里没有一位老师胆敢责备差生，因为害怕他们跳下悬崖。

星期天这地方没什么好看的，于是胡安·萨莫拉将回他寄宿的人家去。那是个漂亮的住宅，淡粉色墙砖，蓝板瓦屋顶，周围环绕着收拾整齐的草皮，靠近房屋的地方铺着石子。草皮一直延伸到屋后藤缠蔓绕、稀疏而幽暗的树林里。常春藤爬满了粉色的砖墙。

在这里，四季的风光弥补了城市的乏味。现在正值秋日，森林褪去衣裳，山上的树木仿佛烧焦的牙签。面对世界的暂时死亡，天空走下两三个阶梯，以便向我们所有人宣告上帝的沉默与哀痛。然而，康奈尔的冬天又还给自然一个声音，报复着上帝，它银装素裹，播撒着冰尘和雪星，展开巨大皑白的披风，为大地铺上华美的床单，也像是给天空一个回答。春天突如其来地迸发，又迅速弥留在一簇簇绚烂绽放的玫瑰中，它们在沉重、困倦而迟缓的夏天彻底到来之前，散发着香气，留下一缕忘却。不同于迅捷的春天，夏天闲逸、慵懒，到处是滞积的死水、顽皮的蚊子、潮湿的气息和浓绿的山坡。

峡谷映出四季，同时也吞噬四季，毁灭四季，将它们交给重力无情的摧毁，那窒息的拥抱，万物的终结。这个峡谷是此地秩序中的旋涡。

峡谷边上有个制造武器和弹药的工厂，一座墙砖发黑、烟囱肮脏的可怖建筑，简直是丑陋的纳粹之"夜与雾"的还魂。伊萨卡工厂生产的手枪是萨尔瓦多军队官方用枪，因此，萨尔瓦多军官和士兵称之为"小伊萨卡"。

胡安·萨莫拉要求在我讲这些时背对着我们，因为将他作为宾客接待的那座寓所的主人是个成功的商人，过去曾涉足武器制造，但如今更愿意做顾问，服务于为生产商和美国政府做国防合同的律师事务所。胡安·萨莫拉到来时，塔尔顿·温盖特和家人正为罗纳德·里根在大选中战胜吉米·卡特而欢欣鼓舞。他们每晚都看电视，为新总统的决定喝彩，还有他影星式的笑容，他结束政府过度干预的意志，他宣布美国将再次迎来曙光的乐观，以及他阻止中美洲共产主义势头的决心。

一家之主塔尔顿·温盖特是个和蔼可亲的大个子，年轻光鲜的脸上皱纹比旧马鞍还要少，沙色的头发黯淡无光，同妻子夏洛特的一头浅金发和十三岁女儿贝琪的亮红栗色头发对比鲜明。当温盖特一家坐下来看电视的时候，便会友善地邀请胡安加入。胡安不明白，当萨尔瓦多战争的骇人画面出现时，他们是否会感到痛苦，修女在路边惨遭屠戮，叛乱分子被准军事部队枪杀，一整村人在过河逃跑时被军队扫射……

胡安·萨莫拉转身背对屏幕，言之凿凿地说，在墨西哥，人们也同这里一样拥护里根总统，因为他使我们免遭共产主义侵袭。他还说，墨西哥关心的是发展和繁荣，洛佩斯·波蒂略[1]政府的石油大开发就是明证。

听到这些，美国人露出微笑，他们认为繁荣能对共产主义产生免疫，胡安·萨莫拉很想问问温盖特先生他同五角大楼的生意进展如何，但还是不问的好。他起先只是暗示，到后来着重宣称的是，他们，萨莫拉家族，完全适应墨西哥的新兴财富，因为他们一直都拥有土地、庄园和油田。"庄园"的西班牙语词汇"hacienda"在美国颇具地位，他们在发音时甚至还会加上重重的气声——"窗园"（jacienda）[2]。胡安发现温盖特一家并不清楚石油是墨西哥国有财产，对他说的一切都钦羡不已。他们教条，尽管也是天真地以为，"自由世界"这个表达等同于"自由企业"。

---

1 全名何塞·吉列尔莫·阿贝尔·洛佩斯·波蒂略-帕切科（José Guillermo Abel López Portillo y Pacheco，1920—2004），墨西哥律师、经济学家、作家，1976 年至 1982 年担任墨西哥总统。
2 hacienda 指西班牙和拉美传统经济中特有的大庄园、大种植园、大牧场。在西班牙语中，字母 h 不发音，该词汇引入英语中后，h 按照英语发音方式发送气音。

他们很高兴接待他，同时也是遵照传统。一直以来，美国大学校园附近的私人住宅都热情地接纳着外国学生。来自拉美的富家子弟用这种方式来寻找一处与其家庭环境相仿的居所并不奇怪，尤其是，他们还可以迅速提高英语。

塔尔顿·温盖特肯定地告诉胡安："有的孩子就是长时间对着电视学会了英语。"

他们一起在小屏幕上看了彼得·塞勒斯主演的影片《富贵逼人来》[1]，里面那个可怜的人除了电视上学来的东西以外一无所知，却恰恰因此伪装成了天才。

温盖特一家问胡安·萨莫拉墨西哥的电视节目好不好，他只能诚实地回答说不好，无聊、粗俗、没有自由，一位在年轻人中间很流行的优秀作家卡洛斯·蒙西瓦伊斯[2]曾称之为"愚蠢的盒子"。这说法逗得贝琪捧腹大笑，声称要在她的课上学着说， the idiot box[3]。别假装文化人了，小蛋壳脑袋，夏洛特一边笑一边将着女儿的头发说。亮红色头发的小姑娘抗议道，别弄乱我的发型，要不晚上去做保姆之前我还得重新整理。胡

1 《富贵逼人来》（*Being there*）是 20 世纪 70 年代末期的一部政治讽刺喜剧，讲述一位头脑简单的老园丁，全部的生活就是看电视，却因为偶然的原因凭借在电视上学来的"广博"知识当上了政客们倚重的智囊。
2 卡洛斯·蒙西瓦伊斯（Calos Monsiváis, 1938—2010），墨西哥著名作家、记者。
3 英语，意为"愚蠢的盒子"。

安·萨莫拉惊讶于美国的孩子都从小小年纪就开始工作，做保姆，送报纸，或是在夏天售卖柠檬水。"这是为了给他们灌输新教工作伦理，"温盖特先生郑重其事地说。那他呢？他怎么可能不看电视长大的？贝琪问。胡安·萨莫拉很清楚他该说什么。在墨西哥，作为富人和贵族意味着拥有土地、庄园、雇工、优雅的生活方式、马匹，穿骑马服，有很多用人，这才是墨西哥有钱人的生活。不是看电视。由于他的东道主们头脑中有着完全一致的观念，所以他们理解它，称赞它，羡慕它，然后贝琪出门去做保姆赚那五美元，夏洛特女士戴上围裙去打扫厨房，塔尔顿先生留下来怀着强烈的义务感阅读位列《纽约时报》畅销榜首的书，一本间谍小说，顺便确证了他对于红色危险的偏执妄想。

三

如果说伊萨卡市类似一个市郊地狱，那么康奈尔大学便是它的帕纳萨斯山[1]：一座闪闪发光的庙宇，呈奶油色，有着现代的线条，有时看上去简直像一件装饰艺术品，还有大片大片鲜亮的绿地。由于地势陡峭，校园

---

1 希腊南部的一座山，传说是太阳神和众文艺女神居住的灵地。

各处由漂亮的土路和宽阔的石阶相互连通，二者通向两处墨西哥学生胡安·萨莫拉生活的中心。其中一处是学生联合会，这里试图弥补伊萨卡所有的匮乏：书店、文具店、电影院、剧院、服装店、邮筒、餐馆和会议室。胡安·萨莫拉在这些区域之间活动，背朝着我们，试图结交朋友。学生们的极度不修边幅令他惊讶。他们戴棒球帽，即使在室内或问候女人时也不摘下来。他们很少刮干净胡子，竖起瓶子对着嘴喝啤酒，穿无袖衫，时时刻刻展示着腋毛，炫耀着牛仔裤膝部的磨痕，有时甚至把裤腿剪至大腿，撕出毛边来。他们坐下来吃饭时也戴着帽子，嘴里塞满汉堡、炸薯条和从塑料袋里取出来的套餐。当他们当真想要表现得不正式的时候，就会把棒球帽反过来戴，让帽檐为后脖梗遮阳。

一天，一个身型健美、五官紧凑的金发小伙子盛了一大盘意大利面，用手抓着吃起来。胡安·萨莫拉感到一阵难以抑制的恶心，完全没了胃口，迫使他第一次，可能也是唯一一次和同学发生口角。

"真恶心，你家里没教你怎么吃东西吗？"

"当然教了，我家人很有钱，你以为呢？"

"那你为什么像动物一样吃饭？"

"因为我现在是自由的。"金发小伙儿塞得满嘴说。

胡安·萨莫拉没有穿西装打领带去康奈尔上学，而是穿牛仔裤、夹克衫、毛衣和鹿皮鞋。他父亲在世时不得不忍耐这副"扮相"，"当年我们去圣伊德方索学院上课的时候都穿西装打领带"。渐渐地，胡安开始简化他的行头，套头衫，帆布鞋，但是，背对着我们，他一直保有起码的端正。他以另一种方式想起了他的父母。他觉得学生邋里邋遢的装扮是一种拉平社会背景的方式，这样就不会有人问起家庭出身和经济地位。所有人都一样，被牛仔制服、棒球帽和网球鞋的扮相拉平了。只有在他的庇护所，温盖特家的宅邸，胡安·萨莫拉可以在所有人的认可下无所顾忌，甚至是令他们震撼地说：

"我的家族很古老。我们一直都是有钱人，拥有庄园、马匹、仆人。如今有了石油，我们也不过是还像以前一样生活，只是还要更奢侈。希望有一天你们来墨西哥到我家做客。我母亲会很高兴招待你们，并感谢你们对我的精心款待。"

夏洛特女士是胡安所见过的第一位戴围裙的金发白人女士，她钦佩地感叹："西班牙上流社会的人教养真好！学着点，贝琪。"

夏洛特女士从来不称胡安·萨莫拉为墨西哥人，唯恐冒犯他。

四

胡安的另外一处活动空间是医学院，特别是有着希腊式线条的阶梯会堂，洁白、坚实，处在一座小山顶端，似乎是为了防止氯仿和甲醛的味道污染校园其他地方。在这里，那种衣冠不整的时尚被医学院的白色制服所取代，尽管门诊长大褂的底端有时会露出长满汗毛的腿，和鲜有例外的黑不溜秋的帆布鞋。

男人女人，一律白衣，使得整个楼里有一种宗教团体的气氛。从它明亮的走廊里，走过年轻的修士和修女。胡安忽然想到，贞洁应该是这个年轻医生团体的规矩。此外，白色制服（当不露出汗毛腿时）更凸显了这一代人的雌雄同体。有些女孩子头发很短，而有的男孩子却留着长发，有时候，从后面看（背对着我们），很难分辨性别。

胡安·萨莫拉在墨西哥间或有过一些性关系。性不是他的长项。他不喜欢妓女，墨西哥大学里的女同学要求又很多，很耗费心神，她们让他分心，谈论着建立家庭或是独立，这样或那样生活，坚决地去获取成功，那种决心使他感到自己像个臭虫，感到负罪，为他不能——永远或是暂时——成为他所能够成为的一切而羞耻。胡安·萨莫拉的不幸在于，他把生活中的每一个阶段都误认为是决定性的、最终的。恰如有些年轻人顺其自然，听凭偶然，还有一些人认为每二十四小时，世界就会毁灭一次。胡安便是后者。尽管不愿承认，他知道，母亲因为生活拮据的苦闷，父亲正直的骄傲以及他对父亲道德优势的不确定，带给他一种持久的惊惧感和紧迫感，然而，这感觉却总是被灰暗而严酷的日常生活的洪流所嘲弄。如果他能够接受岁月安详的脚步，也许，他早就已经和某个女孩建立差不多稳定的关系了。但是她们都在胡安·萨莫拉身上看到一个太过紧绷、惊恐、不自信的男孩儿，一个羞愧地背对着这个世界的人。

"你为什么总是朝后看？你觉得有人在跟踪我们吗？"

"别害怕，过马路吧。这儿没车。"

"喂，别弓着背，没人打你。"

现在，在康奈尔，他穿上白大褂，洗净了手。他将第一次做解剖，与另一个学生一起。他会摊上男的还是女的？他不由得去想这个问题，因为它也适用于即将要解剖的尸体。

教室里一片昏暗。

胡安·萨莫拉摸索着靠近依稀可见的解剖桌。这时，他的背蹭上了另一个人的。两个人都紧张地笑了。刺眼而无情的灯光，像来自睚眦必报的耶和华，突然间亮起来，看门人为没及时赶到道歉。他不好意思地笑着说，他总是尽量比学生到得更准时。

胡安·萨莫拉该先看谁？学生还是尸体？他低下头，看到盖着床单的死者。又抬起目光，看见一个人背对着他，发色金黄，长发披肩，肩膀不太宽阔。他转过身，揭开床单，露出尸体的脸来。是男是女已无从判断。死亡不仅抹去了他的时间，也擦去了他的性别特征。是个老人，这没错。像蜡做的一样。必须要把尸体当成是蜡做的，这样解剖起来更容易。他的眼睛没有闭好，胡安感到那双眼睛仍在哭泣，吓了一大跳。但是塞着棉花的尖鼻子，僵硬的下颌，凹陷的嘴唇，已经不是他的或我们的了。死亡夺走了个体身上的人称代词。已不再是他或她，你的或我的了。另外一只戴着手套的手，把手术刀递给了他。

他们戴着口罩，在沉默中工作。和他一起解剖的那个金发、瘦小却果断的人，比他更熟悉死人的内脏，引导着他在适当的时候下刀。他，抑或她，是个专家。胡安大胆地去看那双眼睛。是棕色的，那种榛子的颜色，有时会出现在最美的盎格鲁-撒克逊人身上，因为这罕见的颜色，几乎总是伴随着梦幻般的眼睑，幽深的欲望，自然却也强烈。

隔着手术台、口罩和白大褂，他们戴着手套的手碰到了一起，那手套有着和避孕套相同的质地。只有两双眼睛看见了彼此。这时，胡安·萨莫拉对我们露出脸来，他转身望向我们，扯下口罩，不再背朝着我们，露出他梅斯蒂索人[1]的面容，年轻、黝黑、骨骼出众，棱角分明，他甜点般的皮肤，像粗红糖，像桂皮甜面包，像咖啡加牛奶，下巴温柔而坚定，下嘴唇肥厚，他水汪汪的黑眸子遇上了榛子般的棕眼睛。胡安·萨莫拉不再背对着我们。他本能而激情洋溢地对我们转过脸来，凑近另一个的嘴唇，融成一个解脱而彻底的吻，洗去了他所有的不自信，所有的孤独，所有的痛苦与羞耻。两个小伙子相互亲吻，以此来战胜死亡，即便不能永远，至少是现在，在这一刻，急切、颤抖而炽烈。

五

吉姆是个二十二岁的小伙子，温文尔雅，严肃好学，热衷于政治和艺术。由于这些原因，其他学生称他为"吉姆爵士"。金发、榛子色的眼睛、瘦小的身形，

---

1 欧洲白人和美洲印第安人混血形成的人种。

伴着结实的肌肉、匀称的骨架和灵敏的神经，还有特别值得一提的极为灵巧的手和修长的手指。他会是个了不起的医生，胡安·萨莫拉说，但不是因为他的手和手指，而是因为志向。胡安不辞遥远送来口信告诉我们，吉姆有一点像他的父亲贡萨洛·萨莫拉，一个专注的人，刚直的人，然而不同于他的父亲，他并不惹人同情。

两个年轻男子总在一起，一个金发，一个黑发，反差强烈。起初在校园里很是引人注目，随后便慢慢被接受了，甚至因为相互之间一目了然的亲昵和自然流露的情感而引人羡慕。在爱情上，胡安·萨莫拉终于感到了满足与认同，同时也感到意外。此前，他的确从未意识到自己的同性恋倾向，如今以这样的方式感受到它的显露，同这个男人，如此充盈而激情，伴着这样的满足与理解，使他内心充满了平静的骄傲。

他们继续一起学习，一起工作。他们的谈话和生活拥有某种即时性，仿佛因为吉姆爵士，胡安·萨莫拉的不幸——那种每一天都像是最后一天，或至少是决定性的一天的恐惧——变成了他的幸运。在好几周的时间里，没有从前，也没有以后，共享的欢愉充溢着每一天，将其他时间的其他担忧都挡在了门外。

一天下午，他们一起做着解剖，吉姆第一次问起胡安在墨西哥的学业。胡安说，他赶上在大学城读书，但有时候会经过圣多明各广场的老医学院。那是一座很优美的殖民时期建筑，曾经是宗教裁判所所在地。这句话引起了吉姆爵士一阵紧张的笑，那是第一次，他感到胡安同他拉开距离，回到一个不但久远，而且对这颗盎格鲁-撒克逊灵魂来说也是禁忌和憎恶的年代。胡安继续说了下去。直到一八七三年，墨西哥都没有女医生，第一位女医生玛蒂尔德·蒙托亚也只被允许在空无一人的教室里解剖穿着衣服的尸体。

吉姆神经质的笑声稍稍打破了胡安对宗教裁判所的简单提及在两人之间引起的紧张气氛，或是距离感（二者或许是一回事？）。那是某种过去的东西第一次侵入到两个小伙子本能地只活在当下的关系中。胡安·萨莫拉心头掠过一丝难以捕捉的哀伤，他感到，在那一刻，同时开启了一种更加危险的视角，那就是关于未来的。他们缓缓盖上了一具自杀身亡无人认领的美丽姑娘的尸身。

胡安·萨莫拉特别留意把和吉姆的约会都安排在下午，以便按时回到温盖特家，与他们共进晚餐，一起看电视并评论一番。这时候里根启动了他针对尼加拉瓜的肮脏的秘密战争，说不清为什么，这开始令胡安·萨莫拉反感。相反，塔尔顿赞成里根让美洲的马克思主义就到此为止的决定。也许，这是造成夏洛特和塔尔顿日渐冷漠的原因，而小姑娘贝琪的不明就里惹人发笑，每当胡安到家时，她就会被打发回自己的房间。难道胡安·萨莫拉长着一张游击队员和桑地诺主义[1]者的脸吗？

当然，胡安很快就明白，在一个这么小的市镇，关于他同性关系的流言早已从帕纳萨斯山传到了地狱来。但他决定不妥协，一如平常，因为他们的关系正是如此，一段平常的关系，对此除了吉姆和他，别人无权置喙。

吉姆太敏感了，他有着灵敏的"天线"，察觉到了爱人身上某种不宁的心绪。他知道不是因为两人之间的关系。相拥在吉姆宿舍的床上，胡安想要为那天下午表现失常道歉，吉姆抚摸着胡安靠在他肩上的头，对他说这很正常，在每个人身上都会发生。他们两个是医生，应该很清楚围绕着性行为的各种刻板印象，无论是哪种特征的性，从所谓的手淫会导致青少年发疯，到老年人实际上很正常的对色情素材的使用。不过关于同性恋的说法是最糟糕的，他理解。温盖特一家不能容忍一对同性伴侣。让他们反感的不是种族差别，也不是阶层差

---

1 得名于奥古斯托·塞萨尔·桑地诺（Augusto César Sandino, 1893—1934），尼加拉瓜反美游击队领导人，拉丁美洲诸国反抗美国控制的标志性英雄人物之一。

异。但胡安从来没有在吉姆面前装有钱人，他什么都没说过，吉姆对过去不感兴趣。

胡安正要亲吻吉姆，吉姆却坐了起来，裸着身子，愤然地说，他才不能容忍那些人呢，不能容忍他们令人作呕的清教主义，他们丑陋的伪善面具，他们在政治和性方面永恒的不容侵犯的神圣性。他暴怒地转过身看胡安。

"你知道你的房东塔尔顿·温盖特先生是做什么的吗？虚抬和五角大楼做生意的私营企业的报价。你知道温盖特先生卖给空军的飞机马桶要多少钱吗？二十万美元一个，就为了能舒舒服服地在天上拉屎！国防支出和温盖特公司的收入是谁支付的？我，纳税人。"

"但是他说他崇拜里根，因为他消灭政府，降低税收……"

"你问问温盖特先生他是否愿意让政府减少花在国防、拯救破产的银行或者补贴低效农民上的开支。你问问他，看看他会怎么说。"

"他很可能会说我是共产主义者。"

"他们是些犬儒主义者。他们想要所有的领域都有企业自由，除了武装军队和拯救奸诈的银行家。"

胡安·萨莫拉很难接受吉姆爵士的道理，因为这会打破他一直以来恪守的准则——得到温盖特一家的喜爱，与他们和睦相处，并通过他们，与美国社会和睦相处。但这个批评是他的爱人抛出的，这个世界上胡安最爱的人，他斩钉截铁，怒气冲冲，不在乎任何人的反应，连胡安的也不在乎。

胡安早就担心会发生这样的事，担心它会打破这对伴侣与世隔绝的完美亲密，爱人之间的自给自足。他憎恨这个世界，这个好管闲事的残忍的世界，偏偏喜欢介入情侣之间，不为得到任何好处，除了拆散他们的邪恶的快感。他们还能再次享有这个小插曲发生之前的那种圆满吗？胡安相信可以，他加倍表达他对吉姆爵士的爱和忠诚，他的宠溺，他的关心。或许，他想要重建那种完美的意愿太明显了。太过完美的东西总有一天会出现裂隙。

六

他们又一次在一起，戴着白色口罩和手套，解剖着又一具女尸，是个老人。吉姆爵士让胡安再给他讲讲那个地方是什么样子，就是原先是墨西哥宗教裁判所，后来变成了医学院的那个地方。同一个地方一天用来折磨人，第二天又用来救死扶伤，这个想法让他乐不可支。胡安转移开话题，给他讲起圣多明各广场和"福音传道者"的古老传统。福音传道者是一些老人，用着和他们自己一样古老的打字机，坐在大门前，记录着不识字的人口述的想要寄给他们的父母、伴侣或是朋友的信。

"他们怎么知道打字员会对他们诚实？"

"他们不知道，要凭信心。"

"信任，胡安。"

"对。"

吉姆摘掉了口罩，胡安对他做了个警告的手势，要当心，已经有过一次了，第一次的时候，他们两个在尸体旁亲吻，死人身上的细菌已经致死过不止一个粗心大意的医生了……吉姆用一种奇怪的眼神看他，让他对他说实话。什么实话？关于你的家庭，你的家。吉姆知道学校里的传言，说胡安是有钱人家的孩子，家里有庄园，如此种种。胡安从没对他说过，因为他们从不谈论过去。现在，吉姆请求他向他口述一封信，仿佛他，吉姆，是广场上的福音传道者，而他，胡安，是个不识字的人……

"那不是真的。"胡安再次背转身，但却毫不犹豫地说，"是纯粹的谎言，我们住在一所很简陋的公寓里。我父亲是个正直的人，到死都身无分文。我母亲一直为这个指责他，到死都会一直指责他。我为他们俩感到痛苦和羞耻。我为我父亲没用的道德痛苦，没有人记得也没有人珍视，一点儿屁用也没有。如果他曾经有钱，人们反而会称赞他。我为他没有贪污，为他是个可怜虫而感到羞耻。但是如果他真的贪污了，我也一样会觉得羞耻。我的老爸啊，我可怜的，可怜的老爸。"

他感到解脱、干净。他对吉姆爵士是诚实的。从现在起，两个人之间再没有哪怕一个谎言了。想到这儿，他感到一闪而过的不安——吉姆爵士也一样，他也可以对他诚实。

"给我讲讲吧，不用觉得'痛苦和羞耻'，就像你说的。这大概相当于英文里的 pity 和 shame[1] 吧。"吉姆说。

"我为我的母亲痛苦，她总是抱怨着没能实现的事，为必须接受她的生活，为它永远不会变成另一种样子而伤心难过。她的自怜让我羞耻，你说得对，就是 self pity[2] 那个可怕的罪孽，一天到晚自怨自艾。对，我觉得你说得没错。必须得有一点同情心才能把为别人感到的痛苦和羞耻掩盖起来。"

他握紧吉姆爵士的手，说他们不应该谈论过去，他们在当下是那么灵犀相通。吉姆用一种奇怪的眼神望着

---

1 英文，pity 意为"同情、怜悯"，shame 意为"羞耻"。此处吉姆错将西班牙语中的"痛苦"一词理解为了"同情"。
2 英文，意为"自怜"。

他，胡安觉得那眼神简直和那个死去而不肯合上眼的女人的一样，那个他们没有解剖完的女人。

"这么说我很难过，胡安，但是我们也必须要谈谈将来了。"

胡安做出下意识却激烈的手势，两个迅疾而同步尽管也是重复的动作，一只手捂住嘴，好像在乞求沉默，另一只手伸向前，拒绝和阻挡着即将来临的东西。

"对不起，胡安。我真的为我要对你说的话感到痛苦，哦，甚至是羞耻。你知道，没有人能完全主宰自己的命运。"

七

胡安对康奈尔背转身，这一次，是真正意义上的。他退了学，礼貌地辞别温盖特一家，他们表现出十分吃惊、惶恐不安的样子，问他为什么，和他们以及他们在家里对待他的态度有关吗？然而他们的眼神里却流露出如释重负和暗暗的确信：早料到最后会不欢而散……他说希望有一天再见到他们，他会很乐意带他们骑马在庄园里转转。"如果你们去墨西哥的话，就来找我吧。"

温盖特一家松了口气，但同时也感到歉疚。塔尔顿和夏洛特就此讨论过几次。这小伙子开始和吉姆·罗兰兹走到一起的时候，准是察觉到了房东一家态度的变化。他们破坏了热情好客的规矩吗？他们被不理性的偏见左右了吗？有可能。可是偏见不是一天两天就能根除的，全都由来已久，比政党或是银行账户还要真实。黑人、同性恋、穷人、老人、女人、外国人……这个清单无穷无尽。可是贝琪呢，何必要让她面临不良的影响，让她接触到这种荒唐可耻的关系。她是单纯的，单纯应当被保护。贝琪偷听着他们窃窃私语，而他们还以为她在看教育节目《芝麻街》，她努力装出一脸严肃认真的样子。他们要是知道真相就好了。十三岁，就读于一所私立学校。他们能责怪她什么呢？钱是用来做什么的？日复一日，从早到晚，重复着关于"自我一代"的老生常谈， Me Generation[1]，拥有一切任性和享乐的权利，以及唯一的价值观——我。她的父母难道不是这样吗？他们不正因为是这样才成功的吗？他们又能要求她什么呢？做一个新英格兰猎巫时代的清教徒吗？于是，小姑娘沉浸在电视的内容里，不再去听父母的声音，他们也不想被听到。她问了自己一个令她十分困惑的问题，怎么做到享有一切又看起来像个非常高尚的清教徒？血液在发痒，身体在改变，贝琪为得不到答案而苦

---

1 英文，意为"自我一代"。

恼。她抱起兔子玩偶，贸贸然对它说，你呢？小兔子，你懂吗？

胡安坐在飞往墨西哥城的西部航空航班的经济舱里。在云端，他试图想象一个没有吉姆爵士的未来，并满怀苦涩和悲伤地接受了它，仿佛他的生活已被一笔勾销。这就是先接纳了过去，然后又接纳了将来的坏处。这就是从他们毫无理由相爱着的刹那走出来的痛苦，在那一刹那，他们是单一时间和单一空间的主人，那个缱绻青春的伊甸园，隔绝了父母、朋友、老师和上司，却没能隔绝别的恋人。

悬在半空中，胡安·萨莫拉想要回忆起一切，好的、坏的，只再回忆这么一次，然后就永远地一笔勾销，再也不去回想发生过的事。再也不为过去感到仇恨、痛苦、羞耻和同情，像他可怜的父母所经受的那样。也不去感受那种 pity 和 shame，无论是为自己，为吉姆爵士，还是为他们将要生活的未来，永远天各一方，凄楚的胡安·萨莫拉的未来，和幸福、舒适、安稳的吉姆爵士的未来——他那早已约定了的婚姻，早在认识胡安之前，在大陆的另一端，由两个西雅图富有的职业阶层家庭安排了的婚姻。在那里，他们期待着前途无量的年轻医生结婚生子，这是使人尊敬、使人信任的。在盎格鲁-撒克逊传统中，作为绅士教育的一部分，一段同性恋经历是可以被接受的，牛津的英国学生没有一个不经历这桩事，他这么说是指万一被人得知，然而康奈尔和西雅图相距遥远，这个国家广袤无垠，而爱情是脆弱渺小的……

"我们有钱人，借一位好作家的话对你说吧，我们和其他人不一样。"吉姆爵士钉上最后一颗钉子。

他想起仅有的一次，他怒气冲冲、义愤填膺地控诉塔尔顿·温盖特的虚伪。那个吉姆爵士，是胡安想要记住的。

他把滚烫的前额紧贴在冰凉的玻璃窗上，对所有的一切背转身去。下面，康奈尔的峡谷对他来说无足轻重，它不召唤他，它不属于他。

八

四年后，温盖特一家去坎昆度假的时候，在墨西哥城稍作停留，好让贝琪看看奇妙的人类博物馆。小姑娘如今已经是个十七岁的学生了，尽管学着妈妈的样子把头发染成了金色，却仍然苍白无光。她十分好奇，近乎放肆。在酒店大厅交上个墨西哥小男友，一起去库埃纳瓦卡玩了一天。那是个激情澎湃的男孩儿，这似乎惹恼了载他们去的司机，一个坏脾气、不自信的家伙，喜欢在弯道用速度来吓唬旅客。

是贝琪怂恿她的父母突击造访胡安·萨莫拉的，那个一九八一年曾和他们生活在一起的墨西哥学生，你们还记得吗？他们怎么会不记得。由于塔尔顿和夏洛特对胡安从他们家离开的方式感到有些愧疚，便接受了女儿的提议。再说，胡安·萨莫拉本人曾经邀请过他们。

塔尔顿打了个长途电话到康奈尔询问胡安的地址。学校的电脑马上就为他们找了出来。那不是一个乡间的地址。

"可是我想看看'窗园'是什么样子。"贝琪说。

"这大概是他家在城里的房子。"夏洛特说，"要不我们打电话给他？"

"不，"贝琪吵嚷着，"我们最好给他个惊喜。"

"你可真爱胡闹。"她父亲说，"不过我同意。要是打电话给他，也许他会想办法不见我们。我觉得他走的时候带着怨气。"

载贝琪去库埃纳瓦卡游玩的同一个司机现在载着她和她的父母。他的脸上挂着嘲弄的微笑。谁能想到，前一天她还在车上和一个十足的乡巴佬没完没了地热吻，而现在，这个虚伪的姑娘却一脸庄重，和这对尊贵的美国夫妇在一起，这样的事倒也不算稀罕，可是他们找的是个不可能的地方。

"圣玛利亚区?"莱安德罗·雷耶斯——这个名字是塔尔顿在行驶证上看到并默记在心里的,以防万一——几乎笑出声来,"这是第一次有人要我带去那里。"

他们不仅穿过了汹涌、动荡、喧嚣如同一条只剩下碎石的枯水河的城区,不仅钻进了像腐坏的奶油般阴郁的空气里,也穿越了墨西哥联邦特区经历的那些混乱不堪的无政府的不朽岁月:交织在过去与未来之间的时光,就像将成为其儿女父亲的小男孩儿,就像将成为爷爷曾从这些街道走过的唯一证明的孙子。一路向北,从马里亚诺·埃斯科韦多区到国家空军大道,再到阿尔瓦拉多桥和布埃纳维斯塔车站,过了圣拉斐尔,在建筑与废墟之间,一切越来越低矮,越来越变幻不定,什么是新的,什么是旧的,这座城市里什么正在新生,什么又在死去,都是一回事吗?

温盖特一家面面相觑,惊愕不已,一脸痛楚。

"也许是弄错了。"

"不会的,"司机对他们说,"我们到了,就是那个公寓楼。"

"我们最好回去吧。"塔尔顿说。

"不,"贝琪几乎叫喊起来,"我们都到这儿了,我都好奇死了。"

"那你自己去吧。"她妈妈说。

他们在那座柠檬绿色的亟待重新粉刷的楼前等了一会儿。这座楼总共有三层，阳台上晾着衣服，还有一个电视天线，入口处有个冷饮铺。一个脸颊泛红、围着围裙但烫了头发的姑娘整理着冰箱里的饮料瓶。一个满脸皱纹、头戴草帽的矮个小老头从门口探出头来，好奇地朝他们张望。一边有个修车摊儿。一个卖蕉叶玉米粽子的人经过，吆喝着红的、绿的、辣的、甜的、黄油的。司机莱安德罗·雷耶斯——塔尔顿·温盖特在行驶证上看到的名字——不停地用英文谈论着债务、通货膨胀、生活成本、比索贬值、工资缩水、毫无用处的养老金，一切都是穷愁潦倒的样子。

贝琪从楼里出来，匆忙上了车。

"他不在家，他妈妈在。她从窗口看见了汽车，她说已经很久没有人来她家做客了。胡安很好，在一家医院工作。我让她发誓不要告诉胡安我们来过。"

九

每天夜里，胡安·萨莫拉都会做完全相同的梦。有时候，他很想梦见些别的。他想着其他事情睡下，但是无论他怎么努力，那个不变的梦总是会回来，分毫不爽。于是，他缴械投降了，屈从于梦的权威，把它变成一个无可逃避的夜间伴侣：一个情人般的梦，一个想必是挚爱着它所造访者的梦，因为它不肯被驱离这副身体——从前的墨西哥学生的第二副身体，如今年轻的社会保险医生胡安·萨莫拉。

一个又一个的夜晚，这个梦回来，几乎栖息在他身上，他的双胞胎，他的化身，他的神秘衬衣，想要它离开除非扯去做梦者的皮肤。他用一种夹杂着迷惑、感激、拒绝和爱恋的情感做这个梦。当他想要从梦中逃离时，却又强烈地渴望再次被它占据；当他想要主宰梦时，日常生活便带着苦涩的微笑在每一个拂晓探出头来，用他所属片区的医院、救护车和太平间绑架他。被生活挟持着，也是梦的人质，胡安·萨莫拉每晚都会回到康奈尔，牵着吉姆爵士的手朝峡谷的桥上走去。正值秋天，树木重又裸露如同黑色的针。天空走下几级台阶，而峡谷比苍穹更深远，用一个虚假的诺言召唤着这对年轻的恋人：天空在这谷底，天空口朝上存在，呼吸着杂草和荆棘，它的气息是绿色的，它的臂膀棘刺横生，应当向天空献身以回报它，把那个错置天堂、将其升至云端的谎言颠倒过来，天堂如果存在，就在地心深处，用它潮湿的怀抱守候着我们，在那里，肉身与泥土交融，巨大的母亲子宫与创造的泥浆交融，生命从它伟大的繁衍深处诞生，并不断重生，而从来不是从天空的幻想中诞生，不是从那些飞行航线中诞生，它们虚假地连接着纽约和墨西哥，连接着大西洋和太平洋，却拆散、破坏着恋人之间美妙的合一，他们理想的雌雄同体，他们连体似的一致，他们至美的变态，他们魔鬼般的完美，好将他们抛向互不相容的命运，抛向相反的地平线。当墨西哥夜幕降临时西雅图是几点？为什么吉姆的城市面朝碧绿的海，而胡安的城市面朝飞扬的尘土，为什么海岸的空气纯净透明，而高原的空气污浊不堪？

胡安和吉姆跨坐在峡谷的大桥上，深深地互相凝望，一直望到墨西哥黑眼睛和美国棕眼睛的最深处，无需触碰，他们用目光占有彼此，理解了一切，接纳了一切，不含怨恨，不抱幻想，却准备好去拥有一切，爱的起点成了爱的终点，再也没有可能分开，无论日常生活怎样将他们割裂。

他们对视、微笑，一同起身站上桥栏，牵起手，一同跃入虚空，闭着眼睛，却深信所有的季节都相约来看他们一起死去，冬天播撒着冰尘，秋天用红色和金色的声音哀悼着世界的暂时死亡，夏天迟缓、慵懒而浓绿，终于，又是一个春天，不再转瞬即逝、难以捕捉，这一次永恒长存，整个峡谷长满了玫瑰，坠落温柔而致命，直到露水沐浴着他们两个，手牵着手，紧闭双眼，吉姆爵士和胡安，此刻，亲如兄弟……

十

　　胡安·萨莫拉，是的，是他让我把这一切讲给你们听。他感到痛苦，感到羞耻，但心怀怜悯，他对我们转过脸来。

掠夺

致塞亚铁尔·阿拉特里斯特

狄奥尼西奥"巴科"[1]·兰赫尔在很小的年纪就因为在广播节目"小教授讲堂"里干脆利落地答出普埃布拉骨髓饼的菜谱而一举成名。

于是他发现：懂美食不仅可以是财富的源泉，也可以是美味盛宴的源泉，把生存的必需变为奢侈的享受。这一事实决定了狄奥尼西奥的职业生涯，但并未赋予他一个更高的目标。

纯粹的口腹之欲上升为烹饪艺术，而烹饪艺术又上升为高薪的职业，这一切归功于他对墨西哥美食的热爱，和伴随而来的对其他乏善可陈之饮食的鄙夷，比如美利坚合众国的。在二十岁之前，狄奥尼西奥就已经决定，作为他的信条，世界上只有五大菜系：中国菜、法国菜、意大利菜、西班牙菜和墨西哥菜。别的民族也有些上等佳肴——巴西有黑豆饭，秘鲁有黄椒鸡，阿根廷有优质的牛肉，北非有古斯米，日本有照烧，但唯独墨西哥菜自成一个宇宙。从由牛至草、芝麻、大蒜和宽辣椒精心调味的锡纳罗阿州香辣猪肉碎，到配有鳄梨叶的瓦哈卡香叶鸡，再到米却肯州甜玉米粽，从西芹鲈鱼配科利马州大虾，到圣路易斯波托西州的辣椒馅儿大丸子，还有极品美味瓦哈卡黄色莫雷酱（两个宽辣椒，两个瓜希柳辣椒，一个红番茄，二百五十克小青番茄，两勺香菜，两片胡椒叶，两克胡椒），在狄奥尼西奥看来，墨西哥烹饪是一个独立的星座，以自己的轨迹在味觉的天穹中运行，拥有着自己的行星、卫星、彗星和流星，同宇宙本身一样，广阔无垠。

很快，他就被邀请为国内外的报纸写文章，授课，做讲座，上电视，出版关于烹饪的书籍，到五十一岁的时候，狄奥尼西奥"巴科"·兰赫尔已是烹饪界的权威人物，声名卓著，身价不菲，特别是在他因其烹饪文化贫瘠而最看不上的国家。被带着往来奔波于美国境内（特别是在劳拉·埃斯基韦尔[2]的小说《恰似水之于巧克力》成功之后），狄奥尼西奥认定这是他生命中不得不背负的十字架：在一个无法理解和实践烹饪文化的国度里传播烹饪文化。是，没错，大城市里也有出色的餐

---

1 "巴科"是大名"狄奥尼西奥"的昵称，二者分别是罗马神话和希腊神话中酒神的名字"巴克斯"和"狄奥尼索斯"的西班牙语变体。
2 劳拉·埃斯基韦尔（Laura Esquivel, 1950— ），墨西哥作家，代表作《恰似水之于巧克力》于1989年出版后畅销全球，被评论界誉为"美食小说"的典范、"美食版《百年孤独》"。由小说改编的电影《巧克力情人》亦享誉国际。

馆，比如纽约、芝加哥和旧金山，新奥尔良还有着若非曾长期属于法国则无法解释的美食传统。然而狄奥尼西奥敢于让阿特利斯科市、普埃布拉州、埃斯孔迪多港或者瓦哈卡最普通的厨娘毫无惧色地深入到堪萨斯州、内布拉斯加州、威斯康星州、印第安纳州或是南北达科他州的美食荒漠中，却也找不到她想要的土荆芥、蒜蓉辣椒、玉米蘑菇或是洛神花茶……

狄奥尼西奥辩称他并不反美，无论是在这方面还是其他任何方面，尽管没有一个出生在墨西哥的孩子不知道，在十九世纪，美国抢走了我们一半的领土，加利福尼亚、犹他、内华达、科罗拉多、亚利桑那、新墨西哥和得克萨斯。墨西哥的慷慨——狄奥尼西奥惯于这么说——在于它没有因为这令人发指的掠夺而心怀仇恨，但记忆是有的。相反，美国人甚至不记得那场战争，也不知道它不公平。狄奥尼西奥称他们为"遗忘症合众国"。有时，他不乏幽默地想着历史的讽刺，墨西哥在一八四八年因漠然弃置、荒无人烟而丢掉了这些领土。而如今（这位风度翩翩、衣冠楚楚、尊贵而富有的评论家狡黠地微笑着），得益于可以称之为"墨西哥染色体帝国主义"的东西，我们正在收复失去的国土。在美国，有数百万墨西哥劳工，三千万说西班牙语的人口。可是，有多少墨西哥人能够说一口像样的英语呢？狄奥尼西奥只认识两个，豪尔赫·卡斯塔涅达[1]和卡洛斯·富恩特斯，因此这两个家伙让他觉得可疑。更令他赞赏的，反而是安达卢西亚斗牛士卡甘丘的感叹："说英语？没门儿！"事实是，既然美国人用他们的"昭昭天命"搞了我们，那么如今墨西哥就以其人之道还治其人之身，用纯正的墨西哥语言、人种和美食的大炮重新征服他们。

那么兰赫尔本人呢，他怎么和说英语的大学生听众交流？用从吉尔伯特·罗兰[2]（本名路易斯·阿隆索，出生在科阿韦拉州）那儿学来的口音，和大量从西班牙语直译过去的句子，使众人听得津津有味：

"Let's see if like you snore you sleep."

"Beggars can't carry big sticks."

"You don't have a mom or a dad or even a little dog to bark at you."[3]

这一切是为了让诸位明白，狄奥尼西奥"巴科"·

---

1 豪尔赫·卡斯塔涅达（Jorge Castañeda, 1953—　），墨西哥前外交官、学者，于 2002 年至 2003 年期间担任墨西哥外交部长。
2 吉尔伯特·罗兰（Gilbert Roland, 1905—1994），墨西哥裔美国电影演员。
3 均为墨西哥谚语。第一句对应的西语为"A ver si como roncas duermes."字面意思是"让我们看看你是不是睡得像你打鼾那样好。"意为看看你是不是有真本事，用来批评人光说不做。第二句对应的西语为"Limosnero y con garrote."字面意思是"乞丐还拿着大棒。"形容受人恩惠，还挑三拣四或态度强硬。第三句对应的西语为"No tienes padre, ni madre, ni perrito que te ladre."字面意思是"你没有爸爸、妈妈甚至是一只小狗对你叫。"形容一个人十分孤单。

兰赫尔是怀着怎样矛盾的心情完成他每年两次的美国大学巡回演讲的。这里下午五点就坐下来吃晚餐，这时候墨西哥人也就刚刚从午餐桌上起身，然而这件事带给他的惊愕，与这时间端上学校餐桌的食物造成的惊骇相比根本不算什么。通常，大餐从沙拉开始，蔫头耷脑的生菜顶上撒着草莓酱——在密苏里州、俄亥俄州和马萨诸塞州，他无数次被告知，草莓酱的点缀是非常高级和考究的；接下来是经典的橡胶鸡，切不动也嚼不烂，配着硬邦邦的玉米和一份深深眷恋着它包装袋儿味道的土豆泥；餐后甜点是仿制草莓蛋糕，不过是洗浴海绵版的；最后是一杯掺了水的咖啡，一眼就可以望见杯底，欣赏一千份毒药在里面残留下的地质圈层。狄奥尼西奥安慰自己，最棒的是，他可以佯装饮用随时随地供应的冰茶，这茶虽寡淡无味，但至少里面有美味的柠檬片儿。他贪婪地吸吮着它们，以防在旅行途中感冒。

是吝啬吗？还是缺乏想象力？狄奥尼西奥"巴科"·兰赫尔决定变身为探究美国餐饮问题的福尔摩斯，在医院、疯人院和监狱里开展了一次秘密、简略而令人满意的调查。他发现那里都提供些什么呢？草莓酱拌沙拉、橡胶鸡、海绵蛋糕和半透明咖啡。于是我们的主人公得出结论，这是机制化、标准化的餐食，例外的情况即便算不上值得纪念，也是颇为罕见。教师、罪犯、疯子和病人宣判了美式菜单的基调，也或许，大学、疯人院、监狱和医院都是由同一家餐饮公司服务的。

早晨沐浴之后，狄奥尼西奥笑眯眯地刮着胡子——他最好的点子都是在这个时间进行这项活动时冒出来的——将巴巴索剃须膏泡沫涂在脸上的同时，他猜想出一种历史成因。只有发端于民间，才能缔造了不起的民族美食。在墨西哥、意大利、法国或西班牙，人们可以放心地走进路边的第一家小客栈，最简陋的小酒馆，或是最繁忙的小吃店，确信无疑地知道那里会有好吃的东西。狄奥尼西奥对每个乐意倾听他的人都说：不是有钱人自上而下宣判饮食口味，而是人民——工人、农民、手工业者、货车司机，是他们从底层创造并奉献出了那些伟大菜系的佳肴，而他们这么做，是出于对入口之物发自内心的尊重。

耐心、时间，狄奥尼西奥在他的课上，面对一群嘴里嚼着口香糖、头上戴着棒球帽的令人费解的年轻人讲道：在法国，熟成野兔需要时间和耐心，让野兔肉腐烂至恰到好处，苦味最为鲜美可口之时（呃！）；在墨西哥，做玉米蘑菇蛋奶酥需要爱和耐心，用的是玉米上的黑色病变菌瘤，这东西在其他不那么考究的地方都喂了猪（呸！）。

可是，当红皮人[1]进攻的时候，一边等着骑兵营救，一边在大篷车里面煎上几个鸡蛋的时候没有时间也没有耐心（哇嗨!）。狄奥尼西奥说给几十个《瘪四与大头蛋》[2]的效仿者、《反斗智多星》[3]的继承人听，这帮年轻人深信做个蠢货是默默无闻（有的人）或是引人注目（还有的人）地混迹于世的最佳方式，但全都拥有着无政府的自由以及愚蠢、天然的智慧，幸而被他们胸无大志也不庸人自扰的无知所救赎。智慧即无知。这是电影《阿甘正传》里丧气的教导，永远听凭偶然⋯⋯

《阿甘正传》的追随者怎么能明白，是一代又一代修女、老奶奶、奶妈和老处女们必不可少的努力，使得仅仅普埃布拉这一座墨西哥城市就贡献了八百多种甜品食谱——耐心、传统、爱与智慧的成果。他们怎么可能明白？他们至高的精致在于相信生活是一盒巧克力，一种花样繁多的制成品——伪装成自由意志的新教宿命论。瘪四与大头蛋那对儿蠢材会把蛋糕丢向普埃布拉的修女，将老奶奶关进牢房里让她们饥渴而死，把奶妈们强奸，对剩女们更是不会手下留情。

---

1 对过去的北美印第安人的称呼，含贬义。
2 《瘪四与大头蛋》（*Beavis and Butt-head*）是 1993 年到 1997 年间美国知名卡通影片系列，充满暴力与色情话题。两个主角瘪四（Beavis）与大头蛋（Butt-head）之间低俗而无厘头的对话掀起一波狂热，被许多年轻人争相模仿。
3 1992 年上映的美国喜剧音乐电影。

"巴科"的学生望着他，像围观一个疯子，为了反驳他，他们有时会在课后邀请他去吃麦当劳，那架势就像是保护一个精神失常者或是救济一个乞丐。他们怎么能理解，在墨西哥，就连一个农民，即便吃得少，也吃得好。富足——这是他的美国学生所称道的，他们在这个古怪的（"weird"）墨西哥演讲者面前炫耀着，腮帮子里填满肠肚四溢的汉堡，肚子里装满大如车轮的披萨，手里抓着漫画人物洛伦索（戴格伍德）那种广为人知的高耸的多层三明治，摇摇欲坠就像比萨斜塔。（在漫画领域也存在着一种帝国主义。拉丁美洲引进美国的漫画，但他们从不出版我们的。玛法达、巴特卢祖、超级智者和布隆一家从来不自南向北旅行。我们一点小小的报复就是为一系列美国卡通人物安上西班牙语名字：吉格斯和玛吉变成了潘乔和拉莫娜；马特和杰夫变成了贝尼丁和埃内亚斯；高飞变成了特里比林；米老鼠变成了米米鼠；唐老鸭变成了帕斯夸尔鸭；戴格伍德和布朗蒂变成了洛伦索和佩皮塔。但是很快，我们就会连这种自由都不剩了，乔·帕鲁卡将永远是乔·帕鲁卡，而不是被我们篡改了的潘乔·特洛内拉。）

　　富足。富足的社会。狄奥尼西奥·兰赫尔想坦白地对各位承认，他既不是苦行僧，也不是道德家。一个如此纵情享受莫雷酱炖肉加萝卜汁带来的口腹之乐的骄奢淫逸之徒怎么可能是苦行僧或道德家？他的美食趣味，如此精致，却也有着粗俗、占有的另一面，对此，这位可怜的美食评论家并不感到罪过，他请大家理解，他也不过是美国消费社会的被动受害者。

他坚持认为：不是他的错。即使每年只来美国两个月，所到之处，不管是酒店、汽车旅馆、套房、教师俱乐部、单身公寓还是极偶尔的房车，睁眼闭眼之间，到处都是邮件、购物券、形形色色的促销、保证你赢得了加勒比游轮船票的虚假奖品、不受欢迎的订阅、堆积如山的纸张、报纸、专业杂志、里昂比恩、西尔斯和尼曼百货的样品册，怎么可能避开这些？

这纸山崩塌的排山倒海之势，又随着电子邮件系统的来临成千上万倍地增长，各种邀请、虚假的诱惑，面对这一切，狄奥尼西奥决定抛弃被动接受者的角色，而选择另一个，非常主动的出击者。与其做山崩的受害者，不如买下整座山。也就是说，他决意买下所有电视广告所推销的东西，瘦身用的麦芽牛奶、分类文件夹、帕特·布恩和罗丝玛丽·克鲁尼歌曲精选集绝版 CD、第二次世界大战绘图史、用来紧实和增强肌肉的极为复杂的各类器具、猫王逝世以及查尔斯与戴安娜婚礼的纪念盘、独立二百周年纪念杯、假冒的威治伍德陶瓷茶具、所有航空公司的常旅客优惠券、林肯和华盛顿诞辰促销品遗物、低劣的戒指胸针项链商铺出售的假珠宝、卡西·李·克罗斯比的训练录像、各种想象得到的信用卡，一切，他认定这一切统统无法抗拒，都是属于他的，可据为已有的，甚至包括能洗净一切的神奇洗衣粉，它连标志性的普埃布拉莫雷酱污迹都能去除。

暗地里，他明白这贪婪购买欲的缘由。其一是他相信，如果他开放而慷慨地接受美国给予他的一切——瘦身法、洗衣粉、五十年代的歌曲，美国也终将接受他所提供的——做好一道美味蔬菜酱汁煨大虾所需的耐心和品味。其二，是为了报复他再一次被动囤积起来的参加电视大赛所获得的奖品。他无比渊博的烹饪知识帮助他登上知识问答类节目，不仅在美食领域胜出，也在其他所有领域中胜出。美食与性爱是两种不可或缺的享乐，而前者更甚于后者，人可以有食而无色，却不能有色而无食，懂美食品味的人，懂得一切：围绕一个吻，或是一碗香辣蟹肉汤，可以形成一整套历史的、科学的甚至是政治的学问。鸡尾酒起源于哪里？起源于坎佩切的英国水手中间，他们在酒里掺上了一种叫做"鸡尾"的当地调料。是谁使巧克力变成了被社会认可的饮品？路易十四，在凡尔赛宫，此前两个世纪，这种阿兹特克汤药一直被认为是苦涩的毒药。苏联时期土豆为什么被东正教会禁止？因为《圣经》里没有提及，所以，它应该是恶魔的发明。在这个问题上，教皇不无道理：土豆正是魔鬼般的伏特加酒的原料。

事实上，比起通过赢得自动洗衣机、吸尘器——mirabile visu![1]——和去阿卡普尔科的旅行来奖励自己的成就，兰赫尔参加这些滑稽表演更多是为了被更广泛的大众熟识。

再说，还需要打发时间……

银发老狐狸，有味道的男人，成熟的风流绅士，在五十一岁的年纪上，狄奥尼西奥"巴科"·兰赫尔有点像后期的（在这个词的所有意义上）阿图罗·德科尔多瓦[2]在墨西哥电影里塑造的典型人物的翻版（以大理石台阶和塑料马蹄莲为背景，上演着同十五岁天真女孩们和四十岁报复心重的母亲们之间神经质的爱情故事，她们的形象都被那位迟暮的风流绅士令人难忘的经典台词压缩到恰好的尺寸："一点儿都不重要。"）。尽管狄奥尼西奥在每天早上刮胡子的时候（巴巴索剃须膏，好点子）望着镜子里的自己，用最大的自我宽容精神对自己说，他丝毫不必羡慕维托里奥·德西卡[3]，这个演员从

---

1 拉丁文，意为"神奇的存在"。
2 阿图罗·德科尔多瓦（Arturo de Córdova，1907—1973），墨西哥男演员，"墨西哥电影黄金时代"最著名的演员之一。
3 维托里奥·德西卡（Vittorio De Sica，1901—1974），意大利著名导演、演员，第二次世界大战后意大利新写实主义复兴中的重要导演。

法西斯统治下的意大利的充斥着白色电话和缎子床单的电影里走出来，变成了新写实主义最重要的导演，描写擦鞋子的儿童、被偷盗的自行车和唯有一只狗可以相依为命的孤寡老人。可是，他多帅啊！多么风度翩翩！身边总是围绕着无数的吉娜、索菲亚和克劳迪娅们！光鲜外表遮盖下的所有经历的这一总和，是我们的同胞狄奥尼西奥"巴科"·兰赫尔一边在加利福尼亚的边境城市圣迭戈地下储藏室囤积着各类美国商品，一边渴望着的。

只不过，女孩儿们已经不再自发地靠近迟暮的风流绅士了；只不过，他的风格与当代年轻人过于格格不入；只不过，看着镜中的自己（巴巴索剃须膏满满，好点子寥寥），他必须接受到了"一定年龄"之后，风流绅士必须要庄重、优雅、平和，以免沦为老唐璜那样的最大笑柄，就像电影《维莉蒂安娜》[1]中费尔南多·雷依饰演的角色，想要占有处女，只能先下蒙汗药，然后为她们弹奏一曲亨德尔的弥赛亚。

"Unhandel me, sire."[2]

因此，狄奥尼西奥在美国大学和电视演播厅巡回之

---

1 墨西哥影片，于 1961 年 5 月在法国戛纳电影节上映，讲述了一位贵族妄图奸污其作为修女的侄女，最终不忍心下手，悔恨自杀身亡的故事。
2 此处为文字游戏，可理解为"放开我，先生。"或"不要再给我弹亨德尔了，先生。"

际，不得不度过很多独自一人的时光，在无谓的思索中化解他的忧郁。加利福尼亚是他逃不开的活动区域，有一季，在洛杉矶，他长时间一动不动地观望着这座没头脑的城市高速路上的车流，想象自己是在观看一场现代版的中世纪比武，每个司机都是无懈可击的骑士，每辆车都是披了铠甲的战马。然而他聚精会神的观察最终引起了怀疑，被警察以在高速路附近游荡为由逮捕："会不会是个恐怖分子？"

美国人的奇异之处引起了他的注意，他满意地发现，在关于这个社会整齐划一、机械单调、毫无饮食个性（信条）的老生常谈背后，骚动着一个多样、另类、在腐蚀强加的秩序方面类中世纪的世界，从前秩序的强加者是罗马和教会，如今则是华盛顿和国会大厦。一个国家充满着宗教疯子，固执地相信信仰而不是手术刀足以治疗肺肿瘤，怎么可能变得有序？同样是这个国家，到处是害怕走在街上与他人眼神交错的人，担心对方是理念不同就有权杀死我们的山达基[1]教徒、从精神病院和超负荷的监狱里释放出来的杀人犯、携带艾滋病毒针管报复社会的同性恋、随时想把所有深色皮肤的人都

---

1 山达基教（Scientology），又称科学神教和科学教派等，新兴宗教之一，是由美国科幻小说作家 L. 罗恩·贺伯特（L. Ron Hubbard）在 1952 年创立的信仰系统。

斩首的光头新纳粹分子、准备好炸弹想要炸飞公共机构消灭政府的绝对自由派民兵，或是比警察还要全副武装，以便行使宪法赋予的权利——持有巴祖卡火箭筒和炸飞随便哪个邻居儿子的头——的青少年团伙，怎么可能变得有序？

在美利坚的墙壁间徐徐穿行，狄奥尼西奥很乐意把整个大洲的称谓赋予一个单独的国家，很乐意牺牲掉那个不算名字的名字，那个模糊不清的定位，而选择那些带有血统、地位和历史的名字：墨西哥、阿根廷、巴西、秘鲁、尼加拉瓜……"美利坚的合众国"，他的朋友历史学家丹尼尔·科西奥·比列加斯说，这就像是说"角落里的醉鬼"，或者，狄奥尼西奥本人想，可以缩小成一个单纯的指示，比如，"三楼的右手边"。

地道的墨西哥人，愿意承认美国人的一切实力，除了贵族文化的：墨西哥拥有贵族文化。当然，为此付出的代价，是深不可测、或许不可逾越的不平等与不公正的鸿沟。但同时，墨西哥拥有礼仪、教养、品味和细节，这些构成了贵族文化——一个传统的岛屿，被暴风雨拍打着，时而被淹没，每况愈下，这暴风雨来自粗鄙文化和比美国普遍情况更糟糕的营销方式，因为大量的劣质品、廉价货和没品味的东西的存在。但是在墨西哥，就连歹徒都讲礼貌，就连不识字的人也有文化，就连孩子都会说早上好，就连用人走路的姿态都妩媚动人，就连政客举止都像贵妇，就连贵妇行为都像政客，就连瘫痪的人都会走钢丝，就连革命者都有着信仰瓜达卢佩圣母的好品味。

这一切都不能慰藉他五旬之年日感冗长的烦恹时光，当课程完成，讲座结束，姑娘们离开，他只能独自回到酒店、汽车旅馆、教师俱乐部……

也许是这些奇妙的感受将狄奥尼西奥"巴科"·兰赫尔引向他在加利福尼亚的最新消遣方式。他连续几周坐在那些考验他耐心与好品味的地方对面——麦当劳、肯德基、必胜客，还有深恶痛绝中最深恶痛绝的塔可钟，目的是计算从这些劣质饮食之殿堂进进出出的胖子数量。而后他满载数据而归：美国有四千万过度肥胖的人，比世界上任何一个国家都要多。胖子，是真的胖：粉色的肉团，迷失在一圈又一圈肥肉里的灵魂，甚至掩盖了他们的其他特征，比如眼睛、鼻子、嘴和性别本身。狄奥尼西奥看着一个三百五十磅的胖女人经过，疑惑她快感的脉络会在哪里，怎么样通过层层叠叠的大腿和臀部到达她力比多的圣洞？男人敢不敢要求：亲爱的，放个屁给我指个路？狄奥尼西奥不禁嘲笑起自己的粗俗，而这粗俗被赞美也被原谅，因为所有西班牙语世界的贵族都在一定程度上继承了这个语言最杰出的诗人克维多的污秽言辞。克维多把我们的灵魂和排泄物联系起来：我们终为尘土，然则是爱恋着的尘土。这给了我们理由去享受存在之中的极尽凡俗之物，并且像十七世纪的克维多，和二十世纪的昆德拉（期间再无其他人）那样，歌颂屁眼的幸与不幸。

不过，他更多地将眼前的游行队伍同费尔南多·博特罗[1]联系起来，同他画中那些鲁本斯未及想象到的浑身脂肪、身形硕大的妓女，超重的神父，肿胀的儿童，眼看要爆裂的将军……四千万美国胖子！仅仅是不良饮食的结果吗？为什么只发生在美国，而不是西班牙、墨西哥或者意大利，尽管这些国家吃着香肠、粽子和面条？看着每一个经过的大腹便便者的肚子，狄奥尼西奥猜想着数百万塑料袋在鼓胀之前的虚空里，勤恳地收容着不计其数的炸薯条、爆米花、覆盖着核桃和巧克力的棉花糖、发出声响的谷物、浇着花生和热糖浆的三色冰激凌山，像鞋底一样又硬又薄的狗肉汉堡和一堆堆寡淡、虚软的厚面包，糊满番茄酱（这是我的血）、满载卡路里（这是我的身体）的美国民族圣饼……海绵般的臀部，果冻般潮湿透明的手，阻滞着包含脓、血和鳞片的肉团的粉红皮肤……他看到她们经过。

---

1 费尔南多·博特罗（Fernando Botero, 1932—   ），哥伦比亚著名雕塑家、画家。

然而，变态而不可思议地，当狄奥尼西奥"巴科"·兰赫尔看着这些胖女人成群走过，竟开始感到蠢蠢欲动的性冲动，堪比十三岁时甜蜜愉悦、出乎意料、令人惊慌而难以解释的第一次性兴奋。不，不是第一次自慰，那已经是出于意志的理性行为了，而是性的最初萌芽，非同寻常，在发生之前不可想象……年轻人淌出的第一滴精液，在那一刻，他永远是第一个男人，亚当，游泳[1]，在精液中游泳。

　　这一直觉深深地扰乱了孑然一身居无定所的美食家。是的，在墨西哥不乏五十岁甚至是四十岁的尊贵女士愿意与他在贝林豪森共进午餐，在埃斯托利尔共进晚餐，一起听一场弗兰西斯卡·萨尔迪瓦组织的历史中心文化节音乐会，或者是"小教授讲堂"的两位老伙计——与他同时代的何塞·埃米利奥·帕切科和卡洛斯·蒙西瓦伊斯——的讲座。的确，这些女士中有一些也会很乐意接受偶尔和他上个床，但是，对于了解她们的癖好，或是把他的癖好教给她们来说，也已经太晚了。她们不必知道没有比被女人的手抚摸后颈更让他兴奋的了，他也不必知道她们中间谁喜欢被吸吮乳头，而谁不喜欢，因为会很疼：哎呀！他的朋友厄瓜多尔小说

1　此处为颠倒字母顺序的文字游戏，西班牙语中"亚当"写作"Adán"，"游泳"为"nada"。

家马塞洛·奇里波加[1]是与胖女人做爱的专家，他的死亡剥夺了他同这位智慧的、被忽略的、耽于肉欲的作家分享心得的快乐，如今，在上帝身侧，他大概也会重复那句被塞巴斯蒂安·德贝拉尔卡萨尔[2]攻陷的印加古都居民人所共知的名言："地上有基多，天上有个洞，只为看基多。"此刻，狄奥尼西奥只想要一个小洞，以便能看到一个胖姑娘的小洞。

胖女人的队列在他身上产生了一种罕见的新鲜效果。他开始想象自己在一个这样硕大的女人怀中，迷失在可以与肉质蕨类植物丛林相比拟的繁茂之中，探寻着隐秘的珍宝，胖女人们的钻石般的突起、暗藏的天鹅绒、珍珠般的光滑和看不见的潮湿。然而身为狄奥尼西奥（一位谨慎、优雅、知名的墨西哥绅士），狄奥尼西奥不敢即刻将其幻想与肉欲的冲动付诸实施，也就是去和那个肥胖的欲望对象搭讪，冒着挨个巴掌或是走运被接受的危险。挨巴掌，不管有多重，对他来说，反而相对不那么痛苦，不是与拒绝相比，而是与被应允一个爱

1 马塞洛·奇里波加（Marcelo Chiriboga，1933—1990 或 1996），智利作家何塞·多诺索和卡洛斯·富恩特斯共同创造的虚拟人物，并称之为"厄瓜多尔文学的神话人物"，作为拉丁美洲文学爆炸中厄瓜多尔的代表，曾出现在两人的多部作品中。
2 塞巴斯蒂安·德贝拉尔卡萨尔（Sebastián de Belalcázar，约 1480—1551），西班牙军人、探险家。1534 年，德贝拉尔卡萨尔攻占了基多，并重建了该城。

的下午相比：他从来没有喜欢过胖女人，不知道该从哪里做起，该对她说什么，不说什么，总而言之，和过度肥胖的女人性爱的礼仪是什么。比如，他该怎样邀请她们吃东西，而不冒犯她们？她们期待什么样的恭维而不会觉得被贬低或被嘲笑（来吧，我的小丫头，你的小眼睛多漂亮——冒犯人的指小词；你的大眼睛那么大，你巨大的乳房——禁忌的指大词）。狄奥尼西奥担心变得完全不自然，于是也就失去所有的效果。他不得不放弃染指任何一个从肯德基走出来的胖女人，但是，头一次让他产生欲望的这种女人的数量之充裕本身，由于不难理解的联系，使他想到食物，想用饮食的可能来弥补情欲的不可能，去吃掉上不到的东西……

他来到圣迭戈北部的一个商场里，在索引牌上找一个在他看来相对不太差的餐馆。在"我的太阳"，他无疑可以吃到番茄酱维苏威火山掩盖下的一星期前就煮好的意大利面；"蒙马特之家"确保了糟糕的食物和高傲的服务员；"乡村万岁"将判处他只能吃最不屑一顾的带小胡子标志的美式墨西哥餐。他选了一家美式烧烤，那里至少能调出上乘的"血腥玛丽"鸡尾酒，而且从外面看起来很干净，在桌上的铅条、座椅的皮子、镀镍的吧台和镜子的变幻作用下简直闪闪发亮，一座水银的迷宫——事实上，是为了让每一位食客如果愿意，不必停止望向同伴，就可以欣赏自己在镜子里的投影，或者是一直自我欣赏，以弥补食物的乏味。

他坐下来，一个衣着像上世纪末服务员的英俊的金发年轻人为他递上菜单。狄奥尼西奥本来选了个僻静的地方，从那里可以看到溜冰场，但是没一会儿，旁边的桌子就坐下来两个弯腰驼背的老头儿，但他们精力充沛，气势汹汹，骂骂咧咧，头戴泡泡纱面料的帽子，身穿白开衫蓝裤子。他们吵吵嚷嚷地坐下来，拖拉着耐克运动鞋。

"我看一下，第一道……"狄奥尼西奥看着菜单。

"拿出证据来。"两个坏脾气老头中的一个说。

"没这个必要。你知道不是事实。"他的同伴说。

"来一个鸡尾冷虾。"

"你从那笔生意里什么都没捞到。"

"我不知道我干吗还继续跟你争论，乔治。"

"不，不要酱汁，只要柠檬。"

"我提醒过你你会破产的。"

"我早跟你说过，我早跟你说过，我现在跟你说，你就没别的话说？"

"今天的汤是什么？"

"你什么都不懂。"

"我远远地就看见他走过来，内森，我提醒你来着。"

"法式奶油土豆浓汤。"

"我跟你说你什么都不懂。"

"我什么都不懂？你知不知道二战时候的商船一半都失踪了？"

"拿出证据来。你顺口瞎编的。"

"然后来个牛排。"

"你想打赌吗？"

"当然。打赌我总能赢你，你是个无知的人，乔治。"

"五分熟。"

"你知道什么是重力吗？"

"不知道，你也不知道。"

"是一种磁力。"

"不，不要蔬菜，只要牛肉。"

"那你说说，海边有重力吗？"

"没有，重力为零。"

"哈，多深刻的智慧。谁都骗不了你。"

"随便你怎么赌。"

"我赌，内森。"

"不，小伙子，我不喜欢烤土豆，不管有没有酸奶油。"

"无论如何，我们都会收您钱的。"

"收吧，但是别给我放在牛排里。"

"要是不放土豆我会被解雇的。这是规定。"

"好吧，那就放旁边吧。"

"不管怎么说，我们都要收您钱的。这盘总共二十二块九，不管有没有土豆。"

"好吧。"

"乔治，你什么都懂一点，但是什么重要的都不懂。"

"我懂什么时候生意不好，会失败，内森，你不能否认，这一点我确实懂。"

"我什么都不懂，但我是个有教养的人。"

"事实，事实，内森。"

"你在听我说吗？"

"我在听，耐心地听。"

"我不知道你我为什么还要继续聊下去。"

"一盘生菜沙拉。"

"最后？"

"是的，小伙子，沙拉最后吃。"

"您是外国人吗？"

"是的，我是个古怪极了的外国人，有古怪极了的癖好，诸如把沙拉放到最后吃。"

"在美国我们先吃沙拉，这是正常的习惯。"

"你在听我说吗，乔治？"

"拿出事实来，内森。"

"你知不知道美国出版业年收入总额和香肠工业年收入总额相当？你知道吗？"

"你从哪看到的？是为了羞辱我吗？"

"你什么时候变成图书出版商了？"

"不，我是香肠生产商，这你知道，内森。你在听我说话吗？"

"柠檬蛋白派。就这些吧。"

"你想打赌吗？"

"你在听我说话吗？"

"拿出证据来。"

"你什么都不懂。"

"我不知道我们为什么还在一起吃饭……"

"打赌。"

"赌。月亮上有重力吗？"

"事实、事实。"

"我跟你说过那个生意一定会黄，你破产了，乔治。"

那个叫乔治的人不小心发出一声沙哑、剧烈的抽噎，与他无动于衷的面容毫不相干。

没有一种吸引不包含一丝厌恶，当我们任自己陶醉在美杜莎的眼睛里时，我们会责备自己。但是在这对好争辩的老头儿身上——干瘪、秃顶、大鼻子、关节炎患者、雄性象征般地举着未点燃的香烟（禁止吸烟）——厌恶最终驱散了吸引，狄奥尼西奥开始不耐烦地鼓弄着一瓶酱料，随着乔治和内森翻来覆去的辩论无休止地延续，他越来越焦躁地摩挲着瓶身。对这两个老人来说，这谈话内容让他们彻夜难眠、不吐不快，而对狄奥尼西奥来说则不堪忍受。为了从乔治和内森中解脱出来，墨西哥美食家开始一边摩挲瓶子，一边想女人，与此同时，他认出了这瓶酱的标志，墨西哥哈拉贝纽辣椒酱，突然间，瓶盖魔法般地从里面打开，就像火山冲破山口的古老结痂，随着这个以酒神巴克斯之名为昵称的人的摩擦，又重新开始喷吐熔岩。

　　只不过从辣椒酱瓶子里出来的不是辣椒酱，而是一个小人儿，身形微小，但是通过他的骑士服装、马里阿契[1] 帽子和萨帕塔[2] 式胡须清晰可辨。

　　"老板，"他一边说一边脱帽，露出毛发粗硬的头顶，"你把我从一年的禁闭中解救了出来。没有一个美

1　马里阿契（mariachi）是一种墨西哥式乐队，乐队成员通常身着华丽的墨西哥骑士服，头戴宽边墨西哥帽。乐队通常在婚礼、节日等正式场合表演。
2　指埃米利亚诺·萨帕塔·萨拉萨尔（Emiliano Zapata Salazar, 1879—1919），墨西哥革命领袖，墨西哥南方解放军领导人。

国人打开我。谢谢你！对我下命令吧，你的意愿将得到满足。"小骑士说完，抚摸着别在腰间套子里的手枪。

狄奥尼西奥"巴科"·兰赫尔在一瞬间想起了那个笑话，一个遭遇海难的人，在荒岛上度过了十年，有一天释放出一个瓶中精灵，当精灵让他要求任何他想要的东西时，这个人求了一个很棒的女人，结果出现的是特蕾莎修女。他决定信任瓶子里的小骑士，况且，他和阿贝尔·盖萨达[1]漫画里马蒂亚斯骑士的形象一模一样。

"一个女人。不，几个。"

"几个？"小骑士问道，看样子，如果需要的话，他随时准备为他安置一群妻妾。

"不，"狄奥尼西奥解释说，"我点了几道菜就来几个。"

"主人，是随菜一起上呢，还是取而代之？"

"这就由你决定吧。"他有些漫不经心地说，"作为菜，伴着菜[2]……"这位国际化的墨西哥人，我们现在、曾经和未来的主人公——狄奥尼西奥"巴科"·兰赫尔，已经习惯了不寻常的事（一贯如此）。

小骑士走了个哈拉贝舞步，朝天开了一枪，随即消

---

1 阿贝尔·盖萨达（Abel Quezada, 1920—1991），墨西哥漫画家、作家。
2 文字游戏，在西班牙语中"作为"为"como"，"伴着"为"con"，发音相似。

失了。与此同时，取代他出现的是端着鸡尾冷虾的服务员和一个瘦削的女人，瘦得简直像遭了饥荒，深色的头发直垂而下，额前留着刘海，瘦得像大力水手的女朋友或是莫迪里安尼画中的模特，迥异于狄奥尼西奥变态地幻想着的胖女人。她手里捧着一杯无糖可口可乐，一边用勺子喝着，一边打量狄奥尼西奥，眼神里同时包含着厌倦、嘲讽和疲惫。她用同样无比厌烦的眼神环顾四周，问自己——那声音比密西西比河还要悠长——她在那儿干什么？和谁在一起？他告诉她，他向瓶中的精灵求了一个女人，这并没有令她吃惊。强压住一个哈欠，这个患了厌食症的美国女人回答他说，她也求了同样的东西。没有和别人共享运气更差的运气了。她求了一个男人，她笑了，带着深深的疲倦和无尽的饥饿，把一切交给运气，因为她自己选择的时候总是选错，那么就让别人替她选吧，她总是有空，随叫随到。

"我是个糟糕的情人。"她近乎骄傲地说，"我提醒你。但是我不接受任何指责。有错的永远是男人。"

"是的，"狄奥尼西奥说，"没有冷淡的女人，只有无能的男人。"

"或者狂热的，"女人思忖着，"我受不了爱情里的狂热，那会偷走所有的真诚。但我也受不了真诚。我只能忍受对我撒谎的男人。谎言，是爱情唯一的奥秘。”

她打了个哈欠，说他们得推迟性邀约。

“为什么？”

“因为性对我来说唯一的意义是事后要抹去性伴侣所有的痕迹。这一切很累人。”

狄奥尼西奥伸手去触碰那女人的手。她嫌弃地抽回手，发出一阵舞女般的笑声。

“私下里你是什么样的？当没人看见你的时候？”狄奥尼西奥问，她敛容正色，喝了一勺巧克力便消失了。

那盘鸡尾冷虾也随之消失了。在那一瞬间，狄奥尼西奥自问，他是否已经把它吃掉了，在和那个纽约厌食症患者说话的同时（她一定是纽约人，要是加利福尼亚人就太注定、庸常、可以预见了，至少在纽约，讽刺、厌烦和疲倦有着文学基础，而不是气候的产物）。也可能，他以为自己吃了一盘鸡尾冷虾，实际上吃掉的是那个美国女人，她那么刻意避免与他对视，难道是为了不被发现，甚至也不被猜到？他按捺不住地好奇，想知道他是在和她们一起吃饭，把她们吃掉，还是这一切可能结束在——他快乐地颤抖起来——相互作为美食的牺牲中。

骑士的枪声响起，服务员将法式奶油土豆浓汤摆在他面前，对面出现了一个四十岁上下的女人，吃着同样的食物。很明显，她狂热地怀恋着自己的童年，除了劳拉·阿什利牌印花连衣裙，头顶秀兰·邓波儿式的发髻上还系了个红色蝴蝶结。这些古怪的装饰物没有让狄奥尼西奥分心，他注意到这个年老版的秀兰·邓波儿言语间丰富的面部表情和喝汤时口中发出的巨大声响，在一口口吸吮和一个个鬼脸的间隙里，她只表达出了激动和震惊，和他坐在一起吃饭多么激动，能够结识一个这么浪漫、这么高雅、这么这么这么异国风情的人多么令人震惊，只有外国人会让她兴奋，难以置信一个外国人会看上她，她只生活在自己的幻想里，幻想着不可能的、使人震惊的、激动人心的浪漫故事，一辈子梦想着自己在罗纳德·考尔曼、克拉克·盖博、鲁道夫·瓦伦蒂诺的怀抱之中……

"你从来不幻想梅尔·吉布森吗？"

"谁？"

"汤姆·克鲁斯呢？"

"他是谁？"

不，她对生活没什么可抱怨的，她继续摆出一连串夸张的表情，眼睛圆睁，发髻摇得像个豪华的拖把，眉毛几乎挑到蝴蝶结的高度，脑袋晃得像个陶瓷娃娃，但同时她又像蛇一样发出哨声，像母鸡一样咯咯叫，像母狼一样呼噜，然后向他吐露，她睡觉的时候会吟唱摇篮曲和鹅妈妈的童谣，但她的头脑中（一切都令人震惊、激动人心、前所未闻）会掠过可怕的灾祸，空难、海啸、公路上的屠杀、恐怖主义袭击、残碎的尸体，她唱着摇篮曲和优美的童谣来驱散这些灾难。他会理解她吗？一位显然来自异国的令人激动的高雅绅士、wonderful、wonderful、wonderful……

说着"妙极了"这个词，这个漫游仙境的爱丽丝消散在一片金黄和玫瑰色之中。汤也随之消失了。狄奥尼西奥落寞地望着空空如也的汤碗。小骑士的枪声再次响起，服务员端上牛排，同时出现了一个极美的女人，美丽而优雅，身着黑色低领西装，颈上挂着珍珠，腕上戴着手镯，梳妆整齐，沉默地望着他。

狄奥尼西奥没有说话，切下牛肉，把带血的肉块（他要求半熟）送到嘴边，这时，就在这精准的一刻，她开始说话。是的，但不是对他说。她在对着手机说话，一只手拿着手机，另一只手似乎在触摸双乳之间的分界处，那手势就像女人出门赴晚宴之前在那处欢乐的乐谱上洒香水的样子。

"我今天很难得在坐着吃饭，你明白吗？我从来没有时间坐下来，我站着吃饭，现在的情况我觉得不正常……"

"但是，有什么……"狄奥尼西奥打断她，这才发现女人不是在对他说话，而是在对着手机说。

"想你？你觉得我想你？"

"不，我从来没说……"狄奥尼西奥决定将错就错，真混乱……

"听着，"穿低领西装的美女继续说着，交叉西装上衣下乳房若隐若现，"我通过一个号码收传真。我没有地址也没有名字。我不需要秘书。我走到哪儿都带着电脑。我没有地点。不，我也没有时间。我在向你证明，蠢货。荷兰现在是晚上十点跟我有什么关系，加利福尼亚是下午三点，我们这里在工作……"

"在做爱，我是说，在吃饭[1]……"狄奥尼西奥更正道，美女没有理他，轻抚耳后，又一次像在洒香水，仿佛她的手指是一小瓶香奈儿……

"你看，我现在连医生也不需要。你看到这个手环了吗？这不是什么轻浮的珠宝，是我的随身医院。可以测心电图，量血压，甚至测量胆固醇，在任何地方都可以，也不用耽误时间……"

狄奥尼西奥琢磨着这个貌美的女人是否其实是个乔装的护士，那样的话，医院一定会奖励她的高效，然而

---

1 原文中"在做爱"为"cogiendo"，"在吃饭"为"comiendo"，发音相近。

这位天仙般的丽人在意的不是效率，而是急迫，她开始对着手机说（狄奥尼西奥开始怀疑她是不是真的在和一个身在荷兰的人通话，更不可能是和狄奥尼西奥说话，难道是自言自语？）：

"听着，没有时间，没有地址，没有名字，没有地点，没有办公室，没有假期，没有厨房，我还有什么？"

她的声音颤抖了，哽咽欲泣。狄奥尼西奥惊慌起来。他很想拥抱她，至少抚摸一下她的手。有那么一会儿，她变得歇斯底里，她第一次望向他，对他说，萨莉·布斯，三十六岁，俄勒冈州波特兰市人，高中时被一致认为是最注定会有所成就的人，三个丈夫，三次离婚，没有孩子，有非正式的情人，越来越疏远，电话爱人，远程高潮，安全的爱情，没有问题，没有体液，健康无碍，我不会去医院，我将会死在家里……

她的情绪涌动和即时自传都戛然而止，她攥紧狄奥尼西奥的手说："钱是用来做什么的？用来收买人。我们所有人都需要同谋。"说着这句话，和前面的人一样，她消失了，狄奥尼西奥盯着空盘子，上面只剩那块带血牛排（尽管他明确表示要半熟的）残存的汁液痕迹。

"你本可以多一些残酷，少一些美。"狄奥尼西奥为他的不幸，尽管也为他间或的享乐而装在心里的法国象征主义诗人说。

　　而这一次，他的随身波德莱尔[1]也没能走出箱子。小骑士的手枪发出轰响，出人意料地，金发的服务员把一份柠檬冰沙放在他面前，狄奥尼西奥认出这是法式大餐里的 trou normand[2]——用来除去口中主盘留下的味道，准备好迎接新口味的"诺曼底之洞"。他惊异于圣迭戈郊外一家商场里的美式烧烤竟然懂得讲究这样的细节，然而更让他吃惊的是，当他抬起目光，看到了一个并不美貌却光彩照人的女人，他马上就看出了这一点。她没化妆的脸需要也不需要装扮，这不重要。她素净的脸上一切都富有意义：眉毛呈浅金色，就像大海与沙滩的交汇处；嘴唇薄得正好，纹理恰到好处而不加掩饰地暗示着即将到来的衰老；熨直的头发束成发髻，毫不在意新生出的白发，就像闲云飘浮在流着蜜的田野上；眼睛，眼睛是深灰色的，优质羊绒和朝雨的灰色，灰得像黑板和粉笔的聪明、愉快的相会，宣告着她的独特，那是一双会在雨中变换颜色的眼睛。她的目光掠过狄奥尼西奥的肩膀，望着电视屏幕。

1　全名夏尔·皮埃尔·波德莱尔（Charles Pierre Baudelaire, 1821—1867），法国 19 世纪最著名的现代派诗人，象征派诗歌先驱，代表作有《恶之花》。
2　法语，意为诺曼底之洞。

"我要是能做一个棒球队接球手就好了。"她微笑着。而此时,"巴科"正陶醉在他新的女人的目光里,任凭柠檬冰沙融化。"从下方接球,需要一种特殊的技巧。"

"就像威利·梅斯。"狄奥尼西奥打断她,"他确实很擅长从下方接球。"

"你怎么知道?"她无比惊讶又和蔼可亲地说。

"我不喜欢美国菜,但是我确实很欣赏美国人的文化、体育、电影和文学。"

"威利·梅斯。"素颜的女人说,眼珠转到天上,"奇怪的是事情做得好的人从来不是只为自己做这些事,好像是为所有人做的。"

"你想到谁?"狄奥尼西奥问,越来越为他的"诺曼底之洞"女士着迷。

"福克纳,我想到威廉·福克纳,想到一个文学天才竟可以拯救一整个文化。"

"一个作家什么也拯救不了,你错了。"

"不,错的是你。福克纳向我们南方人证明南方可以不只是暴力、种族主义、三K党、偏见、红脖子[1]……"

"你看着电视脑子里想到了这些?"

---

1 "红脖子"是一个历史性词汇,指美国南方从事体力活受教育程度低的白人。

"我非常好奇。我们看电视因为电视里发生着事情，还是事情发生是为了在电视里看到它们？"

"为什么墨西哥穷？"他接上她的游戏，"因为经济不发达？还是因为穷所以经济不发达？"

现在轮到她笑了。

"你看，以前人们看威利·梅斯打球，第二天读报纸好确认他的确打了球。现在可以同时看到报道和球赛。已经不用去证实任何东西。这令人担忧。"

"你提到了墨西哥？"她垂下目光，迟疑了片刻，用询问的语气说，"你是墨西哥人吗？"

狄奥尼西奥点头表示肯定。

"我喜欢也不喜欢你的国家。"灰色眼睛、蜂蜜色头发上顶着白云的女人说，"我收养了一个墨西哥女孩。把她交给我的墨西哥医生没有告诉我她患有严重的心脏病。在这边，我带她做了常规检查，医生警告我如果不马上手术，她可能活不过两个星期。为什么在墨西哥他们不告诉我？"

"可能是为了让你不打退堂鼓，而是收养她。"

"可是她可能会死，可能会……啊，墨西哥的残忍、滥权、对穷人的漠视，他们真遭罪，你的国家太可怕了……"

"我打赌那个女孩很漂亮。"

"非常漂亮。我非常爱她。她会活下去的。"在消失之前，她带着变了形的眼睛说，"她会活下去的……"

狄奥尼西奥只看了眼化掉的冰激凌，却没来得及吃。精灵小骑士急不可耐地想完成任务然后消失，又一次开了枪，一个外表姣好的女人，头发卷曲，鼻子扁平，不安分的眼睛里含着笑，脸带酒窝，牙齿上套了牙冠，对他露出大大的微笑，就像在飞机上、学校或是酒店里向他表示欢迎。没办法看出来，外表会骗人，她的容貌是那么地不偏不倚，一切都有可能，甚至可能是妓院的老鸨。她身上穿着慢跑服、粉蓝色外套和宽松长运动裤。她不停地说话，好像狄奥尼西奥的在场丝毫不影响她冲动的演讲，没头也没尾，对着一大厅理想的听众，无限耐心、无限独立的人。

沙拉出现了，伴着服务员轻蔑的手势和咕咕哝哝的批评：

"沙拉应该在开头吃。"

"你觉得我应该纹身吗？我有两件事从来没做过：纹身和拥有情人。给自己纹个身和找个情人。你觉得对于做这些来说我还不算太老吗？"

"不，你看起来在三十岁到……"

"在青春期的时候，纹身确实有意义。但是现在，你想象一下我脚腕上有个纹身。脚腕上带着纹身我怎么去出席自己女儿的婚礼？更糟糕的是，脚腕上带着纹身将来我怎么去参加我孙女的婚礼？算了吧。最好纹在一边的屁股上，这样只有我的情人在私下里看得到。现在我要离婚了，我很幸运地认识了一个不可思议的男人，你猜他的地盘儿在哪儿？”

“我不知道，你是说他的家还是他的办公室？”

“不是，傻瓜。我是说他职业覆盖多大范围。你猜！还是我来告诉你吧：全世界。他采购没有专利的配件，你知道这是什么吗？所有不交专利费的机械、家用电器和电视机的配件。你觉得怎么样？真是个天才！但我怀疑他是同性恋。不知道他能不能教育好我的孩子。我训练他们从小上厕所。我不明白为什么我有的朋友那么晚才训练她们的孩子，要不就从不训练……”

狄奥尼西奥急急忙忙地吃完沙拉以便摆脱这位离婚的女士，而她也随着他吃下的最后一口消散无踪。我吃了她？还是她吃了我？这位美食评论家自问，一种愈渐强烈的难以名状的焦虑占据了他。所有这一切，是个玩笑吗？是一片迷雾[1]。

甜点的到来也没能将这迷雾驱散，“巴科”害怕揭晓柠檬蛋白派所对应的女人，尤其是在这次冒险之初，

---

1 此处为谐音文字游戏。西班牙语中“玩笑”是“broma”，“迷雾”是“bruma”。

他曾看着胖女人走来走去，幻想过她们。果不其然，小骑士的枪声未落，一个身形庞大的女人就坐在了他对面。如果说她有一公斤重，那么她就还有三百二十六公斤。粉色的运动衫宣示了她的传教热忱：FLM, fat liberation movement[1]。她米其林广告式的胳膊没能在胸前交叉起来，巨大的乳房在运动衫下面晃动不已，像肉的尼亚加拉瀑布般垂在肚子上，桶一样的肚子构成了观赏那双海绵腿的唯一障碍，大腿以下裸露着，毫不在意短裤不得体的褶皱。潮湿的双手像果冻一样透明，令人作呕地放在狄奥尼西奥的手上。评论家感到一阵战栗，想抽回双手，却没有做到。胖女人在那里向他传播教义，而他，顺从地对自己说，我会是个好教徒。

"你知道美国有多少过度肥胖的人吗？"

"是的，我知道。"

"你猜都猜不到，小伙子。四千万被轻蔑地称作'胖子'的人。但是我要告诉你，没有人可以因为他的外貌缺陷被歧视。我走在街上对自己说：'我漂亮又聪明。'我先小声说，然后大喊出来：'我漂亮又聪明！不要逼我变态！'这会引来他们的注意。这时我就会要求必需的。肥胖是美的。倡议减肥的运动应该被宣布违法。

---

1 英文，意为"脂肪解放运动"。

电影院和航空公司应该为我这样的人设置专门座位。为了坐得舒服必须买两张飞机票的情况该到此为止了。"

她歇斯底里地提高了音调：

"谁都别想看我的笑话！我漂亮又聪明。不要逼我变态。我原来是在圣迭戈注册的一艘船上的厨师。我们从夏威夷来，是一艘货船。有一天我吃着冰激凌在甲板上散步，一个水手站起来，从我手里夺走冰激凌，扔进了大海。'别再胖下去了。'他哈哈大笑着说，'你胖得让我们所有人恶心。你真可笑。'那天晚上，在厨房，我往汤里放了一把泻药。然后，在船员的抱怨声中，我在船舱间边走边喊：'我漂亮又聪明。不要惹我。不要逼我变态。'我丢了工作。希望你会选我。我到这儿来是因为他们告诉我你在到处找女朋友。是真的吗？我就在这儿呢……喂……你怎么了？"

狄奥尼西奥抽回被胖女人困住的手，狼吞虎咽地吃起蛋糕来，好让这个女人消失，然而她察觉到他看不上她，大喊起来：

"你被骗了，蠢货！我叫鲁比，我和智利小说家何塞·多诺索[1] 订婚了！我只会属于他！"

---

1 何塞·多诺索（José Donoso，1924—1996），智利作家，参与了魔幻现实主义文学运动。"鲁比"是多诺索的长篇小说《大象葬身之地》中塑造的人物，一位神秘而肥胖的美国女人，将其作为美国的象征。

狄奥尼西奥惊魂落魄地起身，在桌子上扔下一张令人瞠目结舌的一百美元钞票，从美式烧烤狂奔出去，再一次感受到那种可怕的焦虑，渐渐转化成一种怅然若失的感觉，似乎应该做些什么，但又不清楚究竟是什么……

　　他在一家美国运通的橱窗前停下奔跑的脚步。一个扮成典型墨西哥人形象的模特正倚着一株仙人掌睡午觉，遮着一顶宽檐大帽，穿着雇工的衣服和粗皮凉鞋。这一刻板形象惹恼了狄奥尼西奥，他粗暴地走进旅行社，去扯那个模特，然而那个模特不是木头的，而是有血有肉的，他叫喊起来："啊呀，连睡个觉都不让了。"

　　雇员们叫喊着，抗议着，别打扰那个雇工，让他做他的工作，我们在宣传墨西哥。但是狄奥尼西奥把他拖到旅行社外面，抓着他的肩膀，摇晃他，问他是谁，在那儿做什么。墨西哥模特（或者说做模特的墨西哥人）恭敬地摘掉帽子说：

　　"您不必知道，不过我已经迷失在这里十个年头了……"

　　"你说什么？十个什么？什么什么？"

　　"十个年头，我的老板。有一天我进来，就在这曲里拐弯的地方迷了路，再也没出去，既然他们雇我在这橱窗里睡午觉，要是没什么活儿，我还可以偷偷混进去，在垫子或者沙滩床上舒舒服服地睡，有的是食物，他们不要了，扔掉，您要是看到……"

"来，跟我来。"狄奥尼西奥说着，拽起雇工的袖子，被"食物"这个词击中，他清醒、警惕地留意着自己的感情——灰眼睛的女人，那个收养了墨西哥女孩的女人，那个读福克纳的女人，他应该选择她的，天意已经作了安排，其他所有的女人他都不在乎，只有她，那个敏感、坚强、聪慧的美国女人，她是属于他的，应该属于他，他五十一岁，而她，四十岁，正好相配，这个变态的游戏是怎么回事？那个精灵小骑士，他粗俗、混账、卑劣、怪诞、助纣为虐的另一个自我，与那个象征主义的、法国的、波德莱尔式的自我大相径庭，他也是他的同类、他的兄弟，但却是墨西哥人，他戏弄他，寻他的开心，他偷梁换柱，贬低他的生活、爱情和欲望，他不告诉狄奥尼西奥，当他吃掉一块牛排、一盘鸡尾冷虾或是一个柠檬蛋白派的同时，也会吃掉每道菜所化身的女人。狄奥尼西奥胡言乱语、疯疯癫癫，在加利福尼亚一个商场的走廊中间拉扯着一个可怜的饿死鬼，直到来到一家叫做美式烧烤的亮堂堂的餐厅，他深信一切都是真的，他吃掉了所有的菜，除了柠檬冰沙，他任它融化掉了，这个他没有吃，她还活着，她没有被他的另一个阿兹特克自我吞噬，他的袖珍维齐洛波奇特利[1]，他的民族迷你蒙特祖玛[2]……

"对不起，"那个招待他的服务员说，"我们把剩菜扔掉了。您化掉的冰激凌早就进了下水道。"

他说这话的时候语气很愉快，反复舔着他那覆着一层黄色绒毛的嘴唇……而狄奥尼西奥则悲伤得想哭，猛地发出一声吼叫，手里还一直拖曳着那个雇工，把他带到停车场，那个迷失在消费迷宫里的墨西哥人惊慌失措，说我从来没来过这里，这正是我迷路的地方，我已经困在这里十年了！狄奥尼西奥没有理会他，把他推上租来的福特野马汽车，在高速公路上狂奔，纵横交错的公路网如同在沉睡中受了惊的水泥怪兽的脊柱，在雇工吓得浑身直冒冷汗之际，他们来到了城北的储藏室。

狄奥尼西奥在那里停下车。

"过来，我需要你帮忙。"

"我们去哪，老板？别带我离开这里。你难道没意识到我们费了多大力气才进到这美国乐园里来吗？我不想回到格雷罗州去！"

"你要明白一件事。我没有偏见。"

"可是我喜欢这一切，我生活的那个商场、电视

---

1 阿兹特克人的战神、太阳神。
2 阿兹特克帝国最伟大的君主之一。

机、富足、高楼大厦……"

"我知道了。"

"什么？老板，你知道什么了？"

"如果美国人没有从我们手里抢走这些土地，所有这一切都不会存在。在墨西哥人的手里，这儿会是一片大荒地……"

"在墨西哥人手里……"

"一片大沙漠，这里会是一片大沙漠，从加利福尼亚到得克萨斯。我对你说这些是为了让你不要以为我不公正。"

"好的，老板。"

几乎没有人看到他们。他们把野马汽车扔在科罗拉多沙漠中，死亡谷的南边。在商场里迷失了十年的雇工还没有丢掉把东西扛在背上的古老习惯。作为挑夫的后裔，在他的家族谱系里有石头、玉米、甘蔗、矿物、鲜花、椅子和鸟类的搬运工……而现在，狄奥尼西奥的贮藏物形成的金字塔却把他彻底压垮了——家用电器、减肥机、霍奇·卡迈克尔绝版 CD 光盘、卡西·李·克罗斯比的训练录像、猫王逝世纪念盘，还有易拉罐，一打打的易拉罐，罐装的世界，金属的饮食。与此同时，狄奥尼西奥用双臂收拢着样品册、订阅刊物、报纸、专业杂志、购物券。两个人，"巴科"和他的侍从，美食的堂吉诃德和在商场里沉睡了丢失的十年的墨西哥版瑞普·凡·温克尔[1]，向南前进，朝着边境的方向，朝着墨西哥的方向，沿着美国的沙漠，那曾经属于墨西哥的土地，一路撒下吸尘器、洗衣机、汉堡和胡椒博士汽水、淡而无味的啤酒、掺了水的咖啡、油腻的披萨、热狗冰激凌、杂志、购物券、CD光盘和电子邮件的五彩纸屑，全都撒在了沙漠上，朝着墨西哥的方向，不要任何美国的东西，狄奥尼西奥大喊着，把所有囤积的物品抛向空气中，抛向大地，抛向灼烧着的太阳，直到野马汽车在远处爆炸，留下一阵肉蘑菇般血红的烟云。狄奥尼西奥对他的同伴说，所有，扔掉所有的东西，扔掉你的衣服，就像我这样，把所有的东西都撒在沙漠上，我们要回到墨西哥去了，我们连一件美国的东西都不带走，一件都不，我的兄弟，我的同类，我们光着身子回我们的祖国去，已经可以远远地望见边境了，睁大眼睛，你看到了吗？感觉到了吗？闻到了吗？品尝到了吗？

一阵浓郁的墨西哥饭菜的香味从边境扑鼻而来，无可阻挡。

"是普埃布拉骨髓饼！"狄奥尼西奥"巴科"·兰

---

[1] 美国作家华盛顿·欧文短篇小说《瑞普·凡·温克尔》中的主人公，喝了仙酒后睡了一觉，醒来发现时间已过了整整二十年。

赫尔欢呼起来，"五百克骨髓！两个宽辣椒！你闻！香菜！是香菜的味道！我们回墨西哥去，我们朝边境去，走啊，我的兄弟，就像你出生时那样赤身裸体地回去，从拥有一切的土地一丝不挂地回到一无所有的土地上去！"

普埃布拉骨髓饼，是由五百克骨髓、一杯水、两个宽辣椒、七百克面团、三小勺面粉和油烹制而成。

忘却之线

致豪尔赫·卡斯塔涅达

　　我坐着。在露天的地方。动弹不得。说不出话。但听得见。只是现在听不到任何声音。大概因为是晚上。世界在沉睡。只有我在守夜。我看得见。我看见夜晚。我望着黑暗。我企图弄明白我为什么在这里。是谁把我带到这儿的？我感觉像是从一个漫长而虚构的梦中醒来。我极力想弄清自己身在何处。想知道我是谁。我没法问因为说不出话来。我是残疾人。是个哑巴。我坐在轮椅上。感觉到它微微晃动。我用指尖去碰橡胶轮子。有时候好像前进了一丁点，有时候又好像在后退。我最害怕的是翻倒。向右。向左。我开始重新找到方向。我有点头晕。向左。我笑了笑。向左。那就是我的不幸。那就是我的毁灭。向左边去。他们指责我。谁？所有人。这真让我觉得可笑。我不明白为什么。我没有任何理由笑。我想我的情况很可怕。糟透了。我不记得自己是谁。我得使劲回忆我的脸。一个荒唐的想法冒出来。我从未见过自己的脸。我得编造自己的名字。自己的脸。自己的后颈。但这比回忆更困难，于是我把希望寄托于记忆，而不是想象。回忆比创造更容易吗？对我来说我想是的。但我刚才说过我害怕翻倒。我不那么害怕滚动，但是向后的确让我害怕。我看不见去路。我的后颈上没长眼睛。向前我至少幻想能有所掌控。就算是滚向深渊，下坠时我也可以看见它。我会看见虚空。这时我意识到我不会坠入深渊。我已身在其中。这令我宽心。也令我恐惧。可是既然我不会跌得更低，那么我是在平地上吗？目光是我所拥有的最灵活的东西。我努力往前看，然后再往两边看。先往右，再往左。我只看见黑暗。我费力地仰起我那又老又硬的可怜的脖子朝上看。我在安全的地方吗？没有星星。星星都落下去了。反而是一片肮脏污浊的光泽笼罩天空。比黑暗还要黑暗。哪里有光？我朝脚下望去，膝上盖了一张毯子。多么善意的细节。是谁即便如此终究还会对我抱有同情呢？我磨损不堪的鞋子从毯子的流苏边底下露出来。于是我看见了应当看见的。我看见脚下有一条线。一条涂了磷的发光的线。一个线条。一个分界。一条画出来的线。在夜晚闪闪发亮。这是唯一发光的东西。它是什么？它把什么隔开？把什么分开？除了那条线，我没有更多可供指引的标记。然而，我却不知道它意味着什么。这个晚上一切都不言不语。我不能动也不能说话。

而世界也变得像我一样。哑然静止。至少我可以看。有人在看着我吗？没有什么能揭示我的身份。或许等天亮了，我就能发觉我在哪里。走运的话，我还可以发现我是谁。我想象着一种情况，如果有人在这儿找到我，被人抛弃在这黑黢黢只有地上一个人工线条发着光的空地旷野，我要怎么向他说明我的身份？我看向自己身上视线所及之处。最容易看到的是怀间。只需低下头。我看到膝盖上的毯子。是灰色的。上面有个洞。恰好在我右膝盖上。我努力挪动双手想盖上它，遮住它。我的手僵硬地放在橡胶轮上。如果使劲伸长瘫痪的手指，我会意识到轮子确实是轮子。然而，我同时也意识到，我刚才肤浅地称地上的线条是人工的，我怎么知道呢？它也可能是天然的，比如断崖、峡谷。也许我自己反而是一个人造之物，一个想象的存在。我拼命呼求记忆回来，把我从这破坏性的想象中解救出来。在毯子流苏边的末端，我看到了我的鞋。我已经说过，那是双旧鞋，磨痕累累，松松垮垮。就像矿工的鞋子。我紧紧抓住这个关联。我是在想象，还是在回忆？矿工。挖掘。隧道。黄金？白银？不。是淤泥。只有淤泥。淤泥。不知道为什么我说到"淤泥"的时候很想哭。当我说到"淤泥"，想到"淤泥"的时候，有种可怕的东西在胃里翻腾。我不知道为什么。我什么都不知道。我爱我的旧鞋子。它们虽然很硬但很舒服。鞋带绑到很高。类似短靴。鞋帮到脚踝上面一点，让我感到安全。即便不能走路，我的鞋子也使我保持平稳。没有它们我就会跌倒。脸朝下，摔得不省人事。我会倒向一边。左边，还是右边？那是可能发生的最糟糕的事。我已经身处深渊之中了。害怕的是倒向一侧。谁会扶我起来？我会满身泥土。我的鼻子将会闻到那条线。也或许那条线会吞掉我的鼻子。我的鞋子稳稳地安放在轮椅的搁脚板上。轮椅安放在地面上，尽管不那么稳。我没办法走路。但是轮椅可以滚动也可以翻倒。我会摔到地上。这我已经说过了。但现在我要添加一个新情况。我会拥抱大地。这是我的命运吗？那荧光线条嘲笑我。它妨碍大地成为大地。大地没有分界。那线条说有。那线条声称大地分裂开了。那线条将大地变成别的东西。什么东西？我是那么孤独。那么冷。我感到那么无助。是的，我想跌向大地。落到大地上。坠入大地深处，它真正的黑暗里。它的梦中。它的呢喃声中。它的起源里。它的尽头里。重新开始。即刻结束。一切同时发生。坠入我的母体里，是的。坠入我存在之前的回忆里。当我被爱着的时候。当我被渴望着的时候。我知道我曾被渴望过。我需要相信它。我知道我在这世上是因为我曾被这世界爱过。被我的母亲爱过。被我的父亲爱过。被我的家庭爱过。被那些将会成为我的朋友的人爱过。被我将有的孩子们爱过。说到这里，我惊恐地停下来。我说出了禁忌的东西。我回避、躲藏在自己的思想里。我无法忍受刚刚说出的话。我的孩子们。我不接受。这个想法让我惊惧，让我憎恶。于是，我又去看地上的线条，重拾起我可怜的安慰。我无法与大地相会，因为那条线阻止了我。那条线告诉我大地是分裂的。那条线是与大地相异的另一种东西。大地不再是大地。变成了世界。世界是那曾爱过我并把我从大地中带来的东西，此前我在大地之中沉睡，与大地浑然一体，也与我自己浑然一体。我被从大地中带来放到这世界上。世界曾召唤我。世界曾爱过我。现在却拒绝我。抛弃我。忘记我。把我重又扔回大地。然而大地也不爱我。她并未敞开护佑的深渊，而是将我放在了一条线上。至少深渊会拥抱我。我会进入真正的黑暗中，彻底的黑暗，没有起点也没有终点。此刻我望向大地，一条不体面的线将她分割。那条线拥有自己的光。画上去的、下流的光。对我的存在全然无动于衷。我是个人。我不比一条线更有价值吗？为什么那条线嘲笑我？为什么它对我吐舌头？我想我是从一个噩梦中醒来，也将再次跌回噩梦中去。最低下的物件，最卑鄙的东西，将会比我活得更久。我终将逝去。但那条线将长存。这是个陷阱，为了阻止大地成为大地，阻止它迎接我。这是个陷阱，为了使世界不爱我却把我留住。为什么世界不再爱我了呢？为什么大地还不接受我？假使我明白这两件事，就会明白一切。但是我什么都不明白。也许我应该耐心点儿。应该等到天亮。那时毫无疑问会发生两件事。会有人来到我身边，认出我来。你好，　X，他会对我说。你在这儿做什么？别告诉我你在这儿过了一夜？一个人。露宿街头。你没有家吗？你的孩子呢？他们在哪儿？为什么他们不照料你？我想到这儿。说到这儿。就嚎叫起来。像个动物。我大吼大叫仿佛自己是被困在一只易碎的玻璃杯里，而吼叫声能够将它打破。天空是我的杯子。我像狼一般嚎叫是为了驱赶区区一个词汇。孩子。我更愿意赶快往下想去考虑第二种可能。天亮后，我会认出我所在之处。这将会使我松一口气。也许，会给我力量辨明方向，将轮子抓在手里，朝一个熟悉而确切的地方去。去哪儿？我没有半点想法。谁在等我？谁会保护我？这些问题也会引来相反的问题。谁讨厌我？谁半夜把我丢在这里？我压住嚎叫声。没有人。没有人会认出我。没有人在等我。没有人抛弃我。是世界。世界把我从手中丢下。我不再嚎叫。没有人爱我吗？这些问题是纯粹的可能性。我一定没有死。我在想象各种可能。这意味着我还没有死。死亡会消除所有的可能性吗？我想象自己认出周遭，也被人认出来。我想知道我在哪儿。我想知道我是谁。我想知道是谁把我放在这儿的。谁把我丢弃在这条线上，丢弃在黑夜里。既然我还在不断自问这一切，那便意味着我没有死。我没有死因为我没有放弃可能。然而想到这里我便又想到死去的样子有很多种。也许我只想象出了几种，而不是所有的，这或许也是其中一种。我口哑身残，坐着轮椅，深更半夜在一个陌生的地界。但我认为自己没有死。这会是痴心妄想吗？我们会一直以为自己还活着吗？真正的死亡会是这样吗？我想不是。如果我真的死了，我会知道死亡是什么。这让我感到安慰。既然我不知道，就应该还活着。如果说我活着，那是因为我在以各种方式想象死亡。不过，我应该离它很近了，因为我感到我的可能性正在逐渐消失。我先对自己说我正在经过。我不敢提及我的死亡。我害怕。我是个过客，我友善地说，以免吓到别人。很多人来到面前对我说是的，你只是在经过。有一天，你终将过去。你终将死去。他们一边这样说一边在黑暗中微笑。人们。这令他们感到解脱。如果说我不会死因为我只是过去了，那么他们也不会死。他们将会过去，如此而已。我讨厌这个想法。我拒绝它。我寻找某种可以否定它的东西。某种可以否定它可怕的虚伪的东西。希望没有人这样说起我，"X 过去了"。（X 是我。）我更喜欢自己内心中的另一个声音，它说："X 已经死了。"我已经死了。我更喜欢这样。如果我真的已经死了，当我真的死去的时候，我希望别人这样说起我。仿佛我一直在等待死亡，而这一天终于来临。但又仿佛是死亡自始至终都在等我，敞开着它的怀抱。他已经死了。他是为此而生的。我们为此创造了他，爱他，抚养他，教会他走路。为了让他死去。不是为了让他就那么无足轻重地过去。不。我们抚养他是为了让他死去。就是如此，一字不差。这时，我冒出个惊人的念头，似乎思考这两件事——只是过去，已经死去——相当于思考了一切。一个声音从那条线的一侧传来，对我说："你正在过去。"另外一个声音从另一侧传来，对我说："你已经死了。"第一个声音，不是来自我这侧，而是来自身后，说的是英文。"He passed away[1]。"它说。另一个声音，迎面而来，来自我这一侧，用西班牙语说："他已经死了。"他卷铺盖走了。他蹬腿儿了。他收起了运动鞋。他去帮菊花助长了。[2]

"他已经死了。"谁？这一点没有人告诉我。没有人把我的名字还给我。我痛苦地抬起头。我说过，我的脖子很僵硬。它很老了。是个不会一开锅就煮烂的公鸡脖

---

1 英文，意为"他已经死了"。
2 以上均为西班牙语中对死亡的委婉表达。

子[1]。突然间，仿佛是应了我的念头的召唤，星星在夜空中闪烁起来。于是，我做了一件完全意外而神秘的事。我抬起了一只胳膊。用手掌遮住眼睛。然后任它径直落到膝盖上。我不知道为什么要这样做。更奇怪的是，我不知道自己是怎么做到的。但当我睁开眼睛望向天空时，我找到了北极星。我感到巨大的宽慰。看见那颗星星，认出它来，在一瞬间再次确定了我仍在世上。北极星。它的存在和它的名字向我显现。清晰分明。它们在那儿，星星和北极。不动不移。永恒地宣告着世界的起点。我头顶的后方是北方。然而星星的声音非但没有如我所愿地宣告起点，反而对我说：你将会过去。You are going to pass away.[2] 我终将过去。我终将成为尘土，终将归于尘土。我是尘土先生。满身尘土的先生。我是淤泥，也终将归于淤泥。我将是淤泥先生……先生。这一次我没有叫喊。我双手握紧轮椅的轮子。发狂又茫然地抓挠着。我眼看就要知道了。我不想知道。一种可怕的直觉告诉我我是知道的。我会遭受痛苦。我不再望向北极星。最好望向南方的幽暗。往下看，看我的脚下。"你就要死了。"暗影对我说。它用西班牙语

---

1 西班牙语俗语，指有一定经验、不再轻信的人。
2 英文，意为"你将会死去"。

说。我回答它。我说出了声。我说了些话。一句很早以前就学会的祈祷词。用西班牙语。万福，光明，及圣真十字，及真理之父，及圣三位一体。这使我感到极大的安慰。但也让我想撒尿。我在一闪念间想起小时候每次祈祷都会想上厕所。就像很多人听到水声会撒尿，而我一祈祷，膀胱就活跃起来。说到做到。圣三位一体。我尿了出来。这令我羞愧。我的裤子会被弄脏。我往腿上看去，等待敞开的前襟周围出现潮湿的痕迹。但是什么都没有发生，尽管毫无疑问我刚刚撒尿了。我再次艰难地移动右手，伸进前襟。我没有摸到内裤，也没有摸到内裤开口，使我可以触摸可耻地变白了的阴毛、褶皱的老二、胀大得仿若大象的似的睾丸。完全没有这些。我摸到了纸尿裤。那质地不容混淆。缎面防水，厚实带衬垫。他们给我穿了个纸尿裤。我感到放松也感到耻辱。放松因为我知道我可以随意撒尿或是拉屎，不必担心。耻辱因为同样的原因：他们像对待婴儿一样对待我。他们认为我是个没用的孩子。给我穿上纸尿裤，把我丢弃在一个轮椅上，放在地上画的一条线上。如果我拉屎，会有人闻见臭味吗？那么会有人过来帮我吗？那会让我感到羞辱。我情愿继续认为他们抛弃了我，不会再来找我了。没有人会给我换纸尿裤。他们抛弃了我。纸尿裤迫使我反复这么想。我是个被抛弃的孩子，是个弃婴，是个孤儿。谁的？哪些人的？我感到想要挪动轮椅的欲望。我已经解释过我为什么不这么做。我害怕滚动。摔倒。脸朝下，向着南方。背朝下，向着北方。向右不行。向左更好。但是这个词令我不安，我说过。我尽量避免它。就像我避免关于淤泥的想法，关于孩子的观念和说英语的需要。但是这个词让我无法抗拒。左。如果我接受了它，也将接受其他的一切。名字。淤泥。孩子。死亡。语言。我又把它们念了一遍，奇迹般地，我还停留在原地。只是站了起来。现在站立着。现在成了个年轻人。只是身边有人。我在那条线上。面对一群武装人员。他们是警察。穿着卡其色短袖衬衫。衬衫下还穿了汗衫。尽管如此，胸前和腋下的汗水还是浸湿了制服。他们是美国人。在线条的一侧。在我身后，有一群手无寸铁的人。穿着连体工作服。和我一样的靴子。戴着草帽。一脸疲惫。像是在不毛之地跋涉了很久。睫毛上、嘴里、胡须上都布满尘土。仿佛是被活埋了的人。又复活过来。这足以使一个名字带着和北极星一样的力量归来。拉萨罗。我以他的名义发声。辩护。捍卫。枪声响起。满身尘土的人倒下了。围在我身边的是我本应认识和爱着的人。他们围绕着我以保护我不被子弹所伤。他们保护我，却责备我。麻烦制造者。谁让你那么做了。别瞎掺和。你连累了我们。这样不行。回家去吧。回到秩序里去。你会连累我们所有人。你的妻子。你的孩子。特别是你的兄弟。我的兄弟？为什么会连累我的兄弟？难道我不是正在这里捍卫我的兄弟吗？你看看他。几乎不能呼吸了。他周身覆盖着尘土。刚刚走出坟墓。他叫拉萨罗。这才是我的兄弟。我在这里为他而战，在这条线上。拉萨罗。所有人都笑我。你在你那条线上就像只公鸡。一只败下阵来的公鸡，苟延残喘。真正的公鸡是你的兄弟。他才是那条线的主人，你不是。你不要连累他。我们所有人会一起数落你直到你投降。我们要向你证明你的勇气一无用处。我们要把你从那条线上挪走，年轻的小公鸡。我们要让你精疲力竭，老公鸡。无论你做什么，世界都不会改变的。那些你称之为兄弟的人还会继续来。当需要他们的双手时，他们可以跨过这条线，没有人会阻止。所有人都会视而不见。但当他们多余的时候，就会被拒绝，被殴打，在大街上，在光天化日之下被杀死，被驱赶。世界不会改变的。你改变不了它。你是利益海洋里的一滴水，有你没你，它都会翻涌巨浪。你的兄弟才真能搅动世界。他是整条线的主人，从一个大洋到另一个大洋。他创造财富。他从岩石里取出水来。他使得沙漠开花。他将砂砾变成面包。他才是那个改变世界的人。不是你这个可怜鬼。不是你这个穿着纸尿裤坐在那条线上的轮椅里的老蠢货。

很久以前，在同一条线上，你曾是个勇敢的年轻人。一个左翼分子。一个勇敢的左翼年轻人。一个目光炯炯的勇敢的左翼年轻人。那不是你。你没有名字。你大喊。你又一次嚎叫起来。你看得见。你听得见。你大喊。你这么做是因为你发现它会给你力量，使你能够动一动你那瘫痪的胳膊。你是谁？黑夜的合唱声攻击我，辱骂我，我想知道我是谁好回答他们：我不是无名氏，我是某个人。我的牙齿磕出欢快的声响。我知道了。我外套上的标签。那里标着我是谁。那里有我的名字。我的妻子总会为我把名字写在外套的标签上。她说，你去那些集会，脱掉外套穿着短袖讲话。过后谁也不知道哪件外套是谁的。然后你穿着短袖回来。就会感冒。最重要的是你没有钱去再买一件外套。让我把你的名字写在里面贴着胸口的标签上吧。我的名字。我的心肝。她。我记得她。我首先记起我真正的兄弟们。立刻忘掉了我的假兄弟。但二者都只是支离破碎朦朦胧胧地记起。而她，我应该记得她完整的原原本本的样子，温柔而忠诚。我摊上个多美的女人啊。多么坚强和善良，像一块岩石，像一个面包房。闻起来是面包的气息。尝起来是生菜的味道。她坚韧、圣洁、新鲜。她曾经保护我。拥抱我。鼓励我。她为我把名字写在外套的标签上，贴着心口。"贴在心上，这样你就不会给我弄丢了。"于是我把那只伤痛的手，空着的手，我被一分两半的身体上的那只好手伸过去。什么都没找到。没有补丁。没有名字。没有心。没有标签。他们把它撕掉了，我向着内心深处呐喊。他们扯去了我的名字。他们夺走了我的心。他们把我抛弃在夜晚的线上，无名无姓。我恨他们。我必须恨他们。但我更愿意去爱她。她也下落不明，和我一样。那么为什么我们不能相遇？两个人都下落不明，我们理应相遇。我渴望她，渴望她的陪伴、她的性爱、她的声音、她的青春和她的暮年。为什么你不和我在一起，卡梅利娅？我停下来。望向星辰。望向黑夜。我惊讶不已。世界又回到了我这里。大地在颤抖，它在召唤我。我说出了爱人的名字。这足以使世界恢复生机。我说出了孤寂中的第一个名字，那是个女人的名字，是我挚爱的名字。我说到、想到这一切，脑海里打开了如水般的记忆的大门。那是给我周遭干旱的一个回应。我闻见干涸的大地。乱石滩。牧豆树。仙人球。荆棘。干渴。我闻见水的匮乏，暴风雨的遥远。卡梅利娅的名字是唯一落下的雨。卡梅利娅。雨落在我头顶。是花，是水滴，是金子。我用眼睛轻抚那个名字。任它顺着我紧闭的眼睑滑落。在双唇间捕获它。品味它。吞下它。卡梅利娅。她的名字。我赞美它。也诅咒它。为什么别的人不似她这般？为什么别的人忘恩负义、贪婪而残忍？我讨厌卡梅利娅这个名字，因为它为我不愿记起的其他名字打开大门。这么想让我感到羞愧。我不能拒绝卡梅利娅的名字。那就像杀死她同时也自杀。这时我意识到这个女人的名字强加给我一种牺牲。它将我从自身剥离。直到说出"卡梅利娅"这个名字的那一刻，我只谈论着自己。我不知道我的名字，也无需知道。如果自言自语我就不需要名字。我的名字是给别人用的。我和我说话，不需要叫我的名字。其余的人是其余的人。我不是"胡里奥"、"埃克多"、"豪尔赫"，也不是"卡洛斯"。我和自我的对话是内在的，完整的，没有分隔。在那个我也就是我自己同我说话的两个声音中间连最薄的手术刀也插不进去。其余的人是其余的人。是多出来的。是多余的。但是当我说"卡梅利娅"时，卡梅利娅会回答我。我就不再是在自言自语。而是你在同我说话。如果你同我说话，那么我也必须同其余的人说话。我要称呼其余的人的名字。我从来没有为多余的人而战，而是为其余的人而战。现在我必须称呼所有人的名字才能称呼她的名字。她对我说：为了称呼我的名字，称呼所有人的名字吧。我称呼她的名字：卡梅利娅。我记起她：我的妻子。于是我必须记起他们：我的孩子们。我对这样做的抗拒无比巨大，无比强烈。我不想说出他们的名字。我想我们单独待在一起，卡梅利娅和我。我们为什么要生下他们？为什么要为他们取名，认可他们，称赞他们，亲吻他们，含辛茹苦地养育他们？就为了有一天他们对我说：你为什么不像你的弟弟我们的叔叔那样？为什么你非要贫困潦倒？为什么你要为注定失败的事业斗争而毁了自己？你怎么指望我们尊敬你？为什么你非要贫困潦倒？你们这些波丘[1]，我说他们，真是背宗忘祖。不要站在敌人一边。他们嘲笑我。既然墨西哥那边更糟糕，那么那边才是敌人的地方。墨西哥有更多的不公正，更多腐败，更多谎言，更多贫困。谢天谢地我们是美国人。我那冷酷尖酸的儿子这么说。而我的女儿，她尽量温和一些。爸爸，你随便往哪儿看，不管是边境这头还是那头，都存在不公正，你改变不了。你也不要逼我们走你的老路。倔老头。傻老头。怪不得这边的美国学校里说每分钟都有一个傻子出生。我们可没用枪指着你的脑袋逼你生下我们、教育我们。我们什么都不欠你的。你是个累赘。哪怕你至少政治正确也好。你让我们丢脸。一个共产主义者。一个墨西哥人。一个煽动者。你什么都没给我们。那是你的义务。父母就是用来付出的。而你反而剥夺了我们很多东西。你使我们不得不为自己辩解，否认你，肯定与你相反的一切才能成为

1　波丘（pocho）是墨西哥对出生在美国的墨西哥裔人的称呼。

我们自己。成为像样的人。成为另一边的人。你别嚷嚷。别摆出那副表情。既然在边境上长大，你就必须得选择：这边还是那边。我们选择了北边。我们不像你那么傻。我们会适应。你宁愿让我们像你一样毁了自己吗？你毁了我们的妈妈，别想把我们也毁了。愤怒的老头。暴躁的老头。你已经忘记自己的暴力了吗？你异乎寻常的愤怒，你非同一般的勇气。你竟然就那么渐渐熄灭，在年轻这个单纯的事实面前丢盔卸甲。只要年轻，就什么都可以原谅。只要年轻，就要向他们谄媚。只要年轻，就总是有道理。我感到被一个崇拜年轻人的世界包围着，北边和南边，两边都一样。我的眼前掠过广告、图像、邀请、诱惑、橱窗、杂志、电视，一切都在宣扬年轻人，诱惑年轻人，延长着青春，蔑视着衰老，排斥着老人，以至于年龄成了一种罪过，一种疾病，一种让你不配为人的不幸。在这一片令人眼花缭乱的、盲目的、五颜六色的、支离破碎的、椭圆形的、游离不定的灯光的雪崩之中，我迅速建起一道护墙。我闭上了眼睛。让黑夜更黑。到处充满鬼怪幽灵。我摸索着回到大地上。大地就像我失明的眼睛。它是黑色的。这一次，被我们称作大地的世界的阴暗面迎接了我。它充满了另一种光。光里有位老人。他打着赤脚。身着农民的衣服。但外面还套了件马甲。马甲上有个怀表链闪闪发光。我靠近他。跪下来。亲吻他的手。他抚摸我的头。说起话来。我认真而恭敬地聆听。他讲述着最古老的故事。讲述一切如何开始。他说从来都有两个创世的上帝。一个说话，另一个不说话。不说话的上帝创造了大地上所有无声的东西。说话的上帝创造了人类。我们不像第一个上帝。我们不理解他。他是我们之外的一切，这位老人——我的父亲——抚摸着我的头说。上帝只是我们之外的东西。我们膜拜他，我们知道他是什么，只不过因为他不是你我的样子。我想告诉你，他只让我们知道了他不是什么。但是第二个上帝，他敢于和我们一样。他给了我们语言。给了我们名字。他冒险去说话去倾听。我们可以回答他。我们不那么膜拜他，但却更爱他。称呼吧，说话吧，儿子，你也应该说话，应该称呼。去膜拜造物的上帝，但和救赎的上帝说话吧。不要封闭在自己的世界里。完美不是孤独。群体不完美，但也是可能达到的完美。那个老人、我的父亲给了我一些苦涩的乌羽玉[1]让我咀嚼，并向我提了一个要求。去说话、去称呼、去冒险吧。像给了我们语言的上帝那样。不要像那个使我们缄默的上帝。缄默，正如那一刻的我，父亲，我试图回答他。但是父亲已经离开了，微笑

1　一种细小无刺的仙人掌。含有精神生物碱，会使人产生幻觉。

着，举起一只手，说再见。他走得很远了。他属于另一个时代，与我的时代毫不相干。一个没有出人头地的野心的时代。一个炉灶和饼铛的时代。炊烟、早起和守夜的时代。面具、丧钟和鬼魂的时代。巫师的时代。生命与仙人掌和牧豆树无异的时代。与我所处的时代是多么地不同，学习读写、服用药物、获得土地、用柏油路取代仙人球、在橱窗玻璃上照镜子、买报纸、知道谁是总统、把宪法的条款塞进脑袋里。而与我的孩子们的时代又是多么地不同，冰箱和电视机，远离自然的白天，灯火通明的夜晚，无需用双手烹饪的食物，对他人财产的嫉妒，想要相信些什么而遍寻不着，渴望知晓一切却最终一无所知，他们深信自己无所不知，却警惕着一个赤脚的愚昧的人可能知道的东西。难怪他们会那么不一样。然而我爱我的父亲，我尊敬他，无论如何，我曾竭力寻找他的救赎的、健谈的、出言不逊的上帝。但如今，我的状况恰如那个缄默的上帝。和他一样被抛弃，孤苦伶仃，无名无姓，父亲。我亲吻你的双手，一次又一次。永远不想停下来。我想要爱。想要膜拜。我不想说话。不想回忆。我想他们把我扔在了这里，无依无靠，无名无姓，挑战我促使我回忆起自己是谁。如果我不知道，别人又怎么会知道？父亲要求我：回忆吧，称呼吧。我没法出声怎么可能说话？我失去了语言。那次袭击让我变成了哑巴、残废。我连动一只手、一条胳膊都很困难。好吧，我不能说话但可以回忆，我拼命想用记忆去弥补语言。父亲不知道我出了什么事吗？他怎么会要求我：说话、称呼、交流？蠢老头。他瞎了眼看不见我一塌糊涂吗，比他死去的时候还要年老？我咬牙忍住。我是个恭敬的人。我相信尊敬长者的价值。不像我的子女们。难道瞧不起父母——即使只是暗地里——是人生的规律吗？老不中用的，你听见他们说。木乃伊。破烂儿。老不死的。没用的老东西，负担，没留给我们任何东西，让我们不得不艰难谋生，这还不够还想让我们继续养着他。谁有时间或耐心给他洗澡，为他穿衣服、脱衣服，扶他躺下、站起来，把他放在电视机前一整天看看他或许能消遣一下、学点东西，结果他总是看向别处，用眼神跟着我们，就好像我们是电视，鲜活的，近在眼前的，无法忍受的？为什么他不像他的弟弟、我们的叔叔那样？他的弟弟小他二十岁，却明白所有咱们的父亲不懂或不屑的。贫穷没法分配。首先得创造财富。可是财富要像水滴一样一点一点往下走。这是肯定的。有点耐心。但是平等就是个梦。总会有蠢货和聪明人。总会有强者和弱者。谁会吃掉谁？正当得来的财富没有理由分配给游手好闲之徒。穷人都是自找的。不存在统治阶级，只有更优秀的个人。现在轮到我暗地里嘲笑我的孩子们了。当他们去找我弟弟请求帮助的时候，他对他们说了他们对世界和对我所说的同样的话。我的财富是凭自己的努力赚来的。我没有理由养活一家子好吃懒做的无能之辈。有其父必有其子。你们可真是我哥哥的好孩子。想靠别人的施舍生活。我这么说是为你们好，自食其力去吧。什么都不要指望我。从一个大洋到另一个大洋。从太平洋到墨西哥湾。从蒂华纳到马塔莫罗斯。我死去的部分头脑如我父亲所愿地回来了，装满了名字。沿着边境线，我听到我有权有势的弟弟的名字。但他真正的名字是交易。他的名字是走私。他的名字是股票交易所。公路。加工厂。妓院。酒吧。报纸。电视。毒品美元。以及和一个穷兄弟力量悬殊的战斗。兄弟之间的斗争，为了我们共同的兄弟的命运。无名兄弟们。我叫什么？我的弟弟叫什么？当我还不知道所有人叫什么，我的每一个无名兄弟叫什么的时候，我无法回答。他们为什么越过边境？对于一切我们都有不同的看法。他：美国人有权捍卫他们的边境。我：不能嘴上说着自由市场，却对应招去就业的劳工封锁边境。他：他们是犯罪分子。我：他们是劳动者。他：他们来到一片陌生的土地，就应该尊重它。我：他们是回到自己的土地上，我们以前曾生活在这里。他们不是罪犯。是劳动者。听着，潘丘，我想让你为我工作。到这儿来吧。我需要你。听着，潘丘，我不再需要你了。滚开吧。我刚刚向移民局举报了你。我从来没雇佣你。当我需要你的时候我就雇佣你，潘丘，当你多余的时候我就举报你，潘丘。我会揍你。我像狩猎兔子一样狩猎你。我给你涂上颜料好让所有人都知道：你是非法的。我的手下会带成群的白色食人族去杀死你，没有身份的墨西哥人萨尔瓦多人危地马拉人。不，我大喊着说不，不能满口正义，却做着这些勾当。所以我斗争了一辈子。和我的弟弟作对。为我的兄弟们。也和我们作对——我的孩子们指责我。和我们的福利，我们向进步、向机会、向北方的靠近作对。和没有保护我们的亲叔叔作对。是你碍了事儿。你绝了自己的路也绝了我们的路。我们为什么一点儿都不感谢你？我们可怜的母亲是个圣徒。她忍受了你的一切。我们没必要忍受你。除了痛苦你什么也没给过我们。我们用同样的东西回报你。残废。偏瘫。你要和谁一起生活？现在你又要毁了谁折磨谁？谁会扶你起床、躺下、洗漱、穿衣服、脱衣服、喂你吃东西，推你的轮椅出去散步，把你弄到阳光下以免你活活枯朽？谁给你抹鼻涕，给你刷假牙，闻你放的屁，给你剪指甲，给你擦屁股，给你掏耳屎，给你刮胡子，给你梳头，给你抹止汗剂，给你戴上吃饭的围嘴儿，给你擦去口水，谁？谁有时间有意愿有钱帮你？我，每天大清早就得穿过边境到那头去做沃尔沃斯售货员的你的儿子吗？我，在这边找到个加工厂监管员差事的你的女儿吗？连记都不记得你，在美国的墨西哥餐馆做卷饼的你的孙子吗？同样在加工厂做工的你的孙女吗？你以为他们不会在报纸上看到你的弟弟说话、做事、旅行，身边相伴的都是有钱的男人和性感的女人？还是我们的子女你的孙子孙女们？他们在美国这边费了很大力气才上到高中，就只想享受音乐、衣服、汽车，你遗留给他们的普遍的嫉妒，因为你的无能，你对所有人的慷慨，除了对你自己的亲人。这些话在我的脑海中响起，就像一条湍急而污浊的河流里碎石的轰鸣。我渴望河流入海的时候能够归于平静。然而，它在自身废弃物形成的沙洲上撞击着。堆积着沉渣、垃圾、淤泥。你是淤泥，也终将化为淤泥。淤泥。巴罗索。[1] 我满身淤泥的弟弟莱昂纳多。莱昂纳多·巴罗索。我的名字。我自己。我没有名字。他们扯去了我的名字。他们甚至不能把我送进一家医院。养老院也不行。我的名字上了黑名单。无论在这边还是那边。我被剥夺了一切权利。煽动者。共产主义者。禁止通过。连慈善都轮不到这个麻烦制造者。让他自己的亲人去照顾他吧。他们撕掉了我的标签。给我穿

---

1 此处为双关，巴罗索这一姓氏对应的西班牙语单词"barroso"意为"泥泞的"。

上纸尿裤。把我放在轮椅里。把我抛弃在这条线上。这忘却之线。这个我不知道自己名字的地方。这个我在也不在的地方。中间的、模糊不定的区域，在我的生与死之间。很抱歉，我们这里不能接受他。这里也不行。请你们理解。他被调查过。他无法被信任。他被记录在案了。他的政治履历糟糕透了。他不忠诚。不管是对这边还是对那边。他是个赤色分子。那么，让人民去照顾他吧。让俄国人去照顾他吧。别让他牵连我们的工人。不管是这边的还是那边的。墨西哥劳工联合会。美国劳工联合会暨产业工会联合会。自由可以。共产主义不行。民主走着瞧吧。他们恨不得杀死我。他们那么做倒更好。胆小鬼。他们把我丢给命运。丢给风霜雪雨。丢给无名。我听到他们说：如果我们把他无名无姓地丢出去，人们会收留他，同情他。他的名字是被诅咒的。我们所有人都被沾染了。他是我们的扫把星，我们受难苦路上的十字架。我们帮他个忙。要是没有人知道他是谁，就会同情他，收留他，给予他我们不能也不想给的照顾。让别人去处理他吧。伪善之徒。婊子养的。不，不能这么说。他们是卡梅利娅的孩子。她是个圣女。可是，圣女的孩子也可能是混账。混账孩子，可以这样说。对一位老人他们的父亲做出这等事的人脑子里会想些什么？这世界出了什么问题？什么东西崩坏了？什么都没有，我想。一切如常。忘恩负义和恼怒忿恨不是今天才有的事。抛弃的方式有许多种。弃婴有很多。有年轻的也有年老的。孩童甚至是死者。我想问问卡梅利娅，看看她记不记得。我们对子女做了什么以至于他们要这样对待我？一定有什么忘记了的事。连他们自己也不记得的事。一些深埋在血液里的东西，无论是他们还是我自己都已经不知道究竟是什么。也许是一种恐惧。也许医院、养老院或者工会都不会将我拒之门外。也许纯粹是我的儿女的意愿。他们在找借口。他们就是想要这么做。这使他们感到满足。使他们发笑。他们在报复，最坏的恶念在他们心里发痒。因为不用付出代价，这轻而易举的恶念饶有兴致地在我们腹中作祟。我是又一个弃婴。恶的弃婴。我自己儿女的弃婴，他们也许只是贪图安逸而不是狠毒，冷漠而不完全是残忍。我已经无能为力。不能说话。不能动弹。也几乎看不见了。然而天色开始破晓。夜晚比白天要更慷慨。它让人注视。晨曦令我目眩。我想到弃婴。年轻的和年老的。孩童甚至是死者。我听见了他们。他们的声响传来。脚步声。有的赤着脚。有的沉重，穿着靴子，踢踏作响。也有的指甲摩擦着地面。还有一些被橡胶鞋底消去了声音。另外一些则融入大地之中。粗皮凉鞋的脚步。没穿粗皮凉鞋的脚步。唉，奇瓦瓦州，多少阿帕奇[1]人，多少没有粗皮凉鞋穿的印第安人。我父亲曾说，不穿粗皮凉鞋就不要迈步。我听见脚步声，感到害怕。我要再次祈祷，就算会尿裤子。万福，灵魂和赐予我们灵魂的上帝。万福，白天和为我们送来白天的上帝。天亮起来了。周围景物的轮廓随之呈现，我在轮椅上注视着它们。电线杆和电线。铁丝网。柏油路。垃圾堆。铁皮屋顶。悬在半山腰的纸板房子。划破峡谷上空的电视天线网。垃圾堆。无尽的垃圾堆。垃圾的庄园。狗。但愿它们不要靠近我。还有脚步声。疾驰而来。穿越边境。将大地抛在身后。寻找着世界。大地和世界，历来如此。我们没有别的家园。而我，一动不动地坐着，被丢弃在这忘却之线上。我属于哪个国家？哪些记忆？哪支血脉？我听到周围的脚步声。我想象最终他们看着我，看着我的时候他们会创造我。我已经无能为力。我依赖他们，那些从一个边境到下一个边境的人。那些我毕生捍卫过的人。有成功。有失败。密不可分。他们现在应该看着我，用他们的目光创造我。如果他们不再看我，我就会隐没无形。除了他们我一无所有。但是他们也对我说，我没有

---

1 阿帕奇族是数个文化上有关连的北美原住民部族的总称，分散在现今美国亚利桑那州的中东部及东南部、科罗拉多州东南部、新墨西哥州西南部及东部、得克萨斯州西部以及墨西哥奇瓦瓦及索诺拉州北部。

看着他们，因为我没有称呼他们的名字。我已经告诉他们。我无法知道数百万男男女女的名字。逃亡者疾驰而过的时候，他们回答我：说出最后一个男人的名字。用爱呼唤最后一个女人。那个将会是所有人的名字。一个男人，一个女人，也是所有的男人和所有的女人。白日重生。它带来的许诺之中会有我自己的名字吗？我自言自语了一整晚。这是真理和理解最完美的状态吗？自说自话的孤独者？黑夜使我相信了这一点，以此来安慰我。白天里，我祈求另一个人到来，对我说些什么。随便什么。愿他帮助我。愿他咒骂我但称呼我的名字。淤泥的名字。淤泥的灵魂。巴罗索。卡梅利娅我的妻子。莱昂纳多我的弟弟。我忘记了我的儿孙的名字。我不知道那个为所有男人命名的最后一个男人的名字。我不知道那个以所有女人之名爱着的最后一个女人的名字。但是，我知道，在这最后一个男人的最后一个名字和最后一个女人的最后一丝温柔之中，蕴藏着万物的奥秘。不是最后一个名字。不是最后一个男人。不是最后一个女人和她的温暖。而只是最后一个越过边境的人，在先他一步的人之后，在紧随其后的人之前。太阳出来了，我望着边境的动静。所有人都在跨越我正停留其上的这条线。他们奔跑着，有的战战兢兢，有的欢欣雀跃。然而没有开始，也永不结束。他们的身体前赴后继。他们的话语亦然。含混不明，难以辨识。这是他们想对我说的吗？没有起点也没有终点？他们不看我不同我说话也不理睬我是在告诉我这个吗？别担心？什么都并非刚刚开始，什么都不会结束？这是他们在对我说的吗？我们没看清楚你，没有注意到你，也没有对你说话，便认出了你？你坐在那里，身残口哑，没有可以指明身份的标签，穿着纸尿裤，前襟敞开，觉得自己与众不同吗？其实你和我们一样。我们请你加入我们。成为我们中的一员。我们永不枯竭的源头。我们永无终止的命运。这是自由的话语吗？这是什么样的自由？他们感谢我吗？他们承认是我帮他们得到这自由的吗？这是哪一种自由？为自由而战的自由吗？即使永远得不到？即使失败？这是借着第一缕阳光跨越忘却之线的男男女女的教训吗？他们忘却了什么？记住了什么？在这条线的另一侧，什么样崭新的忘却与记忆的交织在等待着他们？我在大地与世界之间吗？我活着的时候，更多地属于哪一个？死去之后，又属于哪一个？我的生命。我的战斗。我的信念。我的妻子。我的儿女。我的兄弟。我的那些就算被杀死就算受屈辱也要跨越边境的兄弟姐妹们。给那个曾想给予你们名字的人一个名字吧。对那个曾为捍卫你们而发声的人说句话吧。你们不要也把我抛弃。不要躲避我。无论如何，我仍是不可避免的。在这点上，我很像死亡。无可避免。在这点上，我也像生命。正因为我会死去，才可能存在。假如我终有一死[1]，就不可能存在。我的死亡是我生命的保证，它的天际线，它的可能性，死亡已成为我的祖国。哪个国家？哪些记忆？哪支血脉？黑暗的大地与黎明的世界在我的灵魂中交融，来提出这些问题，将它们混合杂糅，熔铸成我最本质的存在。成为我的模样，我父母曾有的模样，和我的儿女未来的模样。无数双脚奔跑着越过边境。不必害怕它们的声音。他们会带去什么？带来什么？我不知道。重要的是他们会带去些什么也会带来些什么。融合吧。改变吧。让世界的运转永不停歇。说这话的是一个动弹不了的哑巴老头。但他不是瞎子。融合吧。改变吧。这是我所捍卫过的。改变的权利，以及这样一种荣光：明白自己有生命，有智慧，有活力，是施与者也是接受者，以人性承载着语言、血脉、记忆、歌谣、忘却、有时可以避免有时无法避免的东西、宿命的恩怨、重生的希望、需要改变的不公、应获报偿的工作、该当守护的尊严、这边和那边黑暗的大地——不是别人而正是我们自己创造出来的那个世界，这边还是那边？我不想仇恨。但我想要斗争。就算是坐在椅子上不能动弹不能说话也没有

----

1 此处对应的原文为 mortal（终有一死），但逻辑上似乎说不通，或为 inmortal（不朽的）的误写。——编注

身份。我想存在。上帝啊，我想存在。我会是谁？他们的名字就像涓涓细流，流入我的视线、我的眼睛、我的舌头，越过世界上所有的边界，冲破那阻隔着他们的玻璃。从太阳和月亮上来，从夜晚和白天中来。我费力地仰起脸，好迎向太阳。落在我额头上的是一滴水。接着又是一滴。愈渐猛烈。大雨倾盆。这个从不下雨的地方降下一场暴雨。脚步更疾了。声音更响了。我期待的晴日变得浑浊。男人女人都在奔跑，用报纸、披巾、毛衣和外套遮住头顶。雨水像鼓槌敲打在铁皮屋顶上。雨水使垃圾膨胀成山。雨水从山丘上滚落，洗刷着山丘，也从峡谷间滑过，冲蚀着峡谷，席卷着所遇之物，轮胎、大门、瓶瓶罐罐、塑料袋、旧袜子、瞬间形成的泥潭、纸片房子和电视天线。世界被大水席卷了，淹没了，没有了伴侣，与大地分离开来……我想我们将要被淹没。我想是洪水又来了。不停歇的雨水擦去了我停留其上的那条线。疾奔的脚步在柏油路上留下如同在沙滩上一般的脚印。他们靠近了。我听见汽笛的鸣响。我听见人们高声言语，在雨中，惊慌失措。湿淋淋急匆匆的脚步。搜查我身体的手。救护车的信号灯，焦急、模糊、旋转、徘徊、寻觅、探查着……一个老人，他们说。一个不能动弹的老人。一个不会说话的老人。一个前襟敞开的老人。一个穿着尿湿了的纸尿裤的老人。一个衣衫褴楼全身湿透的老人。一个踩着沉重鞋子的老人——那种可以在人行道上留下脚印，仿佛柏油马路是沙滩一般的鞋子。一个衣服标签被撕掉了的老人。一个没有钱包的老人。一个没有证件的老人：护照、信用卡、选举证、社会保险、新年日历、边境绿卡全无。一个没有塑料雨披的老人。一个脖梗僵硬的老人。一个眼睛睁开向着天空被雨水冲刷得干干净净的老人。一个耳朵竖直、耳垂滴着雨水的老人。一个被遗弃了的老人。会是谁这样对他？他没有子女、亲人吗？简直就是些混蛋。我们把他送到哪儿去？他会得肺炎的。快把他抬到救护车里去。是个老头儿。看看我们能不能调查出他是谁。那些混账都是谁。一个好老头儿。一个不肯死去的老头儿。一个叫做埃米利亚诺·巴罗索的老头儿。真可惜，我再也不能说出它了。真好啊，我终于记了起来。是我。

加工厂的马林钦[1]

致恩里克·科塔萨尔、

佩德罗·加拉伊和卡洛斯·萨拉斯-波拉斯

一

玛丽娜的名字取自看海的愿望[2]。为她洗礼时，她的父母说，瞧瞧看这个姑娘能不能有机会见到大海。在北方沙漠的村落里，年轻人和老人聚在一起，老人们说，当他们年轻的时候，长辈就对他们说过，大海会是什么样子？我们中间从来没有人见过大海。

此时此刻，一月间冰凉的太阳升上来，玛丽娜只看见格兰德河[3]枯瘦的河面，太阳感到四下一片寒冷，恨不能钻回到它从中探出头来的褐色沙漠被子里去。

现在是清晨五点，她必须在七点钟到达工厂。她有些迟了。因为昨晚和罗兰多的温存耽搁久了。她随他到河对面得克萨斯州的艾尔帕索市去，很晚才回来，独自一人，打着寒颤走过国际桥，回到她位于华雷斯市贝亚维斯塔区带马桶的单间房去。

罗兰多躺在床上，一条手臂搭在后脖梗上，另一只手握着手机，贴在耳朵上，带着疲倦的满足望着玛丽娜。她见他那么舒服，那么稚气，蜷缩成一团，同时又那么开放，那么潮湿而温热，便没有要他送她回去。特别是，她见他已经准备好开始工作，一大早就用手机打着电话。早起的鸟儿有虫吃，做边境生意的墨西哥人更是如此。

出门之前，她照了照镜子，像个睡美人，还长着小女孩似的粗睫毛。她叹了口气，穿上蓝色羽绒服，和她的超短裙完全不搭，因为羽绒服一直垂到膝盖，而超短裙却只到大腿。她把工作穿的运动鞋装进背包，挎在肩膀上。她穿细高跟鞋去上班，即便有时候鞋跟会陷进泥里或者被石头折断。与穿帆布鞋走路上班，到办公室才换上高跟鞋的美国女人相反，玛丽娜无论如何不会牺牲她优雅的鞋子，谁也别想看到她脚踩平底拖像个阿帕奇印第安人的样子。

她在卡德米奥街赶上了第一辆公共汽车，一如往常

1 马林钦（Malintzin，约1501—1527），又叫马林切（La Malinche）、玛丽娜丽（Malinalli）、堂娜玛丽娜（Doña Marina），是一位来自墨西哥湾沿岸的纳瓦人女性，在西班牙征服阿兹特克帝国中扮演重要角色，担任西班牙征服者埃尔南·科尔特斯的翻译、顾问和中间人，并为科尔特斯生下长子马丁，此人被认为是第一位梅斯蒂索人。
2 玛丽娜（Marina）在西班牙语中意为"大海的"。
3 位于北美南部的河流，在墨西哥被称为布拉沃河，由艾尔帕索至墨西哥湾段为美墨界河。

的每个早晨，她尽量朝棚户区更远处张望，棚户区那些简陋不堪的屋棚就像是从土地里冒出来的。每天，无一例外，她都会极目眺望宽广无垠的天际线。她觉得天空和太阳是她的守护者，是世间至美，天空和太阳属于所有人，是无价之宝，凡人怎么可能创造出如此美妙之物，令其余的一切都相形见绌。太阳，天空……还有人们说的——大海！

最后，她的视线总会落在不断向河面塌落的岩壁上，它们用重力法则吸引着她的目光，仿佛在灵魂深处，所有的东西都总在不断坍塌。从这个时辰起，华雷斯的峡谷就已经如同蚂蚁窝一般了。最贫穷的街区大清早便开始忙碌营生，从简陋屋棚涌出顺山坡而下的人群汇入其中，又逐渐散开到狭窄的河岸边，准备过河。她于是扭过脸去，说不清眼前的景象是让她感到厌烦、羞耻，令她心生怜悯，还是使她渴望效仿那些到对岸去的人。

不如将目光锁定在一株孤零零的柏树上，直到再也看不见。

柏树被抛在身后，玛丽娜眼前只剩下混凝土，一道又一道的混凝土墙，一条嵌在混凝土中间的无比悠长的马路。汽车在一片空地上停了一下——几个穿短裤的小伙子正在那儿踢足球暖身子——接着颤颤巍巍地穿过这片荒地，到达了下一个车站。

玛丽娜坐到她的朋友迪诺拉身边。迪诺拉穿着红毛衣、牛仔裤和平底鞋。玛丽娜将背包抱在怀中，却跷起二郎腿，好让迪诺拉和其他乘客看见她脚踝带系扣的精致的高跟鞋。

她们像往常一样寒暄，孩子怎么样，留给谁照看了。从前，玛丽娜的问题会惹恼迪诺拉，她故意装聋作哑，忙着从包里取口香糖或者是整理她那带着橙黄色短发卷的头发。后来，她发现人生中的每一个早上都会在公车上碰见玛丽娜，便迅速作答了：邻居会送他去幼儿园。

"太少了。"玛丽娜说。

"什么太少？"

"幼儿园。"

"这里什么都不够，小丫头。"

玛丽娜不会再劝说迪诺拉结婚，因为她唯一一次那么做的时候，迪诺拉粗鲁地回应道，你先结吧，给我做个榜样，三八婆。她也不会再强调虽然她们两个都单身，但是她自己没有孩子。一个儿子——这就是区别所在。孩子不需要一个父亲吗？

"图什么？这里男人都不工作。养一个还不够，你想让我养两个吗？"

玛丽娜对她说,家里有个男人能更好地防御厂里的性骚扰。男人们经常欺负迪诺拉,就是因为看她无依无靠,没人替她撑腰。这话触怒了迪诺拉,她对玛丽娜说,她真的很想和她融洽相处,既然上帝给她们派了同一辆公车,但是如果她继续提些不请自来的建议,她们就干脆不要再说话了,还让她别装出一副可怜无辜的样子。

"我有罗兰多。"玛丽娜说,迪诺拉差点笑死,所有女人都有罗兰多,罗兰多拥有所有女人,你以为呢?蠢女人。玛丽娜放声大哭,眼泪没有顺着脸颊淌下来,而是统统聚拢在睫毛上。迪诺拉心生歉疚,从包里取出一张面巾纸,拥抱了玛丽娜,并为她擦去眼泪。

"不用为我担心,美妞儿。"迪诺拉说,"我能应付厂里的动手动脚,要是有人以升职为由要求我跟他上床,那我就换个厂子,反正这儿没有人会往上走,我们只会横着挪动,跟螃蟹一样。"

玛丽娜问迪诺拉是否经常跳槽,这是她的第一份工作,但是听说女孩们很快就会厌倦一个工作,跳到另一个地方去。迪诺拉告诉她,连续九个月做同样的活儿之后,你就会腰酸背痛。

她们得下车去换乘下一辆公车了。

"你也迟到了。"

"我猜跟你原因一样。"迪诺拉笑了，两人相互搂着腰，一同笑起来。

广场上已是十分热闹，各式店铺摊头林立。所有人口中都吞吐着寒冬的雾气。商贩们摆出商品，挂起广告："走过路过，阿维利诺的玉米不容错过。"她们停下来买了两个新出锅的辣味玉米，还滴着热水和融化了的黄油，美味极了。两人取笑一则广告，"性能力不足的男士，请服用雄矿"。迪诺拉问玛丽娜有没有见过这种男人。玛丽娜说她没见过，但这不重要，重要的是选一个自己爱的男人。自己爱的？嗨，至少是自己喜欢的吧。迪诺拉说，越是那方面不行的男人往往越爱虚张声势，就像厂里那些纠缠她们想占她们便宜的男人。

"罗兰多可不是。他很有男人味。"

"这你已经说过了。他还有什么？"

"一个手机。"

"哇！"迪诺拉讥讽地瞪大眼睛，但没再说什么，因为公车来了，她们上车去乘最后一段路到工厂。一个十分清瘦但模样俊俏的姑娘匆忙赶来，在她们对面坐下来。她长着鹰钩鼻子，有种这边不太常见的立体美，穿着圣衣会法衣和凉鞋。迪诺拉问她大冬天的就这样连袜子也不穿脚不冷吗？她擤了擤鼻子，说这是个誓愿，只有在风霜天里才见诚意，夏天就没意义了。

"你们认识吗？"迪诺拉问。

"只是见过。"玛丽娜答道。

"这是罗莎·卢佩。她搞起宗教那套的时候，你就认不出她来了。我向你保证她平时可不是这个样子。你为什么要许愿？"

"为我家属。"

她告诉她们，她在加工厂工作四年了，而她丈夫——她的"家属"——还是没有动静。借口是孩子。"谁来照顾他们呢？"罗莎·卢佩并无恶意地瞟了一眼迪诺拉，"看起来我家属打算一直待在家里照看孩子直到他们长大。"

"你养着他？"迪诺拉说，为报复罗莎·卢佩的含沙射影。

"你去厂里问问。我们在那儿打工的女人半数都在养家。我们就是所谓的一家之主。不过我有家属，至少我不是单身母亲。"

为了防止这姐俩争吵起来，玛丽娜说马上就进入风景最美的一段了，三个人望向道路两旁整齐成行的柏树，不再交谈，只等待着那绝美幻景的出现。尽管早已见惯，但她们仍然每天都为之惊叹——彩色电视机组装厂，一座熠熠闪光的玻璃与不锈钢的海市蜃楼，就像一个透明的气泡，恍若在纯洁、光亮、近乎梦幻的围绕之中工作。厂房是那么干净现代，经理们口中的工业园，美国人组装纺织品、玩具、发动机、家具、电脑和电视的出口加工厂，用产自美国的配件，在墨西哥以比美国低廉十倍的劳动力价格组装，再返销到边境那头的美国市场，只需缴纳一项增值税。对于这些，她们知之甚少，华雷斯市只不过是个有工作召唤的地方，在沙漠和山区的农村里不存在，在瓦哈卡州、恰帕斯州甚至是墨西哥联邦特区也不可能找到的工作，在这里却触手可及，尽管工资比美国低十倍，但与墨西哥其他地方相比，却还要高出十倍。坎德拉里亚已经厌倦了一遍遍解释这件事。她是个三十岁的女人，与其说胖，不如说是方正敦实，从四面看去尺寸一模一样。她没有丢弃传统乡村服饰，尽管很难判断属于哪个地区。自信、严肃但面带笑容的坎德拉里亚，哪里的装束都捎带着一点儿：用惠乔尔族[1]毛线编织的秋千形双麻花辫，尤卡坦传统斗篷裙，特华纳刺绣连衣裙，索西族[2]腰带，市场上随处可见的用百路驰轮胎橡胶做鞋底的粗皮凉鞋。作为反政府工会领袖的情人，她清楚自己在说什么，她没有索性被所有出口加工厂逐出门外实属奇迹，相反，她总能

---

1 惠乔尔族（huichol）是居住在墨西哥哈利斯科州和纳亚里特州的中美印第安人。
2 索西族（Tzotzil）是居住于墨西哥恰帕斯州中央高地的玛雅人。

如愿以偿。她是跳槽女王，每六个月就跳一次槽，每当这时，老板就会松口气，因为煽动者走了。对于企业管理者来说，跳槽已经成了保持低甚至是零政治觉悟的同义词，因为没有足够的时间去煽惑任何人。坎德拉里亚只笑得辫子直晃，每六个月换个地方，继续到处散播政治观念。她三十岁了，已经在出口加工厂工作了十五年，她不想损害健康，过去在一家涂料厂工作过，溶剂曾致使她生病。"想想看，九个月不停地装涂料桶，最后连身体里面都染上涂料了。"当时她这么说。正是那个时候，她认识了贝纳尔·埃雷拉，一个中年男人，她因此而喜欢他，成熟却有着温柔的眼睛和健壮的双手，皮肤黝黑，头发花白，留着小胡子，戴眼镜。贝纳尔对坎德拉里亚说，这里没有免费的午餐，需要什么都得卖力气去赚取，这里随意上报成本和利润，这里没有工伤保险、医疗保险和养老金，也没有结婚、生育和死亡津贴，他们在给与我们恩惠，如此而已，他们给我们工作，我们得千恩万谢然后闭嘴，但是亲爱的坎德拉里亚，你要时不时地丢出三个小词儿来，就像福克斯歌里唱的，"three little words"，联合罢工，联合罢工，联合罢工，像祈祷一样重复三次，我可爱的坎德，这下你就会看到他们怎么脸色煞白，向你保证加薪，提供额外补贴，尊重你的意见，鼓励你换工厂，就照这么做，亲爱的，我宁愿你一直跳槽，也不愿意看你困死在一个地方……

"这地方可真漂亮。"玛丽娜一边感叹，一边小心避免高跟鞋踩到绿色的草坪，上面用双语标识警告：禁止践踏草坪/KEEP OFF THE GRASS。

"可不是，简直像迪士尼乐园一样。"迪诺拉半正经半开玩笑地说。

"没错，但是到处是食人怪物，专吃像你们这样天真的小公主。"坎德拉里亚嗤笑着说，她很清楚这些傻女人听不出她话里的嘲讽。但不管怎么说，她喜欢她们。

她们穿上蓝色制服，在电视机的骨架前各就各位，准备开始流水线工作。坎德拉里亚负责底板，迪诺拉焊接，玛丽娜刚刚开始练习修补焊缝，罗莎·卢佩一边检查问题——松动的金属丝，损坏的垫圈——一边对坎德拉里亚说，喂，您别再把我们当傻瓜对待了，行不行？别摆出那副圣女的表情，不停地教训我们，瞧不起我们。我？坎德拉里亚把眼睛瞪得老大，喂，迪诺拉，你说说这里还有谁比我坎德拉里亚更傻，一身负担，我从农村来，把孩子们都带来了，然后把兄弟姐妹也带来了，再后来是我的老父亲，这还不够好欺负吗？你觉得你能赶上我吗？

"你的工会领袖不给你钱花吗，坎德拉里亚？"

方正敦实的坎德拉里亚给迪诺拉传过去一个电击，这是她早已谙熟的小招数。迪诺拉尖叫一声，骂她混蛋，坎德拉里亚只是笑，说每个人都有自己的故事，最好和睦相处，不是吗？在一起共度时光，而不是无聊至死，对不对？

"你为什么要把你的老父亲带过来？"

"为了回忆。"坎德拉里亚说。

"老人是多余的。"迪诺拉自顾自地说。

她们全都来自异乡，所以会以讲述奇闻轶事来消遣取乐，关于故乡，关于家庭构成，彼此的不同，有时候，也会惊讶地发现相互间竟有那么多共同之处：家庭、村庄和亲缘。但每个人的内心都是分裂的：是把这一切抛在身后，擦去记忆，一心一意在边境开始新生活更好，还是有必要用回忆滋养灵魂，哼唱何塞·阿尔弗雷多·希门尼斯的歌曲，感受逝去的悲伤，认同冷漠意味着灵魂的死亡？有时候，她们默然对视，所有的朋友、同事——在加工厂工作最久的坎德拉里亚，同时到来的罗莎·卢佩和迪诺拉，最青涩的玛丽娜——心里都明白，不言而喻，她们所有人都需要爱，而不是回忆，然而回忆与温情无法分割，这是个难题。对每个人的背景最了如指掌的是坎德拉里亚，她的结论是大家都来自他乡，没有一个是边境人。她喜欢问她们从哪里来，她们不太愿意谈论这个话题，但唯独对坎德拉里亚似乎怀有信任，敢于把爱与记忆连接起来。坎德拉里亚想保持这一对儿的鲜活，她感到不让自己陷入遗忘或灵魂死亡的冷漠之中十分重要。她再次哼唱起"令人难忘的何塞·阿尔弗雷多的歌曲"——就像广播里说的那样。

"从贝努斯蒂亚诺·卡兰萨村来。"

"就是奇瓦瓦州这边的，从内地来。"

"不，不是农村，是一个比华雷斯小点儿的城市。"

"噢，从萨卡特卡斯州来的。"

"嗨，从拉古那来。"

"我到这来都是我爸爸主导的。"身着圣衣会法衣、长着鹰钩鼻的罗莎·卢佩说，"他说村里已经没有更多机会了。土地被一大堆兄弟姐妹越分越小，也越来越干。我一直都很活跃，非常活跃。在村里，我负责街道清洁，把墙壁粉刷成白色，我喜欢准备节庆用的彩纸屑，请乐队，组织孩子们合唱。我爸爸说，我太聪明了，不应该留在农村。我十五岁的时候，他亲自把我带到边境来，我的母亲和弟弟妹妹们留在了村里。我父亲也不绕弯子，他说，我在这里一个月赚的钱将是我们全家在村子里赚的十倍。我积极肯干，不会太难受的。只要他还在这儿，我就都忍受了。他就像是我乡村生活的延续。我没有告诉他，我想念家乡，想念我的妈妈，我的弟弟妹妹们，还有那些宗教节日——坎德拉里亚圣母节的时候装扮圣婴；圣十字架节时那么喜庆但又那么让人害怕的烟花爆竹；圣灰星期三的时候，全村人的额头上都用炭灰涂着十字架；圣周里，犹太人戴着大白胡子、大鼻子，穿黑袍上街对基督教徒搞恶作剧——所有这些，安身节、三王节，我都想念。在这边，我会在日历上找这些日期，我得记着它们，在那边不用，在那边不需要记着，节日就会自然到来。你们明白吗？但是我爸爸把我带到华雷斯来，安置在贝亚维斯塔区的一所单间房里，对我说：'努力工作，再找个男人。你是全家最聪明的一个了。'然后就走了。"

"我不知道怎样更好。"坎德拉里亚随即说，"我对你们说过，我一身重负。我到边境来的时候，把孩子们带了过来，然后我的兄弟姐妹也来了，最后我的父母也来了。对于我的薪水来说，负担太重了。开我的玩笑可要当心，坏蛋迪诺拉。我们的男人给的东西是我们应得的。我父亲给我的是无价的，是回忆。只要我父亲在家里，我就不会忘记。你们不知道有所回忆是多么美好。"

"不对，"迪诺拉说，"回忆只会让人痛苦。"

153

"可是是好的痛苦。"坎德拉里亚回答道。

"我可只见过不好的。"迪诺拉接着说。

"那是因为你没有对比。你不给自己机会储存过去美好的回忆。"

"存钱罐是属于小猪的。"迪诺拉生气地说。

罗莎·卢佩正要说些什么，监管员过来了，一个四十来岁的女人，大高个儿，长着玻璃球似的眼睛和豆荚般的嘴唇。她斥责起穿法衣的立体美人，说她违反了规定，觉得自己穿成奇迹圣母的样子可以来上班吗？不知道为了安全、卫生，应当穿蓝色制服吗？

"我在履行誓愿，监管。"罗莎·卢佩郑重地说。

"这里没有什么誓愿能大过我的命令。"监管员说，"快去，把那个袍子脱了，换上蓝制服。"

"好吧，我去厕所换。"

"不，小姐，别让您的假虔诚打断工作，您就在原地给我换。"

"问题是我里面什么都没穿。"

"让我来瞧瞧。"监管员一边说，一边抓住罗莎·卢佩的肩膀，把法衣扯了下来，粗暴地褪到腰间，任凭罗莎·卢佩漂亮的双乳袒露在外。玻璃球眼珠的女人毫不克制地闭上眼睛，豆荚般的嘴唇凑上她挺起的粉色乳头，圣衣会美人吃了一惊，没来得及作出反应，直到坎德拉里亚抓起监管员烫过的头发，咒骂着将她拉开，迪诺拉在这只母猪的屁股上踹了一脚，玛丽娜匆忙赶到罗莎·卢佩身边，用手为她遮挡，情绪激动地感觉到她的朋友心脏剧烈的跳动和乳头不由自主的挺起。

另一个男监管员走来将她们分开，恢复了秩序，并挖苦他的同事，别到处抢我的女朋友，埃斯梅拉达，他对头发蓬乱、意乱情迷像个炸番茄的女监管员说，把这些美人儿留给我，你去给自己找个男人吧。

"别拿我开玩笑，埃米尼奥，你会付出代价的。"挨了打的埃斯梅拉达一手放在额前，一手捧着腹部，一边离开一边说，"别到我的地盘上来撒野。"

"你要告我的状吗？"

"不，我只要搞死你。"

"行了，姑娘们，"埃米尼奥监管员微微一笑，他毛发少得像个红糖块，肤色也像，"我要把间休提前，去喝个饮料吧，想着我的好。"

"你会要回报吗？"迪诺拉问。

"你们自己就会沦陷的。"埃米尼奥淫荡地笑着。

她们买了可乐，在工厂漂亮的草坪前坐了一会儿——KEEP OFF THE GRASS——等着罗莎·卢佩。她在埃米尼奥的陪同下出现了，这位监管员一脸满足，而女工已经换上了蓝制服。

“看上去像只吃了老鼠的猫。”埃米尼奥走后，坎德拉里亚说。

“我允许了他看着我换衣服，我想让你们知道。我这么做是出于感激，我宁愿自己来决定。他向我保证不会找我们任何一个人的麻烦，还会保护我们不受埃斯梅拉达那个混蛋欺负。”

“我的天，就这么点儿回报就……”迪诺拉刚起头，就被坎德拉里亚用眼神制止了，其他几个人垂下了目光。她们想象不到，在经理室高高的瞭望台上，透过可以向外看而不被外面看见的不透明玻璃，公司的墨西哥老板莱昂纳多·巴罗索先生正观察着这群女工，同时对一众美国投资者吟诵着“你在女人中蒙受祝福”的赞美诗，因为出口加工厂雇佣的男女比例是一比八，女人们被从农场、从卖淫中解放出来，甚至也从大男子主义中解放出来——莱昂纳多先生露出一个大大的微笑——女工很快就变成了家里的收入来源，作为一家之主获得了尊严和力量，这把她们解放出来，使她们独立，成为现代新女性，这也是民主，得克萨斯的股东们不这么认为吗？除此之外——莱昂纳多惯于做这种周期性的动员讲话，以此安抚美国人的情绪，带给他们良心上的慰藉——这些女工，就像你们看到的坐在草坪边上喝饮料的那几个，参与到了蒸蒸日上的经济发展之中，而不是抑郁地生活在墨西哥的农业停滞中。一九六五年迪亚斯·奥尔达斯统治时期边境上没有出口加工厂，一个都没有，一九七二年埃切维里亚时期，一万个，一九八二年洛佩斯·波蒂略时期三万五千个，一九八八年德拉马德里时期，十二万个，如今一九九四年的萨利纳斯时期，十三万五千个，创造了二十万个相关工作岗位。

"可以用出口加工厂的发展来衡量这个国家的进步。"巴罗索先生志得意满地感叹道。

"应该也存在问题，"一个比黄玉米芯还要干瘪的美国人说，"总会有问题的，巴罗索先生。"

"请叫我莱恩，默奇森先生。"

"叫我泰德吧。"

"劳工问题吗？工会是不被允许的。"

"缺乏忠诚度的问题，莱恩。我一直都很看重员工的忠诚度。我知道这里女工们只待六七个月，然后就跳到其他公司。"

"当然，所有人都想去给欧洲人打工，因为他们待遇更好，会解雇或者惩罚欺负工人的监管员，给她们丰盛的午餐，谁知道呢，还可能送她们去荷兰度假观赏郁金香……您试试这么做，利润会缩减的，泰德。"

"在密歇根我们不这样做。工人流动性大，用水、住房和服务费用都会增加。荷兰人或许有道理。"

"我们所有人都会流动。"巴罗索兴高采烈地说，"你们自己，如果墨西哥设置环保规定，你们会走；如果我们严格实行联邦劳动法，你们会走；如果战争行业繁荣起来，你们也会走。您跟我谈流动？这是劳动规律。如果欧洲人优先生活质量而不是利润，那是他们的决定，让欧共体去补贴他们吧。"

"你没有回答我的问题，莱恩。忠诚度的因素怎么办？"

"想要维持忠诚的工人群体的，可以照我这样做。我们给工人提供股份，好让他们留下来。但是岗位需求量很大，年轻女孩们会厌倦，她们上不去，就会平行流动，她们幻想跳个槽就会好起来。这会产生一些成本，泰德，你说得对，但也避免了其他的。没有十全十美的事。但是出口加工厂不是零和游戏，而是双赢。我们都会从中获利。"

他们笑了一阵儿，这时，一个头发花白扎着马尾的男人进来为他们端上咖啡。

"我的不要糖，比利亚雷亚尔。"莱昂纳多对侍者说。

"那么现在，泰德，"巴罗索继续说下去，"在这个问题上你是新手，但是你的美国合作伙伴一定已经告诉你真正的生意是什么了。"

"我觉得拥有一家只卖给一个有保障的采购商的本土企业这个主意不错。我们在美国没有这样的模式。"

巴罗索让默奇森往外看，往喝可乐的女工的更远处，往天边看，他说，美国企业家向来是有远见卓识的人，不像墨西哥都是乡巴佬守财奴，从这里看到的地平线多么广阔，对不对？得克萨斯有法国那么大，墨西哥和美国比起来显得那么小，却是西班牙的六倍大，多广阔的土地，多壮观的前景，多么令人振奋，巴罗索几乎慨叹着说。

"泰德，真正的生意不是出口加工厂，而是房地产交易。工厂所在的地方、城区、工业园。你见过我在坎帕萨斯的房子吗？人们笑话它，叫它迪士尼乐园。该笑的人是我。那片地我是以每平方米五分钱的价格买下来的，而现在每平方米值一千美元。生意在这里，我提醒你。参与进来吧。"

"愿闻其详，莱恩。"

"女工们需要坐两辆公共汽车，在路上花一个小时才能到这儿。我们可以在工厂正西边建另一个中心。我们可以买下贝亚维斯塔区的土地。那是一片穷乡僻壤，狗屎一样的破屋烂房，五年的时间，价值能翻上一千倍。"

泰德·默奇森同意把钱投到莱昂纳多·巴罗索名

下，因为墨西哥宪法禁止美国人在边境一带拥有产业。他们谈论着信托、股票和股份的同时，比利亚雷亚尔为他们端上掺了水的咖啡，正如美国人喜欢的那样。

"我家属想让我离开工厂，和他一起做生意，这样我们可以多见面，轮流照看孩子。这是他最勇敢的提议了，可是我知道，骨子里他和我一样胆小。工厂是有保障的，但是只要我在这工作，他就被拴在家里了。"

这话出自罗莎·卢佩之口，但她话语间的某种东西极大地震动了迪诺拉，她整个人都崩溃了，请求允许去厕所。监管员埃斯梅拉达为了避免再起冲突，没有反对。有时候，当姑娘们要求去厕所的时候，她会说些不堪入耳的污言秽语。

"这位是怎么了？"坎德拉里亚脱口而出后马上就后悔了。她们有个不成文的规矩，谁都不去探查别人的内心。表面上的事，显而易见，也可以评论，特别是以调侃的态度。可是灵魂，那种歌曲里称之为灵魂的东西……

坎德拉里亚哼唱起来，玛丽娜和罗莎·卢佩也加入进来。

"你的样子让我疯狂，你的自私和你的孤独，是夜晚的珍宝，而我的平庸……"

在她们欢笑又蓦然悲伤之际，玛丽娜想到了罗兰

160

多，他在华雷斯和艾尔帕索的街头正做些什么呢，他是个一只脚在这边，另一只脚在那边的男人，用手机连接起华雷斯和艾尔帕索。

"晚上不要往我家里打电话，最好往车里打，打我的手机。"罗兰多从一开始就对玛丽娜这么说，但是当她向他索要号码的时候，他却借口拒绝了。

"我的手机号被盯上了，"他解释说，"如果你打电话进来，可能会给你惹来麻烦。"

"那我们怎么见面呢？"

"你知道的，每周四晚上在那边的房间里……"

那周一、周二、周三呢？我们都工作，罗兰多说，生活不容易，必须得挣钱吃饭，一个爱的晚上，你意识到没有？有的人连这都没有……那周六周日呢？家庭，罗兰多说，周末是给家庭的。

"我没有家庭，罗兰多，我就一个人。"

"周五呢？"罗兰多迅速回应道，他反应敏捷，这一点没有人能否认，他知道他只要一提星期五，玛丽娜就理屈词穷了。

"不行，星期五我和姑娘们出去玩，那是我们的闺蜜日。"

罗兰多无需再多说什么，玛丽娜只好急切地盼望着星期四的到来，好跨过国际桥，出示证件，乘公车到距离小旅馆三个街口的地方，在饮料店停下来喝一杯只有美国这边会做的顶上点缀着樱桃的巧克力奶昔，然后就这样，身体更强壮，灵魂更麻痹地来到罗兰多的怀抱，她的罗兰多……

"你的罗兰多？你的？所有女人的？"

女孩儿们的冷嘲热讽在她耳边萦绕，与此同时，她编织着电视机里黑色、蓝色、黄色和红色的金属线，简直是一面内置国旗，宣示着每台电视机的国籍——"墨西哥制造"，多么骄傲。什么时候能够写上由玛丽娜，玛丽娜·阿尔瓦·马丁内斯，加工厂的玛丽娜制造？但是连这种工作上的自豪感，这种转瞬即逝的所做值得而非徒劳的感觉，也不能抹去罗兰多带给她的妒意。罗兰多和他的征服，所有人都在暗示，有时也会明言，罗兰多，所有女人的男人。如果真是这样，那么她能分得这位风流美男的一小份爱也不错，这个魅力十足的男人，衣冠楚楚，飞机色的西装，在夜色里也闪闪发光，修剪整齐的头发，不像嬉皮士那样，没有鬓角，和梳理过的柔软的小胡子一样漆黑，均匀的橄榄色脸颊，梦幻的眼睛，贴在耳朵上的手机——所有人都看到过他在高档餐厅里，在大商场门外，在桥上，时时刻刻手机不离耳朵，洽谈着生意，连接、谈判、征服着世界。罗兰多，戴着爱马仕领带，穿着飞机色西装，料理着世界。他怎么可能给玛丽娜每星期多过一个晚上的时间？初来乍到的、最平凡、最卑微的那个？他，一个这么受欢迎的男人，最有本事的家伙？

他们第三次在小旅馆见面的时候，她哭了，因为吃醋大闹了一场。"过来，"他对她说，"来，坐在镜子前面。"

她只看见自己的眼泪聚拢在依然像小女孩儿般的粗睫毛上。

"你在镜子里看见了什么？"罗兰多站在身后，朝她的脸俯下身来，用戴满戒指的温柔的咖啡色双手抚摸着她裸露的肩膀说。

"我自己，我看到了自己，罗兰多。你怎么回事？"

"没错。看看你自己，玛丽娜。看看这个如花似玉的姑娘，浓密的睫毛，黑樱桃似的眼睛，看看那双美丽的嘴唇，完美的小鼻子，绝美的酒窝，看看这一切，玛丽娜，看看那个动人的姑娘，然后你再看看我，我问自己，一个这么漂亮的姑娘怎么会吃醋？怎么会认为罗兰多会喜欢别人，难道她看不见镜子里的自己吗？难道她意识不到自己有多美吗？我怎么会背叛她？玛丽娜太缺少自信了，罗兰多·罗萨斯需要教育她。"

于是，她的眼泪滚落下来，不过是羞愧和幸福的眼

163

泪。她抱住罗兰多的脖子，请求他的原谅。

今天是星期五，但却是个不同寻常的星期五。当她们从组装车间往外走的时候，经理办公室的服务员比利亚雷亚尔对坎德拉里亚说了些什么，使她情绪激动，近乎失控，而她通常是那么冷静；罗莎·卢佩无论怎么假装恢复平静，内心却已深受扰乱，被羞辱了她的埃斯梅拉达和保护了她的埃米尼奥所玷污，走出门的时候试图弄明白他们两个谁更可恶，是那个畜生老女人还是那个淫荡的年轻男人；迪诺拉满怀心事，玛丽娜试着回想这一天的所有对话，好找出是什么东西搅得迪诺拉如此心绪不宁，她是个好女人，她的玩世不恭完全是表面姿态，用来抵抗她认为不公平也无意义的生活，她曾经这么说，如今也看得出来……玛丽娜见她们这么低落，这么心不在焉，决定做一件不寻常的事，一件禁忌的事，让所有人感到高兴、不一样或是自由自在，随便什么……

她脱掉鞋跟如刀刃般的带系扣漆皮凉鞋，远远地扔出去，光着脚跑上草坪，在上面大笑着舞蹈，嘲弄着那块"禁止践踏草坪/keep off the grass"的警示牌，感受到一种奇妙的身体悸动，草皮是那么新鲜，那么潮湿，修剪整齐，蹭得她脚掌发痒，赤脚跑在上面就像在电影中的梦幻森林里洗澡，在那里，纯洁的少女被穿着盔甲的王子撞见，一切都那么耀眼，水、森林、剑，赤裸的双脚，身体的自由，还有另外一个，叫做灵魂的东西的自由，就像歌曲里唱的，自由的身体，自由的灵魂……

KEEP OFF THE GRASS

大家都笑了，打趣，欢呼，警告她，别发疯了，玛丽娜，快下来，你会被罚款的，你会被赶走的……

不，莱昂纳多·巴罗索在不透明玻璃窗后面笑了，泰德，你快看，他对那个像玉米芯一样干瘪的美国人说，你看，这些姑娘多快乐，多自由，工作完成后多么满足，你觉得怎么样？然而默奇森用含着一丝怀疑的眼神瞥了他一眼，好像在说：How many times have you staged this little act? [1]

迪诺拉、罗莎·卢佩、玛丽娜和坎德拉里亚四人在她们惯常坐的桌子旁坐下，紧挨着迪厅的舞台。这里的人已经认识她们了，每周五都为她们预留这个位置。这归功于坎德拉里亚的影响力。她们都明白。星期五，在"马里布"找到一个位置极为困难，这一天是伟大的自由日，工作周的死亡，希望和它的伙伴——快乐——的重生。

---

1 原文为英文，意为"这小把戏你导演了多少次？"

"马里布？马其路！¹"身着蓝色无尾礼服、荷叶边衬衫，戴荧光领带的主持人说。他面前是围绕舞台挤满整个大屋子的姑娘们，上千名女工拥挤在一起。扫兴的迪诺拉说，都是因为灯光，纯粹是灯光的效果，要是没有灯光，这地方就是个破烂的母牛圈，是灯光让一切看起来那么光鲜。玛丽娜感觉像在海滩上，简直是夜晚的海滩，美妙绝伦，在这里，蓝色、橙色、玫瑰色的光就像阳光爱抚着她，特别是白色和银色的光，仿佛月光在触摸她，晒着她的皮肤，将她通体变成银色，不是令人羡慕的日光浴（什么时候才能去海滩？），而是月光浴。

没有人理会迪诺拉的风凉话，大家都起身去跳舞，没有男伴，只在她们之间跳。摇滚乐正应景，谁也不必搂着腰，贴着脸，各自随性起舞。摇滚乐纯洁得就像去教堂——星期日去弥撒，星期五去迪厅，灵魂和身体在这两座殿堂里得到净化。她们彼此之间是如此和谐融洽，冒出那么多新奇的花样，胳膊往这边一甩，腿脚朝那边一摆，膝盖弯曲，披散的头发和乳房跳动不已，臀部自由地摇摆，尤其是脸上的表情和神态，迷醉、嘲

---

1 "马其路"（Maquilú）是由"出口加工厂"（maquila）一词演变而来，与迪厅的名字"马里布"取谐音，表明迪厅顾客大部分是来自加工厂的女工。

弄、诱惑、惊愕、威胁、嫉妒、温柔、激情、放纵、炫耀、出洋相、模仿明星，在"马里布"的舞池里，一切都被允许，所有丢失的情绪，禁忌的姿态，被遗忘的感受，都在这里得其所哉，名正言顺，纵情享乐——特别是享乐，这才是最好的。

她们大汗淋漓地回到座位上，坎德拉里亚一身多民族服装，玛丽娜有备而来地穿着迷你裙、箔片衫和细高跟，迪诺拉在一袭漂亮的红色缎面低领连衣裙下身段婀娜，罗莎·卢佩一如既往身着圣衣会法衣，履行着她的誓愿，不过在这里，奇思妙想是被允许的，甚至于看到像这样一身咖啡色、穿着圣母圣衣的人会令人感到慰藉。这时，从得克萨斯来的美国猛男秀脱衣舞男孩走上舞台，他们系着领结，却赤裸着上身，漆皮靴直到脚踝，丁字裤嵌在臀缝里，勉强支撑住下体的重量，勾勒出它的形状，挑逗着女孩儿们：用你的眼神点燃我。他们一模一样却又各不相同，每个人都托着他的"金袋子"，坎德拉里亚笑称说，但是这儿一个细节——耻骨处剃了毛，那儿又一个——肚脐上镶着钻，往上看，肩膀上有个纹身，两面国旗交叉在一起，星条旗和鹰蛇旗，再往下看，有一个男孩靴子上装了马刺，舞动着美妙、雄健而挑逗的节拍，女孩儿们不断将钞票塞进他们的丁字裤。罗莎·卢佩，他们全都是金发，但是皮肤古铜，涂了油以便更有光泽，脸上化了妆，都是美国人，诱人的美国小伙儿，惹人喜爱，给你的，给我的，女孩们互相推搡着，在我的床上，想象一下，在你的床上，带我走吧，我准备好了，偷走我吧，我"可供绑架"。一个脱衣舞男弯下腰，扯掉了罗莎·卢佩悔罪袍的带子，大家都笑起来。小伙子开始玩弄衣带，罗莎·卢佩说，今天是我的幸运日，三次有人想要扒光我，真见鬼，她笑了，而那个古铜油亮、浓妆艳抹、腋下无毛的脱衣舞男，玩弄着衣带，仿佛那带子是一条蛇，而他是个魔法师，他举起衣带，将它绷直，其他姑娘用胳膊肘推搡着罗莎·卢佩，问她是不是早和这位美男准备好了这场表演，她笑出了眼泪，发誓说没有，这才是美妙之处，一切出乎意料。姑娘们起哄呼喊着要那小伙儿将衣带扔给她们。衣带！衣带！他将衣带穿过两腿之间，固定在肚脐的镶钻上，仿佛是一条脐带，姑娘们为之疯狂，大喊着要他把带子递给她们，用它拴住，有些人的儿子，有些人的情人，有些人的奴隶，有些人的主人，她们拴在他身上，他也拴在她们身上，直到脱衣舞男将衣带头松开，让它落到了坐在舞台边上的迪诺拉的膝头。迪诺拉猛地用力扯它，力气大到差点把那小伙拽个跟头，他大喊：嘿！然后她也喊叫起来，却没有词句，只是一声嚎叫，撇下带子，在众人的惊讶和议论声中跌跌撞撞推开人群跑了出去……

她的朋友们面面相觑，惊讶万分，但出于对迪诺拉的维护，谁都不想表露出来。脱衣舞男在一片掌声之中退场，丁字裤里塞满了钞票，脸上相继褪去流水线生产的微笑。下台时，每个人都恢复了日常的表情，变成了冷漠的队伍，有的厌倦，有的无精打采，其中一个一脸满足，仿佛他做的一切都令人倾慕，配得上奥斯卡奖，还有一个用目光宰杀一圈墨西哥母牛，或许在怀念另外一个圈，墨西哥公牛圈。落空的野心、颓败、疲惫、残忍——丑陋的脸，玛丽娜不经意地自言自语，这些小伙子不会爱我，他们不像我的罗兰多，他的一切连同他的缺点……

最精彩的部分才刚刚开始……

门德尔松的《婚礼进行曲》响起，第一位女模特出现在舞台上，轻纱遮面，手捧勿忘我花束，头戴柑橘花环，身着女王般如云似雾的阔摆裙。所有的姑娘一齐发出感叹，更确切地说是一声欢呼，没有人怀疑，藏在面纱后的那张脸来自她们中间，有着深色的皮肤，是墨西哥女人，要是美国女人穿婚纱走上舞台，她们会感到被冒犯，小伙子必须是美国的，但新娘必须是墨西哥女人……有一次出来个金发碧眼的新娘，掀起了轩然大波，她们差点儿把迪厅给点了。现在他们就知道了，婚纱走秀是属于墨西哥女人，并献给墨西哥女人的。五位新娘相继出场，无比庄重，无比纯洁，接着是一个穿塔夫绸迷你裙的艳俗女人，最后是一位裸女，身上只有面纱、手捧花和高跟鞋，几乎要躺下来献身，大家笑着喊着，最后，一个穿教士服的小个子男人上场，为所有人祝福，使所有人心中充满感动、感恩之情和下周五再回来的愿望，好看看达成了多少心愿。

在迪厅出口处，等待着莱昂纳多·巴罗索的服务员比利亚雷亚尔，还有坎德拉里亚的情人工会领袖贝纳尔·埃雷拉，那个冷静、黝黑、头发花白、眼神温柔的男人，此刻他镜片后面的眼神比以往任何时候还要温柔。他胡须湿润，挽起坎德拉里亚的胳膊，在她耳边说了些什么，坎德拉里亚用手捂住嘴巴，强压下去一声叫喊，或是哭声。不过她是个沉稳的女人，非常了不起，聪明、坚强而谨慎，她只是对玛丽娜和罗莎·卢佩说：

"发生了件可怕的事。"

"谁？在哪？"

"是迪诺拉，我们走吧，赶紧回家去。"

他们匆忙上了埃雷拉的车，比利亚雷亚尔转述了他在莱昂纳多·巴罗索那听来的话，他们要把贝亚维斯塔区夷为平地，改建工厂，打算用几个子儿就买下地皮，然后以几百万的价格出售。工人们能做什么？他们有手段来阻止强占，利用这个机会，要求他们也从中获益吗？

"可是房子都不是我们自己的呀。"坎德拉里亚说。

"我们可以作为租客组织起来，阻挠他们出售。"贝纳尔·埃雷拉反驳道。

"连地皮也不是我们的，贝纳尔。"

"我们有权利。我们可以拒绝搬走，直到他们按照盈利的比例给我们补偿。"

"那他们会把我们所有人都从加工厂赶走。"

"他们休想再这样对待我们了。"罗莎·卢佩不太明白他们在说什么，这么说只是为了不被动摇，去要求他们澄清玛丽娜眼睛里那个焦灼不安的问题：迪诺拉怎么了？

"感谢你的忠诚。"埃雷拉握了一下比利亚雷亚尔的肩膀说，他正开着车，马尾飘在空中，"希望不会给你带来麻烦。"

"我又不是头一次给你透露消息了，贝纳尔。"服务员说。

"但是这次事关重大。我们将搞一次一劳永逸的罢工，传话出去吧。"

"女孩们很少闹事。"比利亚雷亚尔摇头说，"要是男人的话……"

"那我呢？"坎德拉里亚大声说，"别那么大男子主义，比利亚雷亚尔。"

埃雷拉叹了口气，将坎德拉里亚揽在怀里，望着夜晚的风景，美国一侧灯火辉煌，而墨西哥一侧却连公共照明也没有。森林、纺织品、矿产、水果，他说，所有这一切都让步给了出口加工厂，奇瓦瓦州的所有财富都被遗忘了。

"那些东西带给我们的还不到现在工作赚的五分之一。"坎德拉里亚反驳他，"无所谓。"

"你觉得女孩们会抗议吗？"

埃雷拉将他的一头白发靠在坎德拉里亚乌黑熨直的头发上。

"会的，"坎德拉里亚也把头靠过去，说道，"这次一旦得知，她们就会抗议的。"

"家里永远都不干净。"迪诺拉坐在土坯屋里的一张硬长凳上说着，"我没有时间打扫。睡觉的时间都很少。"

邻居已经聚集在屋门外，有的人进来安慰迪诺拉，最年长的女人说要给孩子布置漂亮的灵堂，摆上鲜花、白盒子，依照过去在乡间的习惯。坎德拉里亚带来几支蜡烛，却只找到两个可口可乐瓶子来充当烛台。

老人们也来了，整个街区都聚拢来。坎德拉里亚的父亲站在门口，自言自语地念叨着，究竟该不该来华雷斯工作，在这地方，一个女人不得不把她幼小的孩子一个人扔下，像个动物似的被拴在桌腿上，孩子那么天真无知，怎么能不伤到自己，怎么能呢？老人们都说这事在农村就不会发生，在那里家家都总有人照看孩子，不用把他们拴起来，绳子是用来拴猪狗的。

"我父亲曾经对我说，"坎德拉里亚的父亲说，"咱们就舒舒服服地待在家里，待在一个地方。他当时就像我这样站着，一半在屋外，一半在屋里，他说：'出了这扇门儿，就是世界末日。'"

他说，他很老了，已经不再想看任何东西了。

玛丽娜哭着，不知该如何安慰迪诺拉，她听了坎德拉里亚父亲的话，庆幸自己家中没有回忆，她孤身一人，宁愿继续孤单度日，也不愿遭受有孩子的人的痛苦，像可怜的迪诺拉那样，只见她披头散发，形容憔悴，红色连衣裙一直抽缩至大腿，褶皱不堪，膝盖并在一起，双腿摆成畸形的模样，而她原本是一个那么讲究、那么爱美的人。

看着这关于死亡、哭泣和回忆的可怕一幕，玛丽娜想到，不对，她不是一个人，她有罗兰多，即使是与别的女人分享他。罗兰多会帮忙带她去海边，随便什么地方，加利福尼亚的圣迭戈，得克萨斯的科珀斯克里斯蒂，哪怕是索诺拉州的瓜伊马斯也行。这是他欠她的，她别无所求，只求和罗兰多一起第一次看大海，在这之后，哪怕他甩了她，认为她要得太多，可是，只要他帮她这一个小忙……

从迪诺拉的破屋棚出来的时候，她听到坎德拉里亚的父亲说要为被绳子勒死的孩子办个聚会。大概是为了提振大家的情绪而让人去买酒来的时候，他说："小口大肚瓶的好处是直到倒空之前都像是满的。"

玛丽娜从手包里翻出罗兰多的手机号。卷入麻烦又如何，这是生死大事。他必须知道她只有一件事倚赖他，那就是带她去看大海，以免像坎德拉里亚的父亲那样说出不再想看任何东西的话。她拨了号，然而传来的是忙音，接着是死一般的寂静。这让她觉得他听得见她，只是为了不连累她才不回话。她对他说，带我去海边吧，亲爱的，我不想像迪诺拉的孩子那样到死都没见过大海，帮我这个忙吧，就算从此以后你不再见我，就算我们分手。他会听到吗？然而电话那头的沉默让她越来越失望，同时也越来越激动。罗兰多不该玩弄她的感情，她越来越认真，为什么他不能也认真一点？她正在给他一个出路，无论彼此对对方有多少爱，都把它汇聚成一个海滩共度的周末，此后如果他不想的话，就再也不见面。但是有一件事，她再也不能忍受，玛丽娜开始听见内心深处一个陌生的声音，某种连她自己也不知其存在的东西，在沉默中不断形成，就像瓶底的沉淀物，一经摇晃便升起来直冲瓶塞。我无法再忍受的是，一个男人把我当作被人扔在街上只因为可怜才收留起来的东西，这我再也不能允许，罗兰多，你教会了我生活，我不知道你教了我那么多，直到这一刻，当迪诺拉的孩子死去，而坎德拉里亚的父亲还在那里，枯槁衰老，根露在外面，仿佛永远不会死去。我只想痛快地享受这一刻，在这我免于夭折也不想老去的时刻，我要你带我到你的高度，罗兰多，让我们一起提升，我给你这个机会，亲爱的，在内心深处，我知道和我在一起你会提升，你会把我带到最高最美的地方，如果你愿意，罗兰多，如果你不这么做，我们两个就都完了，你会使我们低到连自己是谁都不知道，我们会卑微到连自己也不再在乎自己……

然而罗兰多的手机始终没有回应。已是晚上十一点钟，玛丽娜做了决定。

这次她没有在饮料店停下来喝奶昔。她跨过大桥，乘了公车，然后走过四个街口到达小旅馆。那里的人认识她，但很惊讶她星期五来，而不是星期四。

"我们难道没有改变计划的自由吗，啊？"

"我想是有的。"前台用混杂着顺从和嘲讽的语气说着，把钥匙交给了玛丽娜。

到处是消毒水的味道，走廊里，楼梯上，甚至是放冰块和冷饮的机器，都散发着某种可以杀虫、清洗厕所和熏蒸床垫之物的味道。她在每个星期四与罗兰多过夜的房间门口停下脚步，犹豫着是用指节敲门还是用钥匙开门进去。她心急如焚，于是把钥匙插进去，打开门，走了进去，随即听到了罗兰多垂死般的声音和一个美国女人尖细的高音。玛丽娜打开灯，站在那儿盯着床上两个赤身裸体的人。

"你已经看见了，快滚吧。"那位浪荡子说。

"对不起。我一直在打你的手机，出什么问题了吗……"

她看了眼床头柜上的那个设备，用手指着它。美国女人看了看他们两个，放声大笑起来。

"罗兰多，你骗了这个可怜的姑娘吗？"她哈哈大笑着拿起手机，"起码对你的情人们你可以说实话吧。进银行和政府办公室的时候把你那手机贴在耳朵上没问题，在餐厅里用它打电话唬半个屋子的人也行，可是为什么要骗你的女朋友们呢？看看你造成的误会吧，亲爱的。"美国女人边说边站起身，开始穿衣服。

"宝贝，别停啊……我们刚才那么好……这个丫头什么都不是……"

"你连一次机会都不肯放过，是不是？"美国女人穿好连裤袜，说道，"别担心，我会回来的。没那么重要，我不至于为这事和你分手。"

"宝贝"拾起手机，打开后盖，拿给玛丽娜看。

"你看，没有电池，从来就没有过，只不过是装装样子，就像一首歌里唱的，'打手机给我，我看起来像个人物，它让我有个性，尽管没有电池，用来炫耀……'"

她把手机扔在床上，大笑着走出门去。

玛丽娜跨过国际桥回华雷斯市去。她感到双脚疲惫不堪，于是脱掉了细高跟鞋。水泥地面还留存着白日里冰冷的颤抖。然而脚下的触感同她在莱昂纳多·巴罗索的出口加工厂里禁止踩踏的草坪上自由起舞时已大不相同。

"这座城市是建在混乱之上的一团乱麻。"与玛丽娜擦肩而过时，巴罗索对他的儿媳米切琳娜说。她在返回华雷斯的途中，而他们正去往艾尔帕索的酒店。米切琳娜笑了，然后亲吻了巴罗索的耳朵。

朋友

致我的妹妹贝尔塔

就说我不在！就说我不想见他们！就说我不想见任何人！

有一天，再也没有人登门拜访艾米·邓巴小姐。为这位老太太服务的用人总是难以持久，如今也不再出现。关于这位小姐性情刁钻、种族主义和粗暴无礼的传言不胫而走。

"总会有工作需求胜过自尊心的人。"

事实并非如此。在艾米小姐看来，黑种人似乎全体协商一致，拒绝为她服务。最后一位女佣，是个十五岁的小姑娘，名叫拔示巴，她在邓巴小姐家的一个月是哭着度过的。每次她应声开门的时候，日益罕见的访客总是先看到以泪洗面的姑娘，然后无一例外地，都会听见她身后传来老妇人沙哑却又刺耳的声音。

"就说我不在！就说我没兴趣见他们！"

艾米·邓巴小姐的侄子们知道老太太永远不会离开她这所位于芝加哥郊外的房子。当年离开新奥尔良的父

178

母家，随丈夫来北方生活时，她说过，一生迁徙一次足矣。只有等她死了，才能把她从这座面朝密歇根湖、森林环绕的石头房子里抬出去。

"用不了多久了。"她对负责料理日常开支、法律事务和其他不入她法眼的大小事宜的侄子说。

而绝逃不出她法眼的，是亲戚想象她死去时发出的哪怕最细微的如释重负的呼气声。

她并不生气，只一成不变地回答：

"糟糕的是我已经习惯了活着，这已经成了我的习性。"她边说边笑着露出母马般的牙齿，那种盎格鲁-撒克逊女人随着年龄增长逐渐向外突出的牙齿，尽管她只有一半盎格鲁-撒克逊血统，她的父亲是个美国商人，为了教懒散的南方人做生意而定居在路易斯安那，母亲是一位遥远的祖上来自法国的优雅贵妇，露西·内伊。艾米小姐常说，她和波拿巴元帅是亲戚。她的全名是阿梅莉亚·内伊·邓巴。艾米，艾米小姐，就像那座三角洲城市里所有尊贵的女士那样，被称为小姐，她们有权利享受两种称呼，对应已婚的成熟和两次童年，十五岁是小女孩儿，八十岁以后又成了小女孩儿……

"我不会坚持让您去养老院。"她的侄子向她解释说，"但是如果您要继续住在这所大房子里，就需要有人帮您料理家务。"他是个律师，执意用他想象中与这个高雅职业相称的一切服饰元素来装扮自己：白领蓝衬衫，红领带，"布克兄弟"牌西装，系带皮鞋，工作日决不穿莫卡辛鞋，God forbid![1]

艾米小姐差点就要对他恶言相向，却忍了回去。

她甚至已经咬牙切齿了。

"希望您能够尽力留住用人，伯母。这所房子太大了。"

"可是所有人都走了。"

"要像老时代那样照顾您，至少需要四个用人。"

"不，那个时代是年轻的时代，现在才是老时代，阿希巴尔德。而且走的不是用人，是家人。他们把我一个人丢下了。"

"当然，伯母，您说得对。"

"一向如此。"

阿希巴尔德表示赞同。

"我们找到一位愿意为您工作的墨西哥女士。"

"她们出了名的游手好闲。"

"那不是事实。是一种刻板印象。"

"我禁止你干涉我的固有观念，侄子。它们是我成见的盾牌。成见，正如这个词本身所指出的那样，是形

---

1 英文，意为"上帝不容！"或"万万不可！"

成见解所必需的。明智的见解，阿希巴尔德，明智的见解。我的信念很明确，根深蒂固不可动摇。到了这个岁数谁都改变不了。"

她深深地呼吸了一口气，带着些许凄楚。

"墨西哥人都游手好闲。"

"您试一下吧。他们是殷勤周到、习惯于服从的人。"

"看见了吧，你也有自己的成见。"艾米小姐笑了笑，整理着她白而苍老的头发，苍老得已经开始泛黄，就像被丢弃的长时间暴晒在阳光下的纸张。像一张报纸，阿希巴尔德心想，她整个人都已经变成一张古旧、泛黄、皱皱巴巴的报纸，写满了早已无人问津的消息……

侄子阿希巴尔德经常去芝加哥的墨西哥裔聚居区，因为他的律所办理大量涉及贸易、入籍、没有绿卡的人等与从边境以南来的移民和劳务相关的五花八门的业务。除此之外，他去那里也是因为他四十二岁了依然单身，并且坚信在结婚之前应当痛饮生命的酒杯，没有家庭、儿女和老婆的牵绊……由于芝加哥是一座汇集了诸多文化的城市，艾米小姐这位别具一格的侄子按照民族区域不断选择女友，已经穷尽了乌克兰区、波兰区、中国区、匈牙利区和立陶宛区。如今，工作与猎艳的美妙结合带他来到了比尔森区，以捷克语——波希米亚啤酒之城的名字——命名的墨西哥区。捷克人走后，墨西哥人逐渐占据了这块地方，用菜市场、小吃店、音乐、色彩和文化中心填满它，当然，还有同比尔森一样好的啤酒。

很多人到此从事包装工作，有的有合法身份，有的没有，但都因为在切割和包装肉类方面出色的手工技术受到高度赞赏。这位律师，艾米小姐的侄子，成了劳工组成的大家庭中一个女孩的男朋友。这些工人几乎全部来自格雷罗州，所有人都因为亲缘、感情、友爱和有时共同的名字而彼此联系在一起。

他们互相帮助，组织聚会，就像一个大家庭，同时，和所有的家庭一样，他们也会闹矛盾。一天晚上起了冲突，死了两个人。警察并没有多费周折。杀人犯有四个人，其中一个叫做佩雷斯，于是抓了四个佩雷斯，指控了他们。他们几乎不会说英语，没办法辩解，也不理解指控。阿希巴尔德到监狱去见了其中一个，他告诉阿希巴尔德指控是不公正的，建立在为保护真凶而作的伪证之上，为的是尽快把嫌疑人送进监狱然后结案，他们不知道该如何为自己辩护。阿希巴尔德接下了这个案子，就这样认识了他在监狱所探访的嫌疑人的妻子。

她叫何塞菲娜，他们刚刚完婚，是时候了，两个人都四十岁了。何塞菲娜会说英语，因为她的父亲——一位叫福尔图纳托·阿亚拉的钢铁工人——在有了她之后就把她丢在了芝加哥。然而事发时她在墨西哥，没能及时帮助她丈夫。

"他可以在监狱里学英语。"阿希巴尔德建议说。

"嗯。"何塞菲娜不置可否地答道，"但是，他最想学的是为自己辩护。他想学英语，也想做律师。您能让他成为律师吗？"

"我可以给他上课，当然可以。那你呢，何塞菲娜？"

"我需要一份工作来支付您给他上律师课的钱。"

"不必了。"

"要的，我需要。路易斯·玛利亚进监狱是我的错。事情发生的时候我应该在他身边的。我会说英语。"

"我看看能做些什么吧。不管怎么说，我们会拼尽全力救你丈夫。与此同时，他在监狱里有权利学习和做事情。我负责他的学习。可是，为什么你们墨西哥人之间会互相诬告呢？"

"先来的不喜欢后到的。有时候我们自己人之间都不公道，别人欺负我们还不够。"

"我还以为你们就像个大家庭。"

"最糟糕的事发生在家人之间，先生。"

一开始，艾米小姐甚至都不正眼瞧何塞菲娜。初次见面就印证了她所有的猜测。她是个印第安人。艾米小姐不明白这些和易洛魁人[1]毫无分别的人为什么坚持自称为"拉丁人"或是"西班牙裔"。何塞菲娜有一个优点，那就是安静。她像幽灵一般出入老太太的卧室，仿佛没有脚。裙摆和围裙的窸窣声，与湖上的微风吹来时窗帘拂动的声音难以分辨。马上就要入秋了，艾米小姐很快就会关起窗户。她喜欢夏天，喜欢炎热，那是故乡的回忆，充满法国风情……

"不，伯母，"她的侄子想和她唱反调的时候说，"新奥尔良的建筑完全是西班牙式的，不是法式的。西班牙人在那里待了几乎一个世纪，是他们塑造了城市的面貌。法国的部分完全是为吸引游客而做的表面功夫。"

"Taisez-vous[2]."伯母带着冷冰冰的愠怒回答，她怀疑阿希巴尔德这次一定是搞上了个拉丁女人，或者西班牙裔女人——随便这些科曼奇人[3]怎么称呼自己，他们到北边来的太多了。

---

1 北美洲印第安人的一支。
2 法语，意为"闭嘴"。
3 北美洲印第安人的一支。

何塞菲娜了解她的作息规律，阿希巴尔德详详细细地做了交代。早上八点钟拉开卧室的窗帘，用小桌板备好早餐，十二点钟回来整理床铺。老太太坚持要自己穿衣服，于是何塞菲娜去做饭，然后艾米小姐下楼吃一顿孤独、清苦的午餐，只有生菜、萝卜和乡村奶酪。下午，她坐在客厅的电视机前，尽情发泄自己狠毒的能量，评论所看到的一切，讽刺、辱骂和鄙视黑人、犹太人、意大利人、墨西哥人，全都大声地说出来，也不在乎别人是否听见。在这些与电视画面同步的令人不快的评论中间穿插着突如其来出人意料的命令，如今是对何塞菲娜，过去是对拔示巴和其他女佣：脚垫！我盖膝盖用的苏格兰毯子！星期五的茶应该是立山小种，不是格雷伯爵，我得说多少……喂！谁让你挪动我的玻璃球了？！不是你还有谁？！愚蠢、无能、懒惰，和我见过的所有黑人一个样，我丈夫的照片哪去了？昨天晚上还在桌子上，谁把它塞抽屉里的？不是我放的，这里除了你没别人（人？）了，粗心大意，没用的东西！做点事好对得起你的薪水吧，你这辈子从来没有认真工作过一天吗？！我说什么来着，黑人从来就没做过任何事，除了靠白人的劳动生存……

她用眼角的余光监视着新来的墨西哥女佣。她要像对柔弱爱哭的拔示巴那样对她说同样的话吗？还是必须创造出新的骂人话手册来伤害何塞菲娜？对何塞菲娜，她还会把丈夫的相片藏进抽屉以便随后归咎于她吗？她还会继续弄乱她收藏的玻璃球好怪罪女佣吗？她监视着她，蠢蠢欲动，准备发起进攻。看看这个女人能坚持多久，这个胖而结实，但面容清秀、五官精致的女人，比起印第安人更像阿拉伯人，一个灰皮肤、眼珠乌黑清澈、眼白却泛黄的女人。

何塞菲娜方面决定了三件事。首先，对拥有一份工作心存感激，感恩到手的用于为丈夫路易斯·玛利亚辩护的每一美元；第二，原原本本地执行律师阿希巴尔德先生关于如何照料他伯母的指示；第三，冒险在这所临湖的大房子里经营自己的生活。这个决定是最危险的，但何塞菲娜承认，要想使在这儿的日子过得去，她不得不这么做。比如，鲜花。家里需要鲜花。在小小的用人房里，她不断更新着紫罗兰和三色堇。她的抽屉柜上总少不了这两种花，与蜡烛和圣像摆在一起。除了路易斯·玛利亚以外，圣像给予她的陪伴胜过任何一个人。何塞菲娜认为，圣像的生命与花的生命之间有着一种十分神秘但真实可信的联系。谁能否认，尽管不言不语，花儿有生命，会呼吸，有一天会凋谢，死去，而十字架上的耶稣、圣心和瓜达卢佩圣母像也像花一样，尽管沉默不语，也有生命，会呼吸，不同于花的是，它们永不凋谢。花的生命，圣像的生命，在何塞菲娜看来，二者密不可分，以信仰的名义，她赋予花儿可触、芬芳的感官生命，她多想也能赋予那些圣像同样的生命。

"这房子一股陈旧味道。"一天晚上，艾米小姐在吃饭时叫嚷着说，"像贮藏室，缺氧和发霉的味儿。我想闻点儿好闻的。"她咄咄逼人地冲着何塞菲娜说，并在何塞菲娜摆放盘子和上蔬菜汤之际在她身上嗅寻厨房的味道，紧紧盯着她的腋下，试图找出难闻的气味，或是一个可以指摘的污迹，然而女佣干干净净。艾米小姐每天晚上都侧耳静听用人间里睡觉前准时沐浴的水流声，事实上，她很想责怪她浪费水，却怕何塞菲娜嘲笑她，把那大如内海的湖泊指给她看……

因为这件事，何塞菲娜在客厅里摆上了一束夜来香，艾米小姐从来没有想到过用鲜花装饰客厅。当年迈的小姐用餐后进来看下午的电视节目时，像一只警觉到近旁有敌人的动物，先是嗅探起来，随后目光凝视着夜来香，终于，她大发雷霆：

"谁给我塞了一屋子给死人的花？"

"不，这是鲜花，是活的。"何塞菲娜只好这样说。

"你从哪儿弄来的？"艾米小姐咕哝着，"我敢打赌是你偷来的！这里的草坪不许碰！这里有一种叫做私人财产的东西！ Capisci[1] ？”

“我买的。”何塞菲娜言简意赅地说。

“你买的？”艾米小姐重复了一遍她的话，她有生以来第一次感到理屈词穷。

“是的。”何塞菲娜露出微笑，“是为了给家里带来些生气。您说有股封闭发霉的味道。”

“现在有死人的味道！这开的是什么玩笑？！”艾米小姐气势汹汹地大吼大叫，想到了藏在抽屉里的丈夫的相片，弄乱了的玻璃球：是她做了那些事，而不是女佣们，她激怒自己以便冲女佣们发火，没有一个用人可以占到上风。“马上把你的花拿走。”

“悉听尊便，小姐。”

“告诉我，你用什么买的？”

“用我的薪水，小姐。”

“你用自己的薪水来买花？”

“是买给您的，给这所房子。”

“可是这房子是我的，不是你的，你以为你是谁？你确定不是你偷来的吗？警察不会上门调查你从哪儿偷的花吧？”

1　被纳入美国俚语的意大利语词汇，意为“明白吗？”

"不会。我有花店的收据，小姐。"

何塞菲娜退了出去，留下一阵由厨房飘散而来的薄荷和香菜的气息，为了严肃对待雇主的抱怨：这里有股封闭的味道。而艾米小姐，犹豫着该如何攻击新雇员，有那么一刻想过一种有失身份的方式：暗中窥探。她从未对之前的用人这么做过，因为她深信这会授人以柄……她自认，这是她最难以抵御的诱惑，悄悄潜入用人的房间，察看她的物品，也许会发现秘密。她可能会暴露自己，会失去自身的权威，偏见、无根据、非理性的权威。只能由别人告诉她，房间像个猪圈，水管工来了，必须得通开被垃圾堵塞的马桶，对一个黑人或是一个墨西哥人还能指望些什么呢……

当她没有水管工作借口的时候，就会借助侄子阿希巴尔德：

"我侄子告诉我你从来不整理自己的床铺。"

"既然他摸到我床上来想上我，那就让他整理去！"一个爱顶嘴的年轻黑人姑娘说完就不辞而别了。

艾米小姐想把何塞菲娜引到她自己的领地，客厅、餐厅、卧室，迫使她在这些地方露出马脚，犯下严重的过失。早餐后，在卧室里，艾米小姐突然间翻转装饰精美的手镜，让镜中映出何塞菲娜，而不是她自己，强迫何塞菲娜去看镜子里的自己。

"你希望自己是白人，是不是？"艾米小姐生硬无礼地说。

"墨西哥有很多白佬。"何塞菲娜镇定自若地说，丝毫不回避她的目光。

"很多什么？"

"金发白皮肤的人，小姐。就像这里也有很多黑人。我们都是上帝的孩子。"她尽量用质朴真诚的口吻总结道，避免听起来像顶嘴。

"你知道为什么我确信耶稣爱我吗？"艾米小姐往上拉了拉毯子，一直拉到下巴，仿佛想要否认自己的身体，呈现出只有面孔和翅膀的天使模样。

"因为您人很好，小姐。"

"不是，蠢货，因为他把我生成了白人，这就是上帝爱我的证明。"

"随您吩咐，小姐。"

这个墨西哥女人永远都不会回嘴吗？永远不会对她生气？永远不会反击吗？她想用永远不生气的方式来让艾米小姐认输吗？

所以，她对任何事都有所准备，却唯独没料到何塞菲娜会自己发起反击，就在当天晚上用餐后，当艾米小姐正在看一个新闻节目，以便说服自己这个世界已经无药可救的时候。

"我把您丈夫的相片放在抽屉里了，照您喜欢的那样。"何塞菲娜说。艾米小姐惊得哑口无言，对丹·拉瑟关于宇宙现状的评论全无反应。

"她卧室里有什么？"第二天，她问侄子阿希巴尔德，"她怎么布置的？"

"和所有墨西哥女人一样，伯母。圣徒像、耶稣和圣母像，一个用于还愿感恩的破旧贡品，诸如此类的东西。"

"偶像崇拜。亵渎神明的罗马天主教。"

"没错，没有什么能改变这一点。"阿希巴尔德说，他试图传递一些容忍的态度给艾米小姐。

"你不觉得让人恶心吗？"

"对她们来说，我们空空如也、没有装饰的清教教堂才让人恶心。"阿希巴尔德边说边在心里回味起在比尔森同一个墨西哥女人上床时，她的某个举动给他带来的兴奋——她用一块手帕盖住圣母像，以防她看见他们做爱。不过她没有熄灭蜡烛，姑娘肉桂色的身体反射着烛光，显得格外诱人……要求艾米小姐包容完全是徒劳。

"对了，阿梅莉亚伯母，您丈夫的照片在哪儿？"阿希巴尔德带着些许讥刺的口吻，然而艾米小姐佯装没有察觉，仿佛早已预见到不能告诉阿希巴尔德昨天女佣把相片放进抽屉的事，不过艾米小姐的确已经预见了接下来要发生的事。

"你觉得我丈夫怎么样？"她把照片从抽屉里取出来，放在桌子上，问何塞菲娜。

"很英俊，小姐，很尊贵。"

"你说谎，虚伪的人。你好好看看。他参加过诺曼底战役。看他横在脸上的那道伤疤，就像闪电把暴风雨的天空劈成了两半。"

"您没有他受伤前的照片吗，小姐？"

"你有没有伤口、没流血、戴着荆棘王冠被钉死在十字架上的耶稣像吗？"

"当然有，我有圣心和耶稣圣婴像，很漂亮，您想看吗？"

"改天拿给我吧。"艾米小姐冷笑着说。

"那您得保证给我看您丈夫年轻英俊的样子。"何塞菲娜亲热地笑着说。

"没分寸。"女佣端着茶壶走出去的时候，艾米小姐嘴里咕哝着。

墨西哥女人犯错了，当艾米小姐再次见到阿希巴尔德的时候，高兴得近乎炫耀，那个崇拜偶像的女人犯了错误，就在她们关于基督和负伤的丈夫的谈话发生之后的第二天。她一如往常为艾米小姐端来早餐，把小桌板放到床上，摆在膝头，随后没有像往常那样离开，而是为她放好靠枕，接着碰了碰她的头，她抚摸了艾米小姐的额头。

"别碰我！"艾米小姐歇斯底里地大喊，"永远不要胆敢碰我！"她再次大喊大叫着掀翻了早餐桌，茶水弄湿了床单，牛角面包和果酱撒在被子上。

"艾米伯母，您不要错怪她。何塞菲娜也有伤心事，和您一样。可能她想与您分享。"

"伤心事？我？"艾米·邓巴小姐几乎把眉毛挑到了发际线。那天下午她刚刚打理过头发，好让自己看上去有种焕然一新的年轻气息，一个没留意到的白色问号落在她的额前。

"您很清楚我在说什么。我本来可能是您的儿子，艾米伯母。成了您的侄子是一个意外。"

"你没有这个权利，阿希巴尔德。"艾米小姐发出沉闷嘶哑的声音，仿佛在捂着手帕说话，"永远不要再说这话，否则我会禁止你踏进我的家门。"

"何塞菲娜也有伤心事，所以昨天早上她才会抚摸您。"

阿希巴尔德达到目的了吗？艾米小姐察觉到了她的侄子马基雅维利式的企图，在英语俚语里，马基雅维利是魔鬼的代名词，正是传说中的老尼克本人。艾米小姐知道这一点是因为年少时曾参演过马洛的《马耳他岛的犹太人》，首先登场的就是变成了魔鬼老尼克的尼科洛·马基雅维利。她开始看见侄子长着两个犄角和一条长尾巴。

她在朝花园敞开的窗边坐下。何塞菲娜端着茶走进来，但艾米小姐没有转过头去看她。时值初秋，正是湖畔最美的季节，不同于冗长的冬天里刺骨的冷风，转瞬即逝、蛮横娇媚的春天，还有树叶纹丝不动的夏天，空气潮湿得如温度计上亮起的红灯。

艾米小姐想，无论她有多熟悉她的花园，它仍是一个被遗忘的园子。一条雪松形成的林荫道通向大门和泛起涟漪的湖面。这便是秋日的美景，在邓巴小姐的眼中，它总是怀着乡愁混入春天枫树抽芽的时节。然而，她如今的花园是个失落的园子。这天下午，她并非故意提起，似乎没有意识到自己在说什么，深信自己总是这样说，自言自语，却说得清清楚楚，不是说给女佣听，她只不过是凑巧端着茶盘站在了身后，不，而是无论如何，即便她孤身一人也会这样说。她说，在新奥尔良，她的母亲会在节日里戴上所有的珠宝首饰现身在阳台上，好让全城的人在经过时都赞美她……

"在胡奇坦也一样……"

"胡奇什么？"

"胡奇坦是我们的小镇，在特万特佩克。我母亲也会在节日的时候出来展示她的珠宝首饰。"

"珠宝？你的母亲？"艾米小姐越听越糊涂，这个女佣在说什么？她以为自己是谁，她有说谎癖还是怎么回事？

"对啊，首饰由母亲传给女儿，小姐，没人敢卖掉它们。是祖上传下来的。很神圣。"

"你的意思是说你本来可以在你的胡奇镇生活得像个贵妇，却在这里给我洗马桶？"艾米小姐语气更粗暴了。

"不是，我用这钱支付律师费。不过就像我跟您说的，胡奇坦每个家庭的珠宝都是神圣的，是节庆日用的，从母亲传给女儿。很美好。"

"那你们肯定一直都要用了。因为据我所知，你们一年到头都在过节，不是这个圣徒就是那个殉道者……为什么墨西哥有那么多圣徒？"

"为什么美国有那么多富翁？上帝自有安排，小姐。"

"你说你需要付律师费？别告诉我是我那个蠢货侄子在帮你。"

"阿希巴尔德先生非常慷慨。"

"慷慨？用我的钱？除了我要留给他的遗产他身无

分文。让他别慷他人之慨了。"

"不，他不给我们钱，小姐，不是这样的。他教我丈夫法律，这样我丈夫就能做律师，可以为自己辩护，也为他的同伴辩护。"

"你丈夫在哪？他要为自己辩护什么？"

"他在监狱里，小姐。他受到了不公正的指控……"

"所有人都这么说。"艾米小姐一脸不屑。

"不，千真万确。在监狱里，囚犯可以选择一件事情做。我丈夫决定学法律好为自己和朋友辩护。他不想让阿希巴尔德先生为他辩护。他想自己为自己辩护。这是他的骄傲，小姐。阿希巴尔德先生只给他上课。"

"免费？"老太太下意识恶狠狠地挤了下眼睛。

"不是，我在这儿工作就是为这个。我用我的薪水付钱给他。"

"也就是说，是我付钱给他。真是讽刺。"

"您别生气，小姐。我恳求您，别发火。我不是很聪明，藏不住话。我对您有什么说什么。原谅我。"

她走了出去，艾米小姐待在那里猜想着女佣伤心的理由同她的有何相似之处，她的侄子几天前就那样口无遮拦地提起……墨西哥移民中间的一起罪案和一段失落的爱情、错过的机缘有什么关系？

"现在您觉得何塞菲娜怎么样？"又见面的时候，阿希巴尔德问道。

"至少还算准时。"

"您看，不是所有的刻板印象都奏效。"

"告诉我她的房间是不是被那些偶像和圣徒弄得乱七八糟。"

"不乱，干净得一尘不染。"

那天下午，何塞菲娜端茶来的时候，艾米小姐微笑着问，很快就入秋了，天气就要转凉，她不想利用最后几个夏日办个聚会吗？

"你看看，何塞菲娜，前几天你跟我说你们国家有很多节日，最近没有什么你想庆祝的日子吗？"

"我唯一可以庆祝的是他们宣布我丈夫无罪。"

"可是那可能还要很久。不是这个。我想给你提议的是在花园最里面葡萄藤架那儿和你的朋友们办一次聚会……"

"要是您觉得合适的话……"

"合适，何塞菲娜，我跟你说过这房子有封闭的味道。我知道你们很开朗。请一小群朋友来。我会去和他们打个招呼，那是自然。"

聚会这天，艾米小姐从二楼的更衣室窥视着他们。何塞菲娜经她允许，在葡萄藤架下摆上了一张长桌。屋子里充满了不寻常的味道，艾米小姐看见一个个大陶盘里盛满无法辨认的食物，统统混在一起，浸没在厚厚的酱汁里，一个个装了卷饼的小筐，一扎扎洋红、杏黄的液体……

客人陆续到来，她在暗处密切注视着他们。他们有的穿得和平日没什么两样，看得出来，还有的，特别是女人，找出了她们最华丽的盛装来出席这个特殊的场合。有夹克和Ｔ恤衫，也有衬衫和领带。有穿长裤的女人，还有穿绸缎礼服裙的。还有孩子。来了很多人。

是另外一种人。艾米小姐试图用她的聪明才智洞穿女佣的朋友——这些墨西哥人——的黑眼睛、深色皮肤和灿烂的微笑。然而他们密不透风。她感到眼前是一堵仙人掌墙，尖锐棘手，仿佛这些生物实际上每一个都是一头豪猪。他们刺痛艾米小姐的眼睛，似乎一旦她去碰触他们，手就会被刺伤。这些人切割她的皮肉，仿佛是个想象中纯粹由刮胡刀做成的球体。没有下手之处。他们是他者，异类，他们印证着艾米小姐的排斥和偏见……

他们现在在做什么？挂了一口锅在葡萄架上，把一根棍子交给一个孩子，蒙上他的眼睛，孩子蒙着眼挥舞棍子直到击中锅身，锅被击碎散落在地，孩子们扑上去捡糖果和花生[1]？有人竟然斗胆用便携唱片机播放起吵吵嚷嚷的音乐，吉他声、唢呐声还有狼嚎？他们要在她的花园里跳舞吗？他们要猥亵地搂搂抱抱，放肆大笑着动手动脚，抚腰摸背，眼看要大笑、大哭，或是做出更可怕的行为吗？

艾米小姐兑现了她的承诺，出现在了花园里。她手上拿着拐杖，径直走到第二个糖果罐前，猛地一拐杖将它打碎，接着又一拐杖打在唱片机上，向所有人大吼，滚出我家去！你们以为自己是谁？！这不是小酒馆，也不是妓院！带着你们刺耳的音乐和无法下咽的食物到别的地方去，别滥用我的好客，这是我的家，在这儿我们有不同的规矩，我们不在厨房里养猪……

大家一齐望向何塞菲娜。何塞菲娜先是浑身颤抖，接下来恢复了镇静，身体近乎僵直。

"小姐说得没错。这是她的家。非常感谢你们的到来。谢谢你们为我丈夫祝愿。"

所有人都走了出去，有的愤怒地瞪着艾米小姐，有的鄙夷，还有的惧怕，所有人都带着替他人难为情的神色。

只有何塞菲娜站在原地，不动声色。

---

1 墨西哥习俗，节庆时将糖果等礼物盛于罐内，悬在天花板上，令蒙住眼的儿童用棒敲击，直到击破，糖果撒在地上，大家便一哄而上，抢拿糖果。

"谢谢您把花园借给我们，小姐。聚会很愉快。"

"太过分了。"艾米小姐咬牙切齿，不知所措地说，"太多人，太多噪音，什么都太多了……"

她挥起拐杖，将桌上的盘子横扫在地，由于用力过猛，她差点没喘过气来。

"您说得对，小姐。夏天就要结束了，您别着凉了，进屋吧，让我照例给您沏壶茶吧。"

"您是故意的。"阿希巴尔德神经质地摆弄着他的布克兄弟领带，怒不可遏地对她说，"您建议她办聚会就是为了当着她朋友的面羞辱她……"

"是他们太过分，失了分寸。"

"您想怎么样，让她也走人，跟其他所有人一样？您想让我强行把您送去养老院吗？"

"你会失去遗产的。"

"但我不会失去理智。您有本事把任何人逼疯，艾米伯母。我父亲没有和您结婚真是万幸。"

"你说什么？混蛋！"

"我说您这么做是为了羞辱何塞菲娜，逼她走人。"

"不是，你还说了别的。不过何塞菲娜不会走。她需要钱好把她丈夫从监狱里弄出来。"

"已经不需要了。法院驳回了上诉，何塞菲娜的丈夫得继续待在监狱里。"

"她打算怎么办？"

"您去问她吧。"

"我不想和她说话。我也不想和你说话。你到我家来辱骂我，让我想起早就忘了的事。你这是在拿遗产开玩笑……"

"听着，伯母，我放弃遗产。"

"你这是搬起石头砸自己的脚。别犯傻了，阿希巴尔德。"

"不，我是说真的，我宁可放弃，也要让您听见我说的话，听见真相。"

"你父亲是个懦夫。他没有迈出那一步，没有及时向我求婚，他羞辱了我，让我等了太久。除了选择你伯父，我没有别的办法。"

"是您从来没有对我父亲表达过感情。"

"他期待了吗？"

"是的。他对我说过很多次。如果艾米对我表示出她爱我，我就会迈出那一步。"

"为什么？他为什么没有那么做？"老太太的喉咙沙哑了，精神垮下来，"为什么他没有对我表明他爱我？"

"因为他深信您其实不爱任何人，所以，他需要您先给他一点爱的证明。"

"你的意思是我的一生不过是一场误会？"

"不，没有误会。我父亲最终确信了没有向您求婚是个正确的决定，阿梅莉亚伯母。他告诉我时间证明他有道理。您从来没有爱过任何人。"

那个下午，当何塞菲娜端上茶水时，艾米小姐没有看她的眼睛，只对她说，她为发生的事感到十分遗憾。何塞菲娜平静地接受了这从未有过的态度。

"没关系，小姐。您是房子的主人，应该的。"

"不，我不是指那件事。我是说你丈夫的事。"

"哦，我们得不到公正对待已经不是头一次了。"

"你怎么打算？"

"什么，小姐？您不知道吗？"

"不知道。说吧，何塞菲娜。"

于是何塞菲娜抬起目光，直视着艾米·邓巴小姐黯然无神的眼睛，像两支蜡烛晃得她眼花缭乱。她对艾米小姐说她会继续斗争，当她选择路易斯·玛利亚时，就认定一辈子不离不弃，共同面对一切，无论顺境还是逆境，她知道这是布道文里的说教，但她的情况的确如此，年复一年，苦涩远多过欢乐，但正因为如此，爱情也越来越深厚，越来越坚实，路易斯·玛利亚就算一辈子待在监狱里，也一刻都不用怀疑她爱着他，不只像生活在一起，像刚开始那样，而是比那爱得更多，并且与日俱增，小姐，您明白我的意思吗？没有羞耻，没有恶意，没有毫无用处的游戏，没有骄傲，没有自大，他交付于我，我交付于他……

"艾米小姐，可以允许我向您坦白一件事吗？您不会生我的气吧？我丈夫的双手很强壮，很细腻，很好看。他天生就是切肉的好手。他的触觉棒极了，总能切得精准。他的手又黑又壮，离开那双手，我就没法活。"

那天晚上，艾米小姐要求何塞菲娜帮她脱衣服、换睡袍。秋天的凉意渐浓，她打算换上羊毛睡袍。女佣扶她在床上躺下，像对待小女孩一样为她掖紧被子，将枕头调整舒适，正要离开并道晚安的时候，阿梅莉亚·内伊·邓巴小姐两只紧绷而苍老的手抓住了何塞菲娜强壮饱满的手，拉到唇边，亲吻了这双手。于是何塞菲娜拥抱了艾米小姐几近透明的身体，一个即便不再重现，却持续至永恒的拥抱。

玻璃边界

致豪尔赫·布斯塔曼特

一

从墨西哥城直飞纽约的达美航空航班的头等舱里，坐着莱昂纳多·巴罗索先生。陪在他身旁的是个美丽绝伦的女人，一头披肩长发乌黑光亮，仿佛是个画框，框起了醒目的美人沟，那张脸的点睛之笔。年过五旬的莱昂纳多先生对他的女伴颇感骄傲。她坐在窗边，想象自己身处空难之中，想象着景物与天空的多变、瑰丽和渺远。爱慕者总是对她说，她有着云雾般的眼睑和淡淡的黑眼圈风暴。墨西哥男朋友说话动听得像小夜曲。

米切琳娜从空中望着这一切，回想起男友们为她送去小夜曲，给她写情书诉说甜言蜜语的少年时光。云雾般的眼睑，淡淡的黑眼圈风暴。她叹了口气，人不可能一辈子都十五岁。那么为什么，对青春的怀恋会突然间不期而至，让她思忆起那些常常参加舞会、首都社会的富家子弟向她大献殷勤的日子来？

　　莱昂纳多先生更喜欢坐靠过道的位置。尽管早就习以为常，但一想到自己困在一支铝制铅笔里，飞上三万英尺的高空而没有可见的支撑，他还是会感到神经紧张。不过，这次旅行是他倡议的结果，这一点带给他极大的满足。

　　自由贸易协定刚一通过，莱昂纳多先生就开始了紧锣密鼓的四处游说，旨在将墨西哥劳务移民列入"服务"项，甚至算作"对外贸易"。

　　在华盛顿和墨西哥，这位活跃的倡导者兼生意人解释称，墨西哥主要的出口不是农产品和工业品，也不是组装加工品，甚至不是用于偿还对外债务（永恒的债务）[1]的资本，而是劳务。我们出口的劳务比水泥和西红柿还要多。他有一个避免劳务演变为冲突的计划，很简单：避免边境穿越，杜绝非法移民。

　　"他们还会不断过来。"他对劳工部长罗伯特·莱克说，"他们会来是因为你们需要他们。就算在墨西哥有的是工作，你们也会需要墨西哥劳工。"

　　"合法的。"部长说，"合法的需要，不合法的不需要。"

1　文字游戏。在西班牙语中，"对外"是"externa"，"永恒"是"eterna"，两个词相似。

"不能一边相信自由市场，一边却对劳工潮关起大门。这就像对投资关闭大门一样。市场的魔力哪去了？"

"我们有责任守护我们的边境。"莱克接着说，"这是个政治问题。共和党人正在利用日益高涨的反移民情绪。"

"不能把边境军事化。"莱昂纳多先生漫不经心地抓挠着下巴，在那儿寻找着同他美丽的儿媳妇一样的凹陷，"它太长了，荒无人烟，有太多漏洞。你们不能在需要劳工的时候放松，不需要的时候又收紧。"

"我支持一切能为美国经济增添价值的措施。"莱克部长说，"只有这样我们才能给世界经济增添价值，反之亦然，您的建议是什么？"

莱昂纳多先生的建议如今已变为现实，就在经济舱里，他叫利桑德罗·查韦斯。他想看看窗外，却被右侧的同伴挡住了视线，后者正目不转睛地盯着云彩，仿佛寻回了被遗忘的祖国，窗户被他喷漆草帽的大帽檐遮得严严实实。利桑德罗的左边，另一个劳工正在睡觉，帽子一直压到鼻梁。只有利桑德罗没有戴帽子，他的手时而穿过柔软卷曲的黑发，时而抚摸整齐浓密的小胡子，时而又搓揉肥厚油腻的眼睑。

上飞机的时候，他一眼就看见了坐在头等舱里的著名企业家莱昂纳多·巴罗索。利桑德罗的心脏微微跳动了一下。他认出了坐在巴罗索身边的那个姑娘，他年轻时去拉斯洛马斯区、佩德雷加尔区和波兰科区参加派对和舞会的时候，曾与她有过来往。是米切琳娜·拉博尔德，那时候所有的小伙子都想邀请她跳舞，其实，是都想占她一点儿便宜。

"她来自老家族，但是一个子儿都没有。"其他小伙子说，"清醒点，可别和她结婚，她没有嫁妆。"

利桑德罗请她跳过一次舞，他已经不记得是对她说过，还是只在心里想过，他们两个都穷，这是他们的共同之处，他们受邀参加聚会是因为她来自一个上流社会家庭，而他和那些富家子弟上同一所学校，不过他们的相似之处要多于差别，她不这么觉得吗？

他不记得米切琳娜回答了什么，甚至也不记得他大声说出了这些话，还是只在心里想过。随后其他人请她跳了舞，而他再也没有见过她。直到今天。

他没敢同她打招呼。她怎么会记得他？他该对她说什么呢？你还记得十一年前我们在"大脸"卡西利亚斯的聚会上见过面，我请你跳过舞吗？她连看都没有看他。莱昂纳多先生看了他，他从正在阅读的《财富》杂志上抬起头瞟了他一眼。这本杂志细数了墨西哥最富有的人，幸运的是，再一次遗漏了他。无论是他还是有钱的政客都从来不会出现在那里。没有政客是因为他们的生意都不挂自己的名字，而是藏在洋葱似的一层又一层多方参股、代理和基金会的后面……莱昂纳多先生效仿了他们的做法，很难将他实际拥有的财产直接归于其名下。

他抬起眼是因为看到或者感觉到了一个不太一样的人。自从被作为"服务"雇佣的劳工开始登机以来，莱昂纳多先生起先还为自己的成功运作沾沾自喜，随后便承认看着这么多头戴喷漆草帽皮肤暗黑的人从头等舱经过令他心烦，于是他不再看他们。别的飞机有两个入口，前面一个，后面一个。花着头等舱的钱，还不得不忍受破衣烂衫脏兮兮的人从身边经过让人有些恼火。

某种东西迫使他抬头看，那便是利桑德罗·查韦斯的经过。他没戴帽子，看上去好像属于别的阶层，有着不同的背景。他为纽约十二月的寒冷做了准备。其余的人都穿着牛仔服，没有人告知他们纽约天气很冷。而利桑德罗却穿了黑红格子的羊毛衫，拉链直拉到喉咙。莱昂纳多继续阅读起《财富》杂志来。米切琳娜·拉博尔德·德巴罗索缓缓啜饮着她的含羞草鸡尾酒。

利桑德罗·查韦斯决定在余下的旅途中闭上眼睛。他要求不要给他上餐，让他睡觉。空姐迷惑不解地看他，因为通常只有头等舱才会这样要求。她想表现得热情周到：我们的香料饭很美味。事实上，一个挥之不去的问题就像一只钢蚊子正在利桑德罗的额头上钻洞：我在这里做什么？我不应该做这个。这不是我。

我——那个不在此处的人——曾经有过别的抱负，直到中学，他的家庭都足以支撑这些抱负。父亲的冷饮厂生意兴隆，由于墨西哥气候炎热，人们总要喝冷饮。冷饮越多，也就有越多的机会送利桑德罗去私立学校，凭贷款在夸特莫克区买下一处别墅，支付雪佛兰汽车的月供，并保有送货车队，每年去一次休斯敦，即使只是短短几日，逛购物中心，声称是去住院做年度体检……利桑德罗讨人喜欢，他参加聚会，阅读加西亚·马尔克斯，幸运的话，下一年将不再坐公共汽车去上学，而将拥有自己的大众汽车……

他不想朝下看，因为害怕发现某种也许只有从空中才能看见的可怕的东西。国家已不复存在，墨西哥已不复存在，这个国家纯属虚构，或者，不如说，是由一小群曾经相信墨西哥存在的疯子维持着的美梦……一个像他家这样的家庭没办法熬过二十年的危机、债务、破产，每每重燃希望却又再陷危机，每六年一次，情况越来越糟，贫困、失业……他的父亲已经无力偿还用于翻新工厂的美元债务，冷饮销售被少数寡头垄断，独立厂商和小企业不得不贱卖退出市场。现在我该做什么营生？他的父亲在纳尔瓦特区的公寓里像幽灵般踱来踱去时自言自语，当他还不上夸特莫克区别墅的贷款，也无法再支付雪佛兰汽车的月供时，当他的母亲不得不在窗户上贴出裁剪告示时，当存款先是因为一九八五年的通货膨胀，接着又因为一九九五年的贬值，自始至终因为日益累积无法偿还的债务而蒸发一空时。私立学校到此为止，拥有汽车的美梦不再。你的叔叔罗伯特有副好嗓子，在街角唱歌弹吉他能挣上几个比索，但我们还没落到那步田地，利桑德罗，我们还不用到教堂前面去出卖苦力，手里拿着工具和说明工种的牌子，水管工木工机械工电工瓦工，我们还没混到那么惨，像我们以前用人的孩子那样，不得不流落街头，中断学业，扮成小丑的样子，把脸涂白，在起义者大道和改革大道交叉口那儿表演杂耍抛球。你还记得罗莎的儿子吗，他在咱家这儿出生的时候你总和他玩？嗨，我是说咱们以前在纳萨斯河区的家。唉，他已经死了，我记得他也叫利桑德罗，和你一样，当然了，他们给他起这个名字就是为了让我们做孩子的教父母，他十七岁的时候就不得不离开家，在十字路口表演吞火，脸上涂了两滴黑色的眼泪，吞了一年的火，把汽油含在嘴里，往喉咙里塞燃烧的麻屑，直到把脑子都烧坏了，利桑德罗，他的脑子坏掉了，变成了个面团，而且他还是家里最大的孩子，全家人的希望，现在更小的几个孩子在卖面巾纸、口香糖，咱们的用人罗莎绝望地告诉我，你还记得她吧，她说现在她得拼命阻止这几个小儿子开始吸食胶水，浑浑噩噩地上街和流浪儿一起讨生活。这群孩子的数量、挨饿和被忘却的程度与流浪狗不相上下。利桑德罗，一个妈妈能对上街讨生活养活她、拿东西回家来的孩子说什么呢？利桑德罗，你看看吧，你的城市正沉沦在对过去的遗忘，特别是对曾经理想的遗忘中。我什么权利都没有，有一天，利桑德罗·查韦斯对自己说，我只能融入所有人的牺牲中去，融入这个被牺牲掉的、治理不力、腐败堕落、麻木不仁的国家，我必须忘掉痴心妄想，去赚钱，接济父母，做不至于太丢脸的事，一份正派的工作，一份把我从对父母的鄙夷、对国家的怨恨、对自身的羞耻还有朋友的嘲笑中拯救出来的工作。几年来，他一直试图厘清头绪，忘掉过去的白日梦，抛开对未来的雄心壮志，沾染上宿命论的悲观，抵御着内心的愤懑，在无论如何也要挣脱困境的执拗中饱受屈辱却也为此深感骄傲。利桑德罗·查韦斯，二十六岁，心灰意冷，此刻面临着新的机会，作为劳务工人到纽约去。他不知道莱昂纳多·巴罗索刚才说过：

"为什么所有人都那么黑，那么土气？"

"大部分人都那样，莱昂纳多先生。这个国家没别的指望了。"

"看看能不能给我找一个至少看起来更体面、脸更白点的人，唉，真见鬼。这是第一批去纽约的。伙计，我们会给人留下什么样的印象？"

然而刚刚，当利桑德罗经过头等舱时，莱昂纳多先生打量了他，想不到他会是这些雇佣工人中的一员，他希望所有人都像这个小伙子一样，身为工人却有体面人的模样，有精致的五官，像马里阿契乐手那样漂亮的小胡子，而且，该死，他比莱昂纳多·巴罗索本人还要白！与众不同，这位百万富翁注意到，一个与众不同的小伙子。你不觉得吗，米切？然而他的儿媳兼情人已经睡着了。

二

当他们在暴雪之中降落于肯尼迪机场时，巴罗索很想尽快下飞机，可是米切琳娜蜷靠在窗边，盖着毯子，头舒服地枕着枕头，一副慵懒模样。等所有人都下去吧，她请求莱昂纳多先生。

他想提前出去同负责集合劳工的人打招呼，这些墨西哥劳工将趁周末办公室没人的时候清洗曼哈顿的几座楼。服务合同上写得清清楚楚：星期五晚上从墨西哥到纽约，星期六、星期日工作，星期日晚上返回墨西哥城。

"所有的都算上，加上机票，都比在曼哈顿当地雇佣劳工便宜。我们可以节省百分之二十五到百分之三十。"他的美国客户们说。

但是他们忘了告诉墨西哥劳工这里天气很冷，所以，钦佩于自己的人道主义精神，莱昂纳多先生想先下去提醒他们这些年轻人需要外套、毯子，随便什么。

他们开始经过，的确是什么样的人都有。莱昂纳多先生的人道主义骄傲和此刻的民族主义骄傲倍增。这个国家遍体鳞伤，曾经还以为大功告成。我们做梦以为自己属于第一世界了，却再次从第三世界中醒来。是时候为墨西哥加倍努力地工作、不灰心丧气、找到新的出路了，比如这一个。什么样的人都有，不止那个穿格子毛衣留小胡子的年轻人，还有其他这位企业家没有注意到的，因为那种对偷渡客——戴喷漆草帽、胡须稀疏的农民——的刻板印象吞噬了一切。现在他开始分辨出他们，将他们个体化，还他们以人格，以主人的姿态，四十年来始终如一，同工人、经理、专业人员、官僚打交道，所有人都服务于他，永远服务于他，从来没有人在他之上，这是他的独立座右铭，没有人，连共和国的总统都不能凌驾于莱昂纳多·巴罗索之上，或者，就像他

对美国合作伙伴所说的:

"I am my own man. I'm just like you, a self-made man. I don't owe nobody nothing."[1]

对任何人他都不否认自己的杰出。除了那个留小胡子的帅小伙儿外,巴罗索还想分辨出外省的年轻人,他们以特定的方式穿着,比墨西哥城的奇兰哥们更落后,但也更引人注目,有时候更灰暗,在这些人中间,他开始区分出那些两三年前,在萨利纳斯治下的繁荣时期,曾在丹尼斯餐厅用餐,在巴亚尔塔港度假,或是在卫星城的多功能影院观影的小伙子们。他认得出他们是因为他们是最忧郁的,但也是最不认命的,是那些和利桑德罗·查韦斯一样自问着的人——我在这里做什么?我不属于这里。属于,你属于这里,巴罗索会这样回答他们,属于极了,在墨西哥,就算你跪着爬到瓜达卢佩圣母圣殿,凭奇迹都不可能两天赚一百美元,一个月四百,月入三千比索,这连圣母也给不了你。

他看着他们,仿佛他们是属于自己的东西,是他的骄傲,他的孩子,他的主意。

米切琳娜仍然闭着眼睛。她不想看工人们经过。他们都是年轻人,一副潦倒模样。她也厌倦了陪莱昂纳多

---

1 英文,意为"我是自己的主宰者。和你们一样,是自我成就的人。我不欠任何人任何东西"。

旅行，最初她很喜欢，她感到有身份，让她难受的是一些人的排斥，另一些人的隐忍，还有自己家人没有丝毫不悦的理解，说到底，他们享受着莱昂纳多给的好处，尤其是在如今的危机时代，没有米切琳娜，他们会怎么样？她那年过九十，仍在用纸盒子收藏着各式古董，深信波菲利奥·迪亚斯仍是共和国总统的奶奶莎琳娜女士会怎么样？她那熟谙勃艮第葡萄酒和卢瓦尔河城堡所有谱系的职业外交官父亲会怎么样？她那需要舒适与金钱来做她唯一真正想做的事——不张嘴，连吃饭的时候都不张嘴，因为在公共场合这么做令她羞耻——的母亲会怎么样？她那依附于莱昂纳多·巴罗索的慷慨，今天一个工作，明天一个特许经营，这儿一个合同，那儿又一个代理的兄弟姐妹们会怎么样？……但现在她累了。她不想睁开眼睛，不想碰上任何一个年轻男人的眼睛。她的义务是和莱昂纳多在一起。她尤其不愿去想她的丈夫，莱昂纳多的儿子，他不想念她，他很幸福，离群索居在他的庄园里，对她毫无怨言，也不怪罪她和他的爸爸混在一起……

米切琳娜开始害怕其他男人的眼神。

工人们拿到了毯子，返祖似的当作传统萨拉佩披风那样披在身上，被送上了汽车。从航站楼出来直到上车，这中间感到的寒冷足以使他们感激预先准备的外套、临时的围巾和他人身体的热量。他们相互找寻和辨认，可以察觉到他们在寻觅那个可能与自己相似、有同样的想法、来自同一片土地的伙伴。对待农民、乡下人，向来有一种话语的桥梁，那是一种极为老旧的正式，并不掩饰等级身份的礼貌，但也从来不乏把身份低微的人当作下等人对待的蠢货，用"你"来称呼他们，对他们呼来唤去，大声呵斥。在这里，此刻，这全无可能。所有人都穷愁潦倒，同病相怜。

在那些没有乡下人模样和穿着的人中间，这时候，也笼罩着局促不安的情绪，一种不承认他们在那里的意愿，不承认他们在墨西哥的家中境况如此艰难，他们走投无路，只能屈服于每星期工作两天就能月入三千比索的工作，在纽约，一座异乡的城市，全然陌生，在那里无需与人交好，无需面临在与同乡接触时不得不坦言相告却被嘲笑和不理解的风险。

因此，在这乘坐着九十三名墨西哥劳工的汽车里，如空气一般冰冷的沉默在一排排座位间传递。利桑德罗·查韦斯想象着，其实，尽管有话可说，所有人都因为这雪而噤声不语，因为大雪笼罩的宁静，因为这星星点点寂静洁白的雪，它悄无声息地落下，在所触之物上消融，重归于无色的水。在长长的雪幔后面，这城市是什么样子？因为在电影里见过，利桑德罗勉强分辨出一些都市轮廓，城市的幽灵，摩天大楼、桥梁、百货商场和码头白雪覆盖隐约朦胧的面孔……

他们疲惫不堪，快步走入一家摆满行军床的健身房，这些美国军队的简易床铺是巴罗索从一家军用剩余物资商店买来的。他们将包裹扔在床上，就走向角落里备好的自助餐。厕所在更里面。有的人开始熟络起来，互相打打闹闹，称兄道弟，甚至有两三个人唱起了跑调的《黄金船》，其他人让他们闭嘴，说他们想睡觉，明早五点就要开始一天，我这就要到载我的黄金船停泊的港口去了。

星期六早上六点，现在终于可以感受到、闻到、触摸到城市了，但还看不见。充满着冰碴的雾将它隐去了。然而曼哈顿的味道仿若一把铁匕首刺进利桑德罗·查韦斯的鼻子和嘴巴里，是烟，是下水道、地铁、十二轮货运大卡车的排气管和几乎贴到坚硬光亮如漆皮般的沥青路面的前格栅所喷出的酸涩烟雾。在每条街上，卡车的金属大嘴张开来吞下一箱又一箱的水果、蔬菜、罐头、啤酒，还有碳酸饮料，碳酸饮料让他想起他的爸爸，在自己的城市墨西哥城旦夕之间变成了异乡客，恰如他的儿子在纽约市一样，两个人都捶胸自问，我在这里做什么？难道我们生来为此？我们的命运不是另一番模样吗？这是怎么回事……？

"体面人，利桑德罗，别让别人说出二话。我们一直都是体面人。我们做什么都规规矩矩，从来不出格。是因为这个才过得不好吗？因为做体面人？因为像正直的中产阶级那样生活？为什么我们总是事事不顺？为什么从来不能有个好结果，儿子？"

在纽约，他回忆起父亲在纳尔瓦特的公寓里彷徨迷失，如同行走在沙漠中，没有庇护所，没有水，也没有路标，将那所公寓变成了他惶惑茫然的沙漠，在一连串意料之外、无法解释的事件带来的晕眩中努力站稳脚跟，仿佛整个国家已经失控，跌跌撞撞，成为自身的逃亡者，不顾一切地逃离秩序、预见性和体制性的牢笼——就像报纸上说的：体制性。他现在在哪？他是什么？能做什么？利桑德罗看见无数尸体、被杀死的人、腐败的官员、无穷无尽不可理解的阴谋，殊死搏斗只为权力、金钱、女人、同性恋男人……死亡、贫穷、灾难。他的父亲坠入这无法解释的漩涡之中，在混乱面前缴械投降，无力再出来奋斗、工作，依靠着他的儿子，正如儿子孩提时曾依赖他的父亲。他的母亲缝补破衣服、不眠不休地织披肩或毛衣能赚多少钱？

但愿墨西哥城上空也降下一道雪的幕帘，将一切覆盖，埋藏起怨恨、无解的问题和集体被骗的感受。看着墨西哥灼热的尘土，那永不疲惫的太阳的面具，不得不接受城市的失落，不同于欣赏纽约装饰在灰色墙壁和黑色街道上的白雪王冠，感受到一种生命的脉动：纽约从分裂中不断建立自身，这是它作为所有人的城市所不可避免的命运，充满活力、不知疲倦、野蛮而致命的全世界之城，在这里，我们都可以认出自己，看见我们自身的极恶与至善……

这便是那座楼。利桑德罗·查韦斯拒绝像个乡巴佬似的朝四十层的高度仰望，他只是寻思着他们怎么在暴风雪中清洗窗户，这雪有时连建筑的轮廓都能消融，仿佛这座摩天大楼也是冰做的。这是他的幻想。天刚稍稍放亮，一座通体玻璃的大楼就出现在眼前，没有一块材料不是透明的——一个用镜子做的、由镀铬镀镍玻璃连接而成的巨型音乐盒，一座玻璃扑克的宫殿，一个水银迷宫玩具。

他们被聚集在天井中央，并被告知是来清洗大楼内侧的。天井就像个发着灰色光的院子，六面纯玻璃幕墙像盲目的峭壁从它的六个侧面拔地而起。就连两座电梯都是玻璃的。四十乘以六，办公楼的二百四十张内侧面孔，围绕在一个庭院四周，过着既隐秘又透明的生活。中庭就像从玩具宫殿的中心挖掉的四方体，一个在海滩建城堡的孩童的梦想，只不过他拿到的不是沙子，而是玻璃……

脚手架等待着他们，将根据每层的面积将他们升至不同的楼层。这座建筑自下而上逐渐变窄，到顶部时呈金字塔形。仿佛置身于一座玻璃的特奥蒂瓦坎金字塔上，劳工们开始升到第十层、第二十层、第三十层，以便从那里开始清洗，然后逐层下降，带着手工清洗工具，背着清洁剂桶，就像潜水员的氧气罐。利桑德罗升上玻璃的天空，却感觉像被淹没，下潜到陌生世界里一个奇怪的玻璃海洋中，上下颠倒……

"这产品安全吗？"莱昂纳多·巴罗索询问。

"非常安全。是可降解的。一旦用过，就会分解成无害物质。"美国合作伙伴回答。

"这样最好。我在合同里加了个条款，让你们为工作导致的疾病负责。这里只要呼吸就会死于癌症。"

"啊，莱昂纳多先生您可真是的。"美国人笑起来，"您比我们还要冷酷。"

"Welcome a tough Mexican.[1]"莱昂纳多总结道。

"你真是个冷酷的人！"美国人赞赏地说。

三

她怀着感恩的心情从她位于六十七街东的公寓走到

---

1 原文为英文，意为"欢迎一个冷酷的墨西哥人吧"。

这幢坐落在公园大道上的高楼。星期五的晚上她是关在家里度过的,她告诉门卫不要放任何人进来,尤其是她的前夫。一整晚,都听到他的声音在电话里坚持,对着自动应答器说话,要她接待他。亲爱的,听着,让我解释,我们太着急了,我们应该再好好想想,等等让伤口愈合,你知道我不想伤害你,但是生活有时候会变得复杂,即使是在最艰难的时刻,我也一直知道的是我有你,我可以回到你身边,你会理解我,你会原谅我,因为如果情况反过来,我也会原谅你……

"不!"女人绝望地冲着电话,冲着她看不见的前夫的声音大喊,"不!你会自私残忍地报复,你会用你的原谅控制我……"

她度过了一个可怕的夜晚,在小公寓里来回踱步。这间公寓虽小但是干净整洁,甚至在很多细节上算得上奢华。她在为投入壮丽的雪景而帘帷敞开的落地窗与独眼巨人的变形眼之间走来走去。这只眼睛保护着人们远离无休止的窥伺,城市中暴露的威胁。它是门上的玻璃洞,透过它可以看见走廊,看见而不被看见,然而看到的是一个变形的水下世界,犹如一只疲惫的鲨鱼的盲眼,它疲惫却不能得享片刻休息,否则就会溺死,就会沉入海底。鲨鱼必须要不断游动才能生存。

第二天早上她不再感到害怕。暴风雪停了,城市粉妆玉砌，仿佛是在为节日做准备。还有三周就是圣诞节了，到处装饰一新，流光溢彩，闪亮得像一面大镜子。她丈夫从来不会在九点之前起床。她出门走去办公室的时候是七点钟。她庆幸这周末有机会埋头在工作上，赶上进度，传达指示，做这些时没有电话，没有传真，没有同事的玩笑，省去纽约办公室的例行仪式，那种同时具备冷漠与幽默的义务，会说俏皮话，打趣儿，笑容满面，也知道怎么直截了当地打断交谈和电话，永远不互相触碰，特别是身体接触，从来不会拥抱，也没有亲吻脸颊的社交礼仪，身体保持距离，目光避免接触……真好，在这里她丈夫不会找到她。他对此一无所知……他会疯狂地打电话给她，试图混进公寓里去……

　　一个在这天早上感到自由的女人。她抗拒了外部世界，抗拒了如今外在于她的丈夫，他被她从内在驱逐出去，无论是身体的还是情感的。她抗拒每天早上走路上班时裹挟她的人群，他们让她感到自己是羊群中的一只，作为个体微不足道，重要性被完全剥夺。在任何一个时刻从六十七街和六十六街之间的公园经过的数以百计的人不是在做着和她一样重要或更重要的事吗？或许一样不重要，也或许更不重要？……

　　没有一张幸福的脸。

　　没有一张为自己所做之事骄傲的脸。

没有一张对自己的工作心满意足的脸。

因为脸也要工作，挤眼睛，做鬼脸，翻白眼，摆出伪装的害怕、真实的惊讶、怀疑、假意关心、嘲笑、讽刺和权威的表情。极少——她一边快步走，享受着落了雪的城市的孤独，一边想——不管是她对别人，还是别人对她，都极少会流露出真实、自发的神态，而是一整套习得的面具，为了讨好、说服、恫吓、威慑、共谋……

孑然一身，不容侵犯，作为自己的主宰，占有自己的每一块身体和灵魂，由内而外，统一、完整。料峭的清晨，孤独，还有坚定、优雅、自我的步子，在从公寓到办公室的路上，她感受到了这一切。

办公楼里到处是工人。她忘了，她嘲笑自己，选了这一天来享受孤独，却赶上了清洁大楼内侧玻璃的日子。她及时得到了通知，是她自己忘记了。她微笑着上到最顶层，没有看任何人，像一只误将鸟笼认作自由的小鸟。她走在第四十层的走廊上——玻璃墙，玻璃门，他们过着悬于半空的生活，连地板都是磨砂玻璃做的，建筑师是个独断专行的人，禁止在他的玻璃杰作上铺地毯。她踏进位于玻璃走廊和天井之间的办公室。从这里看不到街景，街上污浊的空气进不来，全是空调的冷气。这座大楼密封着，与世隔绝，正是她今天想要的感觉。门朝向走廊，但整块玻璃幕墙朝着天井，有时候她喜欢让目光从四十层楼上坠落，在中途变成雪花，变成羽毛，变成蝴蝶。

走廊顶上是玻璃，侧面也是玻璃。所以，旁边的办公室也是透明的，这迫使她的同事们在肢体习惯上有所谨慎，但无论如何，还要同时保持自然不拘束。脱掉鞋子，把脚跷上桌面，所有人都被允许，但是男人可以抓挠腋下和两腿之间，女人则不行。同时，女人可以照镜子、补妆，而男人——除了极少数例外——不行。

她朝面前望去，望向天井，看到了他。

四

利桑德罗一个人被脚手架的大木板托着升到最高层。每个人都被问到是否有恐高症，他记起有时候会有，有一次，在一个节庆的摩天轮上，他突然很想跃入半空中去，但他没有说出来。

一开始，他忙着安置抹布和清洁工具，特别是忙着调整好自己的姿势，所以没有看到她，没有朝里面看。他的目标是玻璃，理所当然地认为星期六没有人会到办公室来工作。

她先看见了他，但并未留意他。她对他视而未见。

她看他的态度，正如我们进电梯、上公交车或是在电影院里落座时对萍水相逢的过客匆匆一瞥。她微笑了一下。在美国这个浩如宇宙的国家，广告经理的工作使她不得不坐飞机去和客户洽谈业务。她最害怕的莫过于身旁摊上个喋喋不休的人，那种会给你讲他的伤心事、职业、收入，在三杯血腥玛丽下肚之后，能把手放在你膝盖上的人。她又笑了。她曾无数次睡在陌生人身边，各自裹在飞机上的毯子里，宛如清纯的恋人……

当利桑德罗与奥德丽目光相遇时，她点头致意，就像出于礼貌问候一位餐厅服务生，比问候公寓楼的门卫还要少一分热情……利桑德罗已经擦净了第一扇玻璃窗，正是奥德丽办公室的那扇，随着他慢慢除去灰尘形成的薄膜，她逐渐显现，起初遥远而朦胧，随后便一点点靠近，由于玻璃越来越清澈，她分毫未动却越来越近。就像调整相机的焦距，就像慢慢将她据为己有。

玻璃的透明渐渐揭开她的面纱。办公室的灯光从身后照亮她的头部，为她栗色的头发笼罩上一层麦田般的柔美和动感，麦穗与如饰带般落于颈后的美丽金黄的麻花辫纠缠。光线聚集于后颈，当她将浅色的柔软辫子拨到一边时，后颈上的光照亮了从背部蜿蜒向上的每一根金黄的绒毛，就像一把种子，即将在编织的发束里找到土壤，找到那丰腴性感的肥沃。

她伏案工作着，对他无动于衷，对他人的工作无动于衷，那种卑躬屈膝的手工劳动，与她的截然不同。她正努力为百事可乐找一句精彩的、引人注目、朗朗上口的广告语。他感到不自在，担心自己手臂在玻璃上的挥舞使她分神。如果她抬起头，会是因为工人的打扰而一脸愤怒吗？

如果她再次看他，会用什么样的眼神？

"上帝啊，"她低声自言自语，"他们提醒过我会有工人来。但愿这个男人没有在观察我。我感觉在被窥视。我有点生气了，没法集中精力。"

她抬起头，碰上了利桑德罗的目光。她想要发怒却没能做到。那张脸上有种东西令她吃了一惊。一开始，她没有注意他外表的细节。令她战栗的是别的东西。某种她几乎从未在男人身上见过的东西。她在自己的词汇表里拼命搜寻，作为一个以遣词造句为职业的人，她寻找着一个词汇，来形容这个办公室玻璃清洁工的态度和面孔。

在一闪念间她找到了——礼貌。在这个男人的身上，在他的态度、距离感、点头的方式与奇妙地混杂着忧伤和欢乐的目光中的那种东西，是礼貌，难以置信地毫无粗俗的痕迹。

"这个男人，"她想，"他绝不会在凌晨两点钟歇斯底里地打电话请求原谅，他会忍耐。他会尊重我的孤独，我也会尊重他的。"

"这个男人会为你做什么？"她马上自问。

"他会请我吃晚饭，然后送我到家门口。他不会让我在夜里独自叫出租车离开。"

正当她抬起目光、神不守舍之时，他在转瞬之间看见了她深邃的栗色大眼睛。他马上垂下目光，继续工作，但与此同时他想起她微笑了。这是他的想象吗？还是真的？他鼓起勇气望向她。女人对他微笑，非常短促，非常礼貌，然后就低下头继续工作。

一个眼神足矣。他没想到会在一个美国女人的眼睛里看到忧郁。人们说她们都很坚强，很自信，很专业，很守时，不是说所有的墨西哥女人都软弱、摇摆、随性、拖沓，不，完全不是。问题在于，一个会在星期六来工作的女人可能是各种样子，也许温柔，也许亲热，但唯独不该是忧郁的。利桑德罗清楚地在这个女人的眼神里看到了忧郁。她怀着悲伤，也怀着渴望。她渴望着。这是她的眼神所诉说的："我想要某种缺失的东西。"

奥德丽不必要地把头压得很低，好躲进纸张文件中。这太荒唐了。她难道要爱上大街上第一个擦肩而过的男人，只为了和丈夫彻底分手，让他吸取教训，只是

227

因为纯粹的反弹效应？那个工人很英俊，这是糟糕之处，他有着不寻常的几乎令人感到冒犯的骑士风度，不合时宜，仿佛在滥用他的弱势地位，但他同时有着明亮的眼睛，眼里流露出的悲伤和喜悦同样浓烈，他的皮肤呈橄榄色，暗淡而性感，鼻子短而尖，鼻翼翕动着，身形修长，卷发，年轻，胡须厚重。与他的丈夫迥然不同。他是——她又一次露出微笑——一个海市蜃楼。

他也对她回以微笑。他的牙齿坚硬、洁白。利桑德罗想到，他极力避开了会使他在当他还是个有志青年时认识的人面前降低身份的工作。他曾接下一份在弗克拉尔餐馆做服务员的差事，当他不得不为一桌中学老同学服务时，场面十分难堪。所有人都事业有成，除了他。他令他们难堪，他们也令他难堪。他们不知道该怎么称呼他，对他说些什么。还记得和西蒙·玻利瓦尔队比赛的时候你进的那个球吗？这是他听到的最友善的话了，随之而来的是一阵令人尴尬的沉默。

他做不了办公室文员，从中学三年级起他就辍学了，不会速记法也不会用打字机。做出租车司机更不行。他嫉妒比他有钱的乘客，看不起比他穷的，墨西哥城混乱的交通令他发狂，让他火冒三丈，暴跳如雷，不停骂娘，变成各种自己不喜欢的样子……超市售货员，加油站雇员，他什么都做过，那是自然。不幸的是现在连这样的差事都没有了。所有人都失了业，连乞丐都被视作失业者。他感恩能获得这份来美国的工作，感恩此刻正直视着他的这个女人的眼睛。

他并不知道，她不仅在看着他，也在想象他。她先他一步。她想象着各种情境下的他。她把铅笔放到牙齿间。他会喜欢什么体育运动？他看起来很强壮，很健美。电影，演员，他喜欢电影、歌剧、电视剧吗？他是那种会透露电影结局的人吗？当然不是。这一眼就看得出来。她直直地冲他微笑。他会忍受得了一个像她这样的女人吗？她会忍不住给伴侣讲出电影、侦探小说的结尾，除了自己的故事，因为永远不知道会怎么结束。

她头脑中的想法他也许已经猜到一二。他多想能坦率地告诉她，我不一样，不要相信外表，我不应该在做这些，这不是我，我不是你想象的那样。可他不能对玻璃说话，他只能爱上玻璃上的光，而光可以穿过玻璃，触碰她，光是他们共同所有。

他强烈地渴望拥有她，触碰她，即使是隔着玻璃。

她站起身，神思恍惚地走出了办公室。

是什么冒犯了她吗？他的某种表情、某个手势有失分寸吗？他是不是因为不了解美国的礼仪所以有些太过放肆了？他为感到那么害怕、那么沮丧、那么不自信而生自己的气。也许她永远地离开了。她叫什么名字？她会问自己同样的问题吗？他叫什么名字？他们有什么共同之处？

她回来了，手里拿着口红。

她手里举着揭开了盖的口红，直勾勾地注视着利桑德罗。

他们就这样相隔在玻璃边界的两侧，在沉默中对望了几分钟。

两人之间正在建立起一个具有讽刺意味的共同体，处于隔离之中的共同体。每个人都回忆着自己的生活，想象着对方的生活，那些行走的街道，栖身的洞穴，各自城市的丛林，纽约和墨西哥城，危险、贫穷、城市的威胁、抢劫者、警察、乞丐、捡破烂儿的，大城市的恐怖，到处是同他们一样的人，无法抵御如此之多威胁的太过渺小的人。

"这不是我。"他愚蠢地自言自语，浑然不觉她希望他就是他，正如这个早上她所见到的样子。当她醒来，对自己说："上帝啊，我和谁结了婚？怎么可能？我一直和谁生活在一起啊？"然后她遇见了他，并将与她丈夫身上她所痛恨的东西截然相反的一切赋予了他，礼貌、忧郁、不在乎她揭示电影的结局……

他和她，形单影只。

他和她，在各自的孤独之中不容侵犯。

远离人群，她和他面对面，在一个不同寻常的星期六早晨，想象着彼此。

他和她，被玻璃边界隔开。

他们叫什么名字？两个人想到了一块儿。我可以为这个男人取上我最喜欢的名字。而他想：有的男人必须要把自己的爱人想象成陌生人，而他，现在必须要把一个陌生人想象成爱人。

无需说出"愿意"。

她用口红在玻璃上写下她的名字。是反着写的，就像是映在镜子里：叶尔度阿[1]。像一个充满异域风情的名字，一个印度女神的名字。

他犹豫着要不要写他的名字，那么长，在英语里那么罕见。盲目而不假思索，愚蠢抑或是自惭形秽，他至今也不知道究竟是为什么，他只写下了自己的国籍——"哥西墨"。

她做了一个似乎是在索要更多信息的手势，两手摊开："还有什么？"

不，他摇头否认，没有了。

下面开始有人喊他，你怎么在上面那么久，还没弄完吗？别偷懒，快点儿，已经九点了，我们得赶到下一

1 "奥德丽"英文书写为"Audrey"，反写为"yerdua"。

座楼去。

还有什么？手势索要着，奥德丽沉默的声音索要着。

他将嘴唇凑近玻璃。她毫不犹豫地做了同样的举动。他们的嘴唇隔着玻璃碰到了一起。两个人都闭上了眼睛。在好几分钟的时间里，她都没有再睁开眼。当她重新恢复视线时，他已经不在了。

打赌

致塞萨尔·安东尼奥·莫利纳

　　石头的国家，石头的语言，石头的血和记忆。如果不逃走，你自己也会变成石头。快走吧，越过边境，抖落你身上的石头。

　　他应约早上九点钟到酒店，然后出发去库埃纳瓦卡，当晚返回。只有三位旅客。一个美国游客，远远地便看得出来，金发，苍白，身着特华纳长裙或是类似的传统服装。一个墨西哥男人，拉着她的手一刻也不松开，十足的乡巴佬，皮肤黝黑，留着小胡子，穿了件深紫色的衬衫。还有一个女人，他看不太出来是哪里人，白皙，有些干瘪、瘦削，穿着低跟鞋、阔摆裙和手织毛衣，留着熨直的头发，要不是皮肤那么白，莱安德罗·雷耶斯会以为她是个用人。但她说话声音洪亮、清脆，自信果断，带着西班牙口音。

　　作为旅游司机，莱安德罗已经习惯了旅行中的各种组合，这既不是最好也不是最差的一次。西班牙女人坐在了前排，在他边上，那对儿情侣——墨西哥男人和美国女人——在后排蜷抱在一起。西班牙姑娘冲他挤了下眼睛，头明显地朝后一摆。莱安德罗没有应和，他用高傲的态度来对待所有乘客，好让他们别以为碰上的是个殷勤恭顺的墨西哥小哥。他没有对西班牙姑娘回挤眼睛。

他猛地发动汽车，比预想得还要快，然而墨西哥城令人窒息的交通使他不得不把车速降下来。他将一盘磁带放进播放器，声明这是墨西哥旅游景点的文化介绍，特奥蒂瓦坎的金字塔、坎昆的海滩，当然也包括库埃纳瓦卡，这天上午他们要去的地方。他告知他们，他提供的是高端服务，针对有品味的人。

各种噪音、背景音乐、卡车的尾气和城市里受污染的空气使所有人昏昏欲睡，除了莱安德罗。刚刚驶上通往库埃纳瓦卡的公路，他便提起车速，开始越开越快。他从后视镜里看着美国女人和乡巴佬组成的那对情侣，怒火中烧，就像每次看到这些女人被这种土包子占去便宜时一样，她们来这里寻找异域风情，罗曼蒂克，最后却落在这群狗娘养的手里，令人恶心粗俗不堪的侏儒，在当地，没有一个女人会瞧上他们一眼，给他们一通惊吓就算是轻的了。

他开得飞快，自己大声重复起磁带里的文化介绍，直到身后的矮胖子紧张起来，对他说，小心弯道，喂，别再重复磁带里的话了，你以为我是聋子吗？美国女人笑着说好刺激，只有他旁边的西班牙女人面不改色，含着讥讽的微笑看着他。莱安德罗对他们说："这不是简单的观光，这是一次文化之旅。酒店是这么通知我的。如果你们想打情骂俏，就该选别人，而不是选我。"

后面的黑小子缩下身子去，美国女人给了他一个吻，那乡巴佬把他自以为像电视剧明星而实则是马戏团小丑的脸埋进她的金发里，没有再发牢骚。边上的西班牙女人却对司机说：

"你为什么要做一份你不喜欢的工作呢？"

你没有生来愚钝真是幸运。你看看小巴科，镇子上的傻子。你看他每天都出门到广场上去晒太阳，对着太阳和人们微笑。看得出来他想讨好别人。然而在这里，在他的镇子上，这种行为惹人反感。这头蠢驴有什么权利仅仅因为他活着，因为太阳照着他的指甲，照着他仅剩的三四颗牙齿和他几乎总是黯淡无神的眼睛就感到幸福？好好看看他。仿佛自己也知道幸福不会长久，他迷惑茫然地抓挠着一头短发的脑袋。不算整齐，也不算蓬乱，因为他的头发那么短，唯一重要的是知道它是否生长。它向前生长，仿佛入侵着狭窄且因持续担忧而皱起的额头。这天早上，与紧锁的眉头不相称地，他一向呆滞的眼睛里闪出光来。他望向广场上的拱门。今天他们会对他做什么？他暂时搁置这个想法，收回它，就像对待一只落满尘土的旧抽屉。但是没有比威胁更迫在眉睫的了。他陷入毫无防守之力的处境。他意识到自己身处广场正中，正午时分，在明晃晃的阳光下，在露天处，没有任何东西为他遮蔽他人的目光。他将双手举到眼睛上方，闭上眼，他躲藏着，掩饰着自己，却每一分钟都更加显眼。就连平时并不注意他的人现在都在看他。小巴科闭上眼睛，好让人们不要那样看着他。他感到头痛欲裂。闭上眼睛，太阳就会死去。睁开眼睛，就看见石头。石头的国家，石头的语言，石头的血和记忆，石头的广场。如果不离开这里，你自己也会化作石头。

西班牙女人认真而敏锐地观察着他。一开始，他想装成一个有文化、会给外国人展示墨西哥之美的司机。让他气愤的是和美国女人做爱的是另一个墨西哥人，而不是他。让他气愤的是他们亲个没完而不听磁带里关于印第安遗址的文化介绍。他想找所有人的不痛快，吓唬他们，开到时速二百公里，在矫揉造作的派头之上再加上肢体的野蛮暴力。西班牙女人对这个年过四十的男人感到同情，他发色金红，接近胡萝卜的颜色，她在一些墨西哥城里人身上见过，那是金发白人和印第安人的混血，不如说是紫红色吧。很明显，他胡萝卜红的发色是染上去的，他穿着蓝色衬衫，打着领带，一身银色西装闪闪发亮，就像带她来墨西哥的伊比利亚航空飞机的颜色。她是因为赢得了阿斯图里亚斯洞穴最佳导游竞赛而来这里度假的。对了，当她赢了竞赛的时候，人们都气疯了，但这就是运气，没办法。

这个男人不知道他俩做同样的工作，但她还是没办法理解他，一路以欣赏他的表情为乐。所有的表情都流露出可笑的虚伪，总是怒气冲冲，满脸鄙夷，前一分钟还一副自恃博学的神气，下一分钟又成了无所畏惧的粗野莽夫。他被后排那对令人嫉妒的情侣弄得焦躁不安，但更令他焦躁的——西班牙女人得出结论——是她的笑容，她目不转睛地盯着他，并未被他震慑到。

"您看我干什么，啊，女士？"开进库埃纳瓦卡的时候，他终于脱口而出，"我是有两个脑袋还是怎么回事？"

"你没有回答我。你为什么要做一份你不喜欢的工作？"

"难道我们认识吗？从什么时候开始咱们这儿以你我相称了？"

"在西班牙，所有人都以你我相称。"

"那是在那边。在这边我们互相尊重。"

"那么你就先尊重你自己。"

他怒不可遏却又茫然无措地瞪着她，他该怎么对她？打她？把她赶下车？把她扔在特雷斯马里亚斯？他不能。他会被解雇吗？有可能。他一直有此担心，尽管事实上他的狂言妄行总是被容忍。这是他打的赌：大胆些、压过别人、别小心谨慎的，莱安德罗，冒着被辞退的风险，你会看到大多数情况下，人们会退缩，不想找麻烦，会容忍你的粗暴无礼。有的人不会，那么你就孤注一掷，在格雷罗的大山深处把他们赶下车，威胁让他们徒步走到奇尔潘辛戈去，他们要是到酒店去投诉你，你就理直气壮地站出来，谁跟这些该死的傲慢游客没有过口角？你们要是愿意，咱们就把这事闹到工会去，工友们一定会站在我这边，你们希望来一次司机罢工，不止影响你们这家恶心的酒店，也影响全市的酒店吗？他们会安抚你，承认你有道理，人们都很过分，不尊重司机的劳动，他们直接把我们当出租车司机，不，这不行，我们是给欧洲人、日本人提供文化旅游服务的司机，和他们从来不会发生口角，我们尊重他们，他们也尊重我们，我们提供高端服务，口角只会同美国佬和本地乡巴佬发生……

然而这个女人是西班牙人，他不知道该从哪里着手

238

"斗"她。如果只有美国女人和那个留小胡子的丑八怪在后面亲来亲去，不专心听文化介绍，把他当一个没文化的普通司机，一个掌握方向盘的野蛮人，不把他放在眼里……她把他放在眼里吗？她微笑着观察他，那微笑也许比一句咒骂还要侮辱人，谁知道呢。而他也观察着她，感觉到她喜欢被这样观察，他看不透她，仿佛她也充满神秘，她对于他，比他对于她，还要神秘。

"行了，"西班牙女人粗暴地说，"你和我做一样的事，我也是导游。不过看起来我确实喜欢我的工作，而你就只知道发牢骚，妈的。你要是不喜欢干吗要干这行？别那么白痴，去干点别的，蠢货，工作有的是。"

他不知该怎么回答。感谢上帝，加油站就在前面。他停下来，飞快下车，同几个服务的小伙子热络地攀谈起来，极尽浮夸之能事，他拥抱他们，互相问候，所有废话都冒了出来，打打闹闹，说着暗语，粗鄙地挤眉弄眼，加油站的人问他载的货好不好，他挤了下眼睛，他们让他好好利用，游客统统是些蠢货，但是身上有钱，凭什么他们有钱而我们没有？来吧老弟，喝杯玉米酒让旅途更愉快……

西班牙女人探出头来，对莱安德罗大喊：

"你要是喝酒，我就投诉你，我们都在这下车，土匪。行了，别在那装狗屁男人，赶紧来尽你的义务，狗娘养的！"

服务生们笑得前仰后合，捧腹拍腿，抱作一团，好家伙，莱安德罗，你已经结婚了？还是这是你丈母娘？已经在对你指手划脚了，是吗？别再到这儿来了，傻瓜，你已经给拴上牛绳了……

他红着脸发动了汽车。

"您为什么要让我没面子，女士？我对您以礼相待……"

"行了，你，我的名字叫恩卡纳西翁·卡达尔索，但是大家都叫我恩卡纳。我们玩得开心点吧。别一副硬着头皮做事的样子，让我来教教你怎么玩得开心吧。妈的，你骗不了我。你不过是个用傲慢掩饰不安的家伙。你找别人的不痛快，到头来也是自寻烦恼。我们去库埃纳瓦卡吧，听说那是个很美的地方。"

石头的广场。石头的目光。傻子看着坐在咖啡馆里的一群小混混。你和他们在一起。他们看着小巴科。他们打赌。"如果我们揍他，他会反抗吗？""如果不反抗，他会走开还是待在那儿？""如果待在那儿，是为了让我们接着揍他？这白痴喜欢挨揍？还是他想让我们厌倦，然后就饶了他？"石头的国度：这里一切都以打赌的方式运行，诸如下不下雨？冷还是热？马德里竞技赢还是皇家马德里赢？斯巴达克斯会得到耳朵[1]还是被牛角顶伤？某某是不是处女？某某是不是基佬？森特诺医生是不是染了头发？谁谁是不是在用假牙？药剂师是不是注射隆胸了？你赌多少？这镇上的住户都谁敢不关门？门户大开的勇敢者有几个？你赌多少？

美国女人和乡巴佬那一对儿到科尔特斯宫的露台上去观赏峡谷，手拉着手，笑得像两个傻子。恩卡纳和莱安德罗则去研究了迭戈·里维拉关于征服的壁画。她说："我们真的曾经这么坏吗？"莱安德罗不知道该说什么好，做价值评判不是他的任务，画家是这么看的。那你说说，既然你们那么为印第安人心痛，为什么你们说西班牙语而不是印第安语言？她问道。

"他们很勇敢。"莱安德罗说，"他们有着伟大的文明，而西班牙人毁了它。"

"要是你们那么爱他们，那就今天对他们好点呗。"恩卡纳用她冷酷而现实主义的腔调说，"我看他们现在可比任何时候都更遭虐待。"

随后，他们停在一个展厅，在这里，里维拉画下了所有欧洲应该归功于墨西哥的东西：巧克力、玉米、西

---

1 在斗牛表演中，斗杀成功且得到观众好评的斗牛士可获赠牛耳和牛尾。

红柿、辣椒、火鸡……

"得了吧!"恩卡纳叫起来,"如果要画下所有墨西哥应该归功于欧洲的东西,这座城堡所有的墙面都用上也不够……"

莱安德罗终于被这个心直口快的西班牙姑娘的俏皮话逗笑了。当他们在宫殿对面的咖啡馆坐下来喝冰镇啤酒的时候,没一会儿,司机便对她生出信任,同她讲起他的爸爸曾经在阿卡普尔科的一家酒店餐厅做服务员,而他,莱安德罗,从小就不得不在港口的大街上卖甜品。他觉得自己在街头捧着甜品盒子比他的爸爸被迫穿得像个猴子、伺候每一个去那儿吃饭的王八蛋更有尊严。

"每当我看到他穿着服务员工服,胳膊上挂着餐巾,在那儿摆着椅子,总是弯着腰,永远弯着腰,就觉得难受,这是我不能忍受的,一直低着头,我对自己说,我可不能这样,我做什么都行,但是绝不低头。"

"哎,也许你父亲只不过本来就是个礼貌的人。"

"不,他低头,顺从,任人奴役,和这个国家几乎所有的人一样,有的人想干什么干什么,很少的人,大部分人永远倒霉到底,什么权利都没有。就那么几个王八蛋奴役着一群弯腰低头的人。向来如此。"

"往上走多难啊,莱安德罗。我欣赏你的努力,但是别怨天尤人了。不要整天把时间浪费在抱怨为什么他们可以而我不行。别让自己的机会从眼前溜走吧，抓住它们的尾巴，机会从来不会出现两次。"

她问他为什么叫莱安德罗这个名字。

"恩卡纳西翁是个好听的名字。谁给你起的？"

"哈，是上帝本人。我生在道成肉身日[1]。你呢？"

"因为莱安德罗·巴列。他是个英雄。我出生的那条街是以他的名字命名的。"

他告诉她，到了青春期，他就不再卖甜品，转而在阿卡普尔科的一家高尔夫俱乐部做球童。

"你知道吗？晚上我会留在高尔夫球场的绿茵上睡觉。我从来没有睡过比那更软和的床。连做的梦都不一样了。甚至在某一天我决心要变成有钱人。柔软的草地为我唱摇篮曲，那才是我真正的摇篮。"

"你父亲帮你了吗？"

"没有，这就是问题所在。他不想让我往上走。他说，你会跌个大跟头的，别试图成为你不可能成为的人。他挡我的机会。我从他工作的酒店经理办公室的朋友那儿知道，他没有告诉我酒店因为我是他儿子而提供

---

1 "恩卡纳西翁"（Encarnación）在西班牙语中意为"道成肉身"。

给我的机会，学习的机会，开车的机会。他只希望我做个服务员，和他一样。他不希望我超过他。问题在这里。我不得不自己去抓住机会。做高尔夫俱乐部球童，电瓶车司机，最终成了真的司机。再见，阿卡普尔科。从那以后我就再也没见过我父亲。"

"我理解你。但是没必要因为你父亲是个有礼貌的服务员，你就非得要粗鲁无礼。你应该服务，你我都一样。整天念叨我必须干这个，但我不喜欢，又能得到什么呢？别通过冒犯顾客来找平衡，这不是有教养的人该做的事。"

莱安德罗感到难为情，有一阵儿没再说话。这时，美国女人和那个二流子出现在桂树间，用手势示意返回墨西哥城，他们已经玩够了。

莱安德罗站起来，走到恩卡纳身后，帮她拉椅子好方便她站起来。她吓了一跳。从来没有人对她做出过这个礼貌的举动。她甚至感到一阵害怕，他要打她吗？然而莱安德罗自己也不知道这个行为从何而来。

他们一路沉默着返回墨西哥城。那对儿情侣抱在一起睡着了，莱安德罗平稳地驾驶着汽车，恩卡纳观赏着风景：从热带的芬芳到冰冷的松林，再到高原的烟雾——那因在监狱般的山峦间的腐朽。

到酒店后，乡巴佬看都没看莱安德罗一眼，美国女人则对他报以微笑，并给了不少小费。

只剩下莱安德罗和恩卡纳，他们彼此相望良久，各自都知道已经很长时间没有人这样看过自己了。

"跟我上来吧。"她对他说，"我的床比高尔夫球场的草地还要软和。"

一天晚上，你们一起挨家挨户查看，好知道谁赢了那个关于敞门的赌。所有的门不是用钥匙锁紧，就是挂着锁头，或上了门栓，只有傻子的家门是开着的。小巴科睡觉的阁楼的门敞开着，他正睡在板床上，前一秒还睡着，下一秒就醒过来，揉搓着眼睛，满脸困惑，一如往常。唯一一扇没有上锁的门和又一次赌输：小巴科的阁楼并不像猪圈，窗明几净，像一只银杯。这让你们不知如何是好，于是你们把可口可乐洒得到处都是，笑着喊着跑了出去。第二天，傻子躲避着你和你朋友的目光，任凭阳光爱抚。你们又一次打赌：如果他只是在晒太阳，我们就放过他，如果他在广场上晃来晃去，就好像自己是主人，是老板，我们就揍他。一个智障不可能成为老板，我们才是老板，我们可以为所欲为。谁敢反对？小巴科走动起来，挤眉弄眼，望向太阳。你们用戏弄的口气喊他，开始往他身上扔面包渣，接着是硬面包块，最后是瓶盖。傻子用手臂掩护自己，只连声央求，放过我，放过我吧，你们瞧瞧，我是好人，我不会伤害你们，放过我吧，别逼我离开镇子，瞧着吧，我父亲就要来照顾我了，我父亲厉害得很……妈的，你对他们说，我们只不过在朝他扔面包渣而已。有种东西在你身体里炸开了，难以抑制，你从桌旁起身，椅子翻倒在地，你从拱门里的阴凉处冲到广场的阳光下，对嚷叫着的傻子拳脚相加。我是好人，别再打我了，声音从他烂掉的牙齿和鲜血淋漓的嘴巴里传出来，我要告诉我父亲。而你心里始终明白，你真正想揍的是你的朋友，那些小混混，你的军团，那些将你困在这石头监狱、这狗屎镇子里的人。你想放他们的血，乱拳打死他们，而不是这个可怜虫，然而你却把内心的愤愤不平、惶惶不安、你被亵渎的友情和羞耻感一股脑儿发泄在他身上……走吧，走吧。打赌你会离开吧。

那是个美好的夜晚。两个人都尽情欢愉，彼此相遇却又错过。他们一致认为，这是一场注定没有结果的爱情，但是值得。就像恩卡纳说的，要抓住机会的尾巴，它只出现一次，然后就"啪"的一下，魔法般消失无踪。

头几个月他们互致书信。他不太善于表达，但她会给他信心。他的自信曾经需要去刻意营造，就像在海滩上胡乱涂鸦，残缺不全，一个浪头就可能抹得一干二净。如今，认识了恩卡纳，他感到他生活中的一切虚伪和荒唐都被渐渐抛在身后。但是如果他失去她，再也见不到她，就很可能会故态复萌。不得不伺候和应付愚蠢傲慢的客户真他妈的见鬼，他们连看也不看他一眼，仿佛他是透明的。他粗暴无礼的言行又回来了，他的愤怒又回来了。从小，他就常常为他是自己、而不是想成为的人气得直踹阿卡普尔科的路灯柱子。为什么他们可以而我不行？这天晚上，在一家高档餐厅门外，他情绪失控，做了同样的事，用脚踹起停在那里的汽车的保险杠来，其他司机不得不制止他。这一次他真的捅了大娄子，这辆车是 X 部长的，那辆是革命制度党主席的，还有那辆是政府合作机构 Z 买的……

幸运的是，就在那一刻，北方大亨、前部长莱昂纳多·巴罗索先生从餐厅走出来，找他的司机。代泊司机告诉他，他的司机身体不适，把先生的车钥匙留下就离开了。巴罗索也勃然大怒——不负责任者的国家！突然间，他在可怜的莱安德罗身上看到了自己的影子，仿佛和一个停在那儿踹着路灯柱子等待客户的可怜的旅游车司机同病相怜，不禁哈哈大笑起来。多亏了这一巧遇、对比和认同，他平复了下来。他平复下来也是因为胳膊上挽着个完美的女人，一个长发披肩、下巴上有美人凹的真正的性感尤物。巴罗索先生对那个女人唯命是从，这一眼就看得出来。她令他神魂颠倒，毫无疑问。

莱昂纳多·巴罗索先生要求莱安德罗送他和儿媳回家，他十分满意这位司机的驾驶技术、谨慎态度和外表，于是雇佣了他，用于十一月的西班牙之行。他在那边有生意，他的儿媳将陪他一起去，所以需要有人为她开车。多疑的莱安德罗，在一阵兴高采烈之后，开始怀疑，这个身材高大、有权有势、无所不能的男人是否在他身上看到了一个无足轻重的阉人，可以在他忙于"生意"时毫无危险地带着他的"儿媳"观光。但他又怎么会发牢骚呢。他收起了疑心，想着既然他的雇主信任他，那他为什么不信任他们呢。

他的雇主。这与带游客观光有所不同，这是一次提升，而且看得出来巴罗索先生是个强大的人，一位引人尊敬、当机立断的老板。莱安德罗毫无怨言，为这样的人服务，可以享有尊严，心甘情愿，并不感到低人一等。此外——他在飞往阿斯图里亚斯的飞机上写道——他将再次见到恩卡纳。

你们打了赌，谁狠狠地揍小巴科一顿，就能赢得一张从镇子去海边的往返车票。尽管葡萄牙离埃斯特雷马杜拉更近，但那是个说加利西亚语的国家，不太值得信任，那里说话非常奇怪。而阿斯图里亚斯，尽管更遥远，却是西班牙的海岸，就像自治区区歌里唱的，是"亲爱的祖国"。碰巧你的痞子朋友中，有个人的叔叔是长途车司机，能帮你们这个忙。他是巴斯克人，他理解这个世界以打赌的方式运转，只以打赌的方式。就连公共汽车的轮子——他用哲人的腔调说——都是凭打赌事故有可能发生但可能性不大而转动的。"除非一个司机跟另一个打赌要从马德里到奥维耶多赛车赢了对方。"小痞子的叔叔笑着说。你毫不意外，要找到这位叔叔并请他帮忙，这里谁都想不到打电话或者发电报，而是手写了个便条，没有复件，也没有信封，通过汽车司机的换班送过去。因此，从你揍小巴科到所谓的去海边过了那么久，久到你几乎输了你赢的赌，因为又打了别的赌，这里整天以打赌度日。一百张五比塞塔的票子赌小巴科在被你揍了之后不再出现在广场上。二百张赌他会出现，如果不出现，一千比塞塔赌他离开了镇子，两千赌他死了，六个十分硬币赌他躲起来了。你们去了傻瓜睡觉的那个阁楼门口。这里一片死寂。门开了，一位身穿黑衣的老人走出来，黑色的帽子一直埋到他巨大的耳朵和灰色的连鬓胡上，胡子有三天没有修剪了，扎在他没有系领带的白衬衫领口上。他耳垂上毛多得像刚生下来的动物。一头狼崽。你将这比喻留在了心里。你的伙伴中没有一个人喜欢你这个癖好，你的比喻，你的影射，你对言辞的兴趣。石头的语言，从月亮上掉下来，落在这样一个国家，在这里，最受欢迎的体育运动就是搬石头。石头的脑袋——但愿什么都进不去，除了一个新打的赌。打赌就像自由，是聪明才智，是男子气概，这些都加在一起。为什么这个服丧的老头会从小巴科住的破房子里走出来？小巴科死了吗？所有人面面相觑，神情里怪异地混杂着好奇、惧怕、嘲弄和尊敬。真想打个赌来解开疑团啊！头一次，你每个朋友的眼神都显得疏远。这个令人敬畏的男人，身处贫寒之中，却威严十足，在你们每个人身上激起了各不相同、出人意料的态度。头一次，你们不再是那个在夜晚一同猎食的年轻的狼群。笑声，尊敬，还有惧怕。小巴科死了吗？所以这个出现在傻子家的石头般的老人是在服丧？赌两千比塞塔？当你对他们说这个赌无效，因为没办法知道小巴科不再去广场是不是因为他死了，他家里在服丧，因为这里所有的人都永远在服丧，大家都沉默了。你们没发现吗？在这个镇子上，丧事持续不休，总是有人死去，总是有。还会有更多——服丧的老头用雷鸣般的声音说。让我们来瞧瞧，你们是不是只会打一个毫无还手之力的孩子。让我们来瞧瞧，你们是不是有胆量有尊严的男子汉，还是像我猜测的那样，是一群狗屎无赖娘娘腔。老人说完这些话，你感到你的生命已经不再属于你，所有的计划都将轰然倒塌，所有的赌都将合为一个。

恩卡纳没有想到会再见到莱安德罗，她犹豫了。她不打算改变模样，也不打算改变生活，就让他到她的世界里来看她吧，就像平常一样，做着她为赚取面包而做的事。哭泣的面包，她提醒自己，在这片土地上，新娘的面包是哭泣的面包。

他已经知道该去哪里找她了。从四月到十一月，从早上九点到下午三点。其他时间里，洞穴关闭以避免壁画损坏。呼吸、汗水、男男女女的肚子，一切给与我们生命的东西，都会夺去洞穴的生命，消耗它，腐蚀它。鹿和野牛彩绘，木炭画的马，岩洞的氧和血液，都遭到人类的氧和血液致命的攻击。

有些时候，恩卡纳会梦见那些两万五千年前画下的野马。在冬日里，当洞穴对公众关闭，她想象它们被封锁在寂静与黑暗中，等待着春天到来重新奔跑。饥饿、失明和爱使它们疯狂。

她是个简单直白的女人。也就是说：她不对任何人讲她的梦幻。对到这里来的游客，她只是简短地说：

"很原始。这非常原始。"

十一月的那一天，大雨如注。洞穴不久后就要关闭。为了到那里去，恩卡纳穿上了橡胶靴子。从她家到洞穴入口的路是一条泥泞陡峭的小径，淤泥一直没到脚踝。她用一块粗糙的头巾盖住头，但几缕淋湿的发丝还是贴在她脸上，她只有闭上眼睛，不停地用手抹脸，仿佛在哭泣。她身上穿的夹克衫不防水，是一件兔毛领外套，而且味道很难闻。大裙摆盖住另外两层衬裙，使她像个层层包裹的洋葱。她穿了好几双羊毛袜，一层又一层。

那天早上没有一个人，她白等了。山洞很快就要关闭，人们不再来了。她决定自己进去，同马上要进入冬眠的洞穴道别。没有比这更好的告别方式了，她将自己的手放在另一只几千年前在石头上留下的掌印上。很奇怪。那个掌印呈肉色，赭黄，恰好和恩卡纳西翁·卡达尔索的手一样大小。

这个想法令她激动。她很高兴地发现，尽管过了那么多个世纪，一个女人的手仍可以和另外一个女人的手完美契合，也或许是一个男人的手，一个丈夫，一个儿子，他们早已死去，却活在这石头的遗产里。那只手召唤恩卡纳，索求着她的温暖，为了不彻底死去。

女人尖叫起来。另一只手——有生命的、火热的、长茧的手——落在了她的手上。在那儿留下掌印的那位死者的灵魂回来了。恩卡纳转过脸，在微弱的光里看到了她墨西哥男朋友的脸，她的男朋友，没错，是莱安德罗·雷耶斯，他握着她的手，就在这里，这个不只她，还有她的国家、她的过去、她的先人，生活着、脉搏跳动着的地方。他会接受她本来的样子吗？在她本来的地方，而不是在一次去墨西哥观光旅行的——她想到在杂志上看见过无数次的词——"魅力"之中？

他并没有强迫你们。大家都随时准备接受赌博，你早就料到了，你成长于斯，你和你的朋友们生活于斯。然而在小巴科居住的阁楼意外迎接你们的这个近乎超自然的生灵，押下了一个极高的赌注，他的挑战危及你们的生命和尊严。仿佛童年和当下青春期的所有岁月都跌落而下，像一条突如其来狂涌的瀑布，抹去过往的一切，所有的放肆、嘲笑、彼此之间的残忍，特别是强者对弱者的残忍，都熔铸成一刃尖锐、刺眼的银质刀锋。没系领带身穿丧服的男人在对他们说，不跨过我向你们提出的这致命的一步，就休想在这大地上再跨出一步。

其中一个小痞子想要攻击他，这个耳朵长满毛发的汉子像抓只虫子一样把他拎起来，撞在墙上，又将另外两个想挑衅的人的脑袋猛地撞在一起，发出一声空洞而结实的巨响，撞得他们呆若木鸡。

他说，他是小巴科的父亲，儿子痴呆不是他的错，但没有作任何解释。同时他也是他们中间一个人的父亲，他用不温不火却令人胆寒的语气说着，目光扫过九个小混混，其中两个没了知觉，还有一个背靠着墙瘫在地上。他露出仅剩的两三颗发黄的长牙，说他不打算说出他是谁的父亲，因为他打算只选一个人，那个打了小巴科的人。那个人是他要指认出来的，他要和那个人来一场男人之间的决斗。

　　"如果愿意的话，你们可以打赌，我和你们谁的母亲上过一次床？在你们胆敢再动我的儿子小巴科一个手指头之前好好想想，想着他是你们其中一个人的弟弟。"

　　他没有说傻子活着还是死了，重伤还是已经康复，他幸灾乐祸地看着九个"狗娘养的"的表情，而他们在所有的选择之中最想要的却是打赌。他用眼神让你们闭嘴，他的眼神命令着：那个殴打了小巴科的人给我站出来。

　　你向前迈出一步，双臂抱在胸前，感到从你脏兮兮没了扣子的衬衫中间露出来的胸毛，突然间蓬勃生长成一片雄性丛林，十九岁的你的荣誉领地。

　　大汉看你的眼神既不含仇恨也没有嘲讽，只有严肃。他上星期刚从监狱里出来，说着这些话，他卸下了武装，但也同时解除了你们的武装，他有三件事要对你们说。第一，举报他毫无用处。你们很蠢，但是想都别想。他保证会像弄只苍蝇那样弄死你们。第二，在他蹲监狱的十年中，通过土地、军人抚恤金和遗产总共攒了一百万比塞塔，算得上一笔财富。现在他要拿它来赌，押上它，押上他所拥有的一切。

你的伙伴们望向你，你感受到背后他们愚蠢、颤抖的眼神。赌什么？他们羡慕你。一百万比塞塔，可以在很长时间里活得像个国王了。用来生活，或者改变生活，用来随心所欲。在你身后，所有人还不知道打的是什么赌就已经接受了它。

"我们将穿过洛斯瓦里奥斯·德拉卢纳隧道，那是最长的隧道之一。我从北边出发，"他用致命的鄙夷看了你一眼说，"你从南边出发。每人开一辆车，但是都逆行。如果我们两个都毫发无损地出来，我们就把这钱分了；如果我没能从隧道出来，钱归你；如果你没出来，钱归我；如果谁都没出来，就由你的朋友们分。看看命运怎么决定吧。"

莱安德罗小心翼翼地摘掉她的头巾，捋了捋她潮湿的头发，贪婪地亲吻她被雨水打湿的脸颊，不施粉黛，比在库埃纳瓦卡时看起来皱纹更多了，然而是她的脸，而此刻也是他的。

晚些时候，躺在恩卡纳的简陋床铺上，他们抱在一起抵御十一月的寒冷，这有滋有味的寒冷呼唤着赤裸的肌肤之亲。在一席厚厚的羊毛毯子下，在一团燃烧的炉火前，他们互诉衷肠。她说她热爱自己的工作和家乡。她承认什么也没有期待。真的很久没有人大费周折地来看她了，她笑着说。他是很久以来的第一个。她不想知道会不会有第二个。不，不会有了。在此之前，露水情人也有，她不是修女。但是真正的爱情，真诚的爱，只有这一次。他可以信赖她的忠诚。所以她才会告诉他这些。

在恩卡纳怀中，莱安德罗越来越感到已经不必再有任何伪装，不自信和虚张声势的时日渐渐远去，他再也不会说"我们都是倒霉蛋"，从今往后，他会说"我们就是这个样子，但是在一起，我们会越来越好"。

她把关于洞穴的梦讲给他听，她从未对任何人提起过。把那些马独自留在那里可真让人伤心，它们在黑暗中冻得要死，从十一月到四月，没有目的地奔跑着。他问她敢不敢离开家乡，来墨西哥生活。她说了无数次"愿意"，伴着一次次的"愿意"亲吻了他无数次。但是她警告他说，在阿斯图里亚斯，新娘的面包，是哭泣的面包。

"你让我觉得像是换了个人，亲爱的恩卡纳。我不再和全世界过不去。"

"我还以为要是你在这儿见到我，在这泥坑中间，灰头土脸的，你就不会再喜欢我了呢。"

"让我们一起变老吧，你说呢？"

"好。不过我更愿意我们在一起永远年轻。"

她把他逗笑了，没有难为情，没有大男子主义，没有纠结，也没有怨恨或猜疑。她温柔地拉起他的手，就像是为了不再提起从前的莱安德罗，对他说：

"好了，我都明白了。"

她曾害怕他会失望，在这里，在她的世界里见到她，就像现在这样，肩上披着毯子，脚上穿着羊毛袜子，踩着厚底木屐去拨旺炉火。他记得的是库埃纳瓦卡的甜蜜，她热烈的香水，而现在他身处这个踩着高跷的国度——穿木屐的人，撑着木桩的房子——就在她生活的地方，一座建在木桩上的粮仓，以便隔绝潮湿、淤泥和倾盆大雨，或者说"大水灾"，正如她对莱安德罗说的那样。

他邀请她到马德里去过周末。他的老板巴罗索先生和儿媳米切琳娜女士飞到罗马去了。他想领她转转，带她看西贝莱斯广场，格兰维亚大道，阿尔卡拉街和丽池公园。

他们彼此相望，无需言语便默契在心。我们是两个孤独的人，而如今我们在一起。

一身黑衣、黑帽子压到满是毛发的耳朵上的老人驾驶着一辆小面包车，他从不看你。他只需要确定你和他一起来，并履行你那一方的赌约。

他不看你，但却对你说话，仿佛只有他的声音承认你，而他的眼神绝不。他的声音让你害怕，你更容易承受他的眼神，无论那双眼睛多么可怕、多么铁面无情，足以将人囚入牢笼。你胸中有种从未想过的东西对你说话，仿佛在那里，在你被禁锢的气息里，你可以和你的监狱看守对话。这个囚徒刚刚刑满出狱，马上就将你变成了他的囚徒……

你和你的朋友也不对视，害怕目光会冒犯彼此。眼神的接触是最可怕的，比手、性和皮肤的接触更危险，必须要避免。你们是真正的男子汉，因为你们从不对视，走在镇子的街上，眼睛盯着鞋尖儿，或是周围的人，总是用丑陋、蔑视、挑衅、嘲弄和不自信的眼神看他们。然而小巴科看了你，他直视你，怕得要死，但却直视着你，这一点你不能原谅他，所以你对他拳脚相加，狠狠地殴打了他……

一百只、两百只桃色的鹿从埃斯特雷马杜拉的土地上穿梭而过，仿佛是在寻找最后一只来壮大它们的队伍。老人望着它们，对你说，不要看鹿，看上面，看那些盘旋的秃鹫，它们已经在等待着一只鹿出事……

"还有野猪。"你没话找话地说，只是为活跃一下同傻子小巴科的父亲，这位行刑人和复仇者谈话的气氛。

"那些东西是最差劲的，"老人答道，"它们最怯懦。"

他说，老野猪在下水之前，会让小猪崽和母猪走在前面，让年轻的公猪和母猪到前面去，然后靠着风和嗅觉的指引通知老野猪中途没有障碍，可以去喝水了。这时候，老野猪才会下水。

"走在前面的年轻的公猪被称为持盾侍卫，"老人说，先是一本正经，然后忍不住大笑起来，"年轻的持盾侍卫是被猎杀的，死去的。而老野猪随着变老知道得越来越多，任凭小猪崽和母猪去为它们牺牲……"

终于，他再次转头看你，两眼通红，燃烧着，像重新烧旺的火炭，在所有人都以为熄灭的灰烬中央的最后一块火炭。

"野猪老了就变成灰色，只在夜间出没，当小猪崽已经被猎杀，或者活着回来告诉他们道路已经扫平的时候。"

他由衷地大笑起来。

"它们只在夜间出没。随着时间变成灰色。它们的獠牙变了形。老野猪，歪斜的獠牙。"

他收起笑声，将一只手指放在牙齿上。

他在隧道这头为你雇了辆车。他无需对你说他信任你的诚实，让你一个人去另外一头。穿过隧道需要十四分钟。他会计算你从隧道出去的时间，十五分钟后，你将掉头重新进入隧道，而他，将开始逆行进入隧道。

"再见了。"老人说。

他们出发了，公路穿梭在夹杂着发电站浓烟的山峦雾霭之中，路旁是废弃的煤坑，在大地上缓缓愈合。孩子们在踢足球。老妇人们躬身在菜地里。混凝土、钢筋、水泥块和护土墙逐渐铲平泥土，开辟出公路和一连串贯穿与征服坎塔布里亚山脉的隧道。这是一条平坦光洁的公路，莱安德罗一只手驾驶着老板的奔驰汽车疾驰其上，另外一只手紧握着恩卡纳的手。她让他开慢点儿，天哪，别吓她，此行是为了活着到马德里。但是他也没有办法，无论她怎样软化他，那些生猛的习惯和反应也不会一夜之间改变，何况奔驰车的响动仿佛猫打呼噜，在公路上滑行犹如黄油抹在面包上，驾驶这样的一辆汽车是种享受，他微笑着说。这时，他们驶入了漫长的洛斯瓦里奥斯·德拉卢纳隧道，将守护他们的白雪皑皑的山峰和薄雾缭绕的风景抛在身后，莱安德罗打开猫眼似的车灯。他们后面跟着一辆破旧的小面包车，由一个黑衣男人驾驶着，他黑色的帽子盖到大耳朵上，灰色的胡须扎在没系领带的白衬衫领子上。他抓挠着毛茸茸的耳垂，小心翼翼地避免变到左道去，将自己暴露在势必撞车的危险之中。最好还是安全地远远跟着那辆挂着马德里牌照的高档奔驰汽车。他哈哈大笑，荣誉留给那些蠢货去吧，他要为他可怜的儿子报仇。

你将车速开到九十迈，羞愧地想着，这么做是为了让路上的警察把你拦下来，阻止你进入前方的隧道。从酷热的阳光下突然间钻进隧道中扑面而来的浓烟黑雾里，你一阵晕眩。你坚决地驶入左车道，逆行出发，对自己说，你就要离开这石头的村庄，石头的语言了，这比去美洲还要好，这才是做真正的人，做自己，冒险去赢一笔赌注，什么赌注？一百万比塞塔，一下子，你以身涉险，但走运的话，你一下子就会发财，看看好运会不会眷顾你吧，如果现在不赌，就再也没有机会了，好运和命运一样，一切有赖于一场豪赌，这和做斗牛士没有分别，只不过朝你猛冲过来的不是公牛，而是一对亮着的灯，无论对你，还是对驾驶对面那辆车的人来说，都明亮刺眼，像两只发光的牛角——你又打了个赌：是那个狗娘养的老头，他狗娘养的儿子的父亲吗？谁？是谁？你将要给一个大大的石头拥抱的人是谁？你也顶着你发光的牛角，就像那些托起西班牙和美洲所有圣母的公牛。在你撞向那个迎面而来，行驶在正确方向上的汽车时，你想到了一个女人，想到了圣母的面包，全世界新娘的面包，哭泣的面包，化作了石头的哭泣的面包。

格兰德河，布拉沃河

致大卫·卡拉斯科

高山之子，雪的后人，当它从圣胡安的群山间涌出，天上的冰为它洗礼。冲破山脉的处女盾，开始它陡峭崎岖的青春，挑战峡谷，切开崖壁，好让五六月间汹涌的河水奔流而过。

它失去高度，却赢得沙漠，在牧豆树林间四处施舍涓涓清流，消耗着它的中年，又将珍贵的暮年播洒给肥沃的农田，最后，精疲力竭，它将死亡赠与大海。

格兰德河，布拉沃河，

自创造伊始，那些曾为你做摇篮木的粗壮而芬芳的雪松就一直陪伴你共同成长吗？沙漠里的风滚草总是宣告着你的到来吗？蓝花假紫荆的棘刺和丝兰的利剑总是保护你不受侵犯吗？松子的馨香不断熏染着你的爱恋吗？白杨卫队始终护送着你，红冷杉始终装扮着你吗？广袤草原橄榄色的波浪不停摇曳着你吗？紧张不安的龙舌兰护士未能阻止你的死亡吗？刺柏黑色的果实没有为

263

你祭奠吗？柳树不曾为你哀唱安魂曲吗？格兰德河，布拉沃河，石炭酸灌木、仙人掌和山艾树没有忘记你，如此渴望你的经过，如此执迷于你的下一次重生，以至于不记得你的死亡了吗？

层层落下的河流从海岸的平原踏上回归源头之旅，经过覆盖着沼泽的月牙形沃地，松柏丰茂的峡谷，直到一群鸽子飞过，将河水重新挽起，引上一座耸立的高台，在那里，从创世的第一天起，大地便裂开了，在上帝的手中。

如今，每一天，上帝都将手伸向格兰德河，布拉沃河，好让它登上自己的阳台，滚过前厅的地毯，接着为它打开下一个房间的门，通向一座台阶，倘若河水能攀上那巨大的峭壁，就能到达世界的屋顶，在那里，每一片高原都有忠实的云彩相伴，并似空气镜子般映出高原。

然而如今大地日渐干涸，河流也无可奈何，唯有留下路标为自己和旅人指引方向，若不是瓜达卢佩山的保护，这里便是所有人迷路的地方。瓜达卢佩山将河流带回它的母体，格兰德河，布拉沃河，回到滋养它的洞穴。它从来就不该从那里走出来，踏上鲜血与劳作的颠沛流离之路，走向死亡和大海飓风般的疯狂，大海再次等待着它，等待着将它吞没……

贝尼托·阿亚拉

贝尼托·阿亚拉站在夜晚的河岸边，周围都是与他相似的人，都在二十到四十岁之间，都戴着大草帽，穿着牛仔衬衫和裤子，适合在寒冷气候下工作的厚鞋子，五颜六色、样式各异的毛衣。

所有人都举起手臂，张开呈十字形，握紧拳头，在墨西哥一侧的河岸上，沉默地献上他们的劳力，等待着有人注意到他们，拯救他们，理会他们。他们宁愿冒着被警察抓到记录在案的危险也不愿放弃站出来，宣告自己：我们在这里，我们要工作。

所有人都很相似，然而贝尼托·阿亚拉清楚每个人都会背负一口袋不同的回忆过河，一个隐形的背包，里面只装得下各自独有的记忆。

贝尼托·阿亚拉闭上眼睛，好忘记黑夜，想象天空。他脑海中掠过一个地方。那是他的村庄，在瓜纳华托山区里，与大多墨西哥小山村没什么两样。只有一条街，就是穿村而过的公路。路两边都是平房，有商店、五金店、小旅馆和药店。村子入口处是学校，出口处是加油站和全村最好的厕所，最好的收音机，冰镇得最好的冷饮。但是只有开车来的人才能用那个厕所。他们认识本地人，嘲笑他们，让他们到山里去拉屎。

房子后面是菜园、小花园和小溪。所有的墙面都涂了字，宣传着啤酒、革命制度党标语和即将到来或已经过去的选举。仔细看，无论如何，还算得上是个不错的村庄，一个甜蜜的村庄，有历史的村庄，它的过去馈赠给子孙后代的东西够他们过上好光景。

但是村子的生计完全不有赖于这些。

贝尼托·阿亚拉的村庄凭借向美国输出劳务，然后接受侨汇为生。

老人和孩子，为数不多的商人，甚至是政权机构，都习惯了以此为生。这是村子主要的也可能是唯一的收入来源。何必要去创造别的来源？侨汇就是医院、社会保险、养老金、孕产补助，所有这些。

贝尼托·阿亚拉闭着眼睛，站在夜晚的墨西哥一侧河岸边，双臂张开，拳头紧握，回忆着村庄的世世代代。

他的曾祖父福尔图纳托·阿亚拉是第一个离开墨西哥的，为了躲避革命。

"这场战争永远也结束不了。"恰恰发生在瓜纳华托州的塞拉亚战役爆发前不久的一天，他说，"战争会比我这辈子还要长。大家团结一致反对韦尔塔[1]那个独

---

1 全名维多利亚诺·韦尔塔（Victoriano Huerta，1845—1916），墨西哥军官，1913—1914 年任墨西哥总统。

裁者的时候，我都忍了。可是现在要兄弟相残，我最好还是走吧。"

他去了加利福尼亚，试着开了一家餐馆。可是美国人不喜欢我们的饮食，把巧克力撒在鸡肉上令他们反胃，于是餐馆关了张。他到工厂去找工作，因为他说要弯腰摘西红柿的话，还不如回瓜纳华托去。只是无论去哪里，他得到的回答总是一模一样，就像是背下来的教义问答。

"你们天生就不是在工厂做工的料。自己瞧瞧，你们个子矮矮的，离地面近。弯下腰去摘水果蔬菜吧，上帝是为这个造的你们。"

他不服气。想尽一切办法（多数情况下是藏在火车的载货车厢里，没花一个子儿）来到了芝加哥，全不在乎严寒、冷风和敌意，在炼钢厂找到了工作。炼钢厂里将近一半的工人是墨西哥人，他甚至连英语都不用学。之后，他往瓜纳华托寄回了头几笔数额不大的汇款。在那个时代，还是通过邮局汇钱，一个装着美元的信封被送达目的地，普里西马·德尔林孔市政府所在地，他的家人要到那里去取。二十、三十、四十美元。对于一个饱受战乱摧残的国家来说，这算得上一笔财富。那时每一派起义军都发行了自己的货币，也就是著名的"比林比克"。

在寄出之前，福尔图纳托·阿亚拉长久地盯着这些美元看，用眼睛抚摩它们，想象它们不是纸，而是缎子，是丝绸做的，那么闪闪发光，平平整整。他长时间对着光看它们，就像是为了验证它们的真实性，甚至是为了确认它们在乔治·华盛顿和惠乔尔人的上帝之眼主宰下的绿色的美。美洲印第安人的神圣符号为什么会出现在美元纸币上？不管怎么说，上帝之眼的三角形意味着保护和预见，尽管也意味着宿命。棉花头、戴假牙的华盛顿看上去像个保护弱小的老奶奶。

然而，当一九三〇年的失业潮将曾祖父福尔图纳托赶出美国，与数以千计的墨西哥人一起被驱逐出境的时候，没有人保护他。福尔图纳托离开时心情沉痛，还有个原因是他把一位有孕在身的墨西哥姑娘留在了芝加哥，除了爱，他从来没有给过她任何东西。她知道福尔图纳托已婚，也有孩子，她只要求孩子随他姓阿亚拉。福尔图纳托答应了她，怀着些许忐忑，但为了表示慷慨，他顺从了。

他离开了，却由此奠定了一项传统：村庄将依赖外出务工者的侨汇生存。他的儿子，和他一样名叫福尔图纳托，在二战期间以合法身份来到加利福尼亚。他是作为短工合法入境的。尽管如此，雇主还是让他知道，他的情况很不稳定。那里离他的祖国墨西哥不过一步之遥，一旦美国情况不妙，很容易将他驱逐出境。幸好他无意成为美国公民，幸好他那么爱自己的国家，一心想回去。

"幸好我只是劳工，而不是公民。"小福尔图纳托回答说，"我便宜又可靠，这太好了，是不是？"这令他的雇主们不满。

之后，雇主们议论说墨西哥劳工的好处是他们不入籍，也不像欧洲移民那样组织工会和罢工。但是，要是这个福尔图纳托·阿亚拉变得好顶嘴，就得隔离他，惩罚他。

"所有人都有不服管束的一天。"其中一个雇主说。

"所有人最后都会知道他们的权利。"另一个道。

因此，当战争结束，短工项目也随之结束后，老福尔图纳托的孙子，也就是小福尔图纳托的儿子，年轻的萨尔瓦多·阿亚拉面临的是关闭的边境。已经不再需要他们了。可是普里西马·德尔林孔附近的这个小村庄已经习惯了靠侨汇生活，所有的年轻人都离开村庄到北边去打工，否则，村庄就会死去，就像被父母抛弃在山里的孩子那样死去。拿一切去冒险都值得。他们是男人，是小伙子，是最强壮的，最聪明的，最勇敢的。他们离开，孩子、女人和老人留下来，所有人都依赖这些劳工。

"这里有人活着是因为有人离开。别让人说,这里有人死去因为再也没有人离开了。

萨尔瓦多·阿亚拉——贝尼托的父亲,福尔图纳托们的儿子和孙子——变成了"湿背人",即趁夜里过河,被对岸的边境巡逻队抓捕的偷渡者。他们甘冒风险,他还有其他人。冒险是值得的:如果得克萨斯州的农场主需要劳力,这个"湿背人"就会被送回边境,放到墨西哥这一边,随后马上就"干了背"获准进入得克萨斯,被一位雇主保护起来。然而每一年,疑问都会重复,这一次,我进不进得去?这一次,我能往村子里寄回一两百美元吗?

消息在普里西马·德尔林孔传开来,从小广场到教堂,从圣器室到小酒馆,从小溪边到仙人掌与荆棘丛生的田地,从加油站到裁缝铺,所有人都知道,在收成的季节,没有管用的法律,他们会下令不驱逐任何人。我们可以去,我们能过去。警察甚至都不会靠近被保护的得克萨斯农场,就算知道那里所有的劳工都是违法的。

"别担心,这事由不得我们决定。如果他们需要我们,就会让我们过去,有没有法律都一样。如果他们不需要我们,就会把我们踢开,同样是有没有法律都一样。"

在那些年代，没有人比萨尔瓦多·阿亚拉——贝尼托的父亲，老福尔图纳托的孙子——更倒霉。他赶上了最严酷的压制、驱逐和边境清理行动。他成了恣意妄为的受害者。雇主决定什么时候把他当作雇佣劳工对待，什么时候又当成罪犯交给移民局。萨尔瓦多·阿亚拉毫无招架之力。如果辩称雇主非法给了他工作，等于自判有罪，却没有对雇主不利的证据。雇主操纵伪造的文件，如果有需要，就可以证明他是合法劳工，同样地，如果有需要，也能让这些文件消失得无影无踪并驱逐他。

如今是最糟糕的时候。作为小福尔图纳托的孙子、萨尔瓦多的儿子、迁徙的奠基人老福尔图纳托的后人，贝尼托清楚，每个时代都很艰难，但当下却比任何时代都更难。因为现在仍有需求，但也有仇恨。

"那时候他们也恨你吗？"贝尼托问他的父亲萨尔瓦多。

"怎么会恨你呢？不会的。"

他不明白原因，但他感觉得到。站在布拉沃河的墨西哥一侧，他感受到所有人的惧怕和来自对岸的仇恨。但无论如何都要过去，他想到了在普里西马·德尔林孔所有依靠他生活的人。

他尽可能地伸长形成十字的双臂，任拳头抽搐着，展示着随时准备工作的身体，恳求着一点爱和同情，说不清自己这样攥紧拳头是因为愤怒、挑衅，抑或只是忍耐和沮丧。

这里从来就不是从未有人类存在过的土地：三万年前起，便有部落沿格兰德河、布拉沃河顺流而下，自北向南迁徙，寻找着新的狩猎之地，中途发现了美洲。感受到新世界的魅力与敌意，他们马不停蹄地走遍了整片大陆，好知道这是友好还是敌对的土地，直到抵达另一极，孕育着铜的土地，将以银命名的土地，都是人类已知跨度最广的迁徙之地，从阿拉斯加到巴塔哥尼亚，这片因迁徙而得名的土地：阿美利加，伴着飞翔与幻象，譬喻与变形，使行走的步履可堪忍受，将这些部落从疲乏、沮丧、遥远、时间和从一极到另一极跨越美洲大陆所需的无数世纪中拯救出来：

我不会说出他们的名字，只有懂得聆听寂静的人识得他们；

我不会讲述他们的英雄壮举，唯有小径上的尘粒将其传颂；

我不会回忆他们的苦难，呼啸盘旋的禽鸟为之呐喊；

我不会提及他们的历程，所有的历程都汇成一条尘埃之河；

只有狗曾陪伴他们，那是印第安人唯一的动物朋友。

但是后来，他们厌倦了无尽的奔波，将家犬放归野外，变成了成群凶猛的野狗，而他们则停下脚步，认定世界的中心就在此处，就在那一刻他们立足之处，这里就是世界的中心——格兰德河、布拉沃河流域的土地。

世界从沙漠之水无形的泉眼中涌出：众多的地下河，印第安人说，那是神的音乐。

感谢这些地下河，玉米、豆子、南瓜和棉花得以生长。

每次一株植物生长，结出果实，印第安人就会变形。印第安人变成星星，变成忘却，变成禽鸟，变成牧豆树，变成锅，变成薄膜，变成箭，变成香，变成雨，变成雨的气息，变成大地，变成大地的颤动，变成熄灭的火，变成山中的口哨，变成暗地里的吻，当种子死去时，印第安人便会变成这一切，变成孩子，变成孩子的祖父，变成记忆，变成犬吠，变成蝎子，变成兀鹫，变成云彩和桌子，变成诞生时摔碎的瓦罐，变成死亡时悔罪的法衣，

他变成面具、梯子和啮齿动物，

变成马，

变成步枪，

变成白人，

印第安人做梦，他的梦变成了预言，印第安人所有的梦都变成了现实，找到了化身，兑现着预言，令他们满心恐惧，也因此使他们变得多疑、傲慢、猜忌、自负，却为总是知晓未来而胆战心惊，唯恐本应只是噩梦的东西会变成现实：白人、马、步枪，

啊，他们已经停止跋涉，大迁徙结束了，野草长出了路面，山脉隔开了部落，语言不再相通，他们决定不再离开原地，从生到死，去编织一张忠诚、责任和价值的巨毯来保护自己，

直到河流起火，大地再次震颤。

丹·波隆斯基

丹·波隆斯基瘦削，苍白，但肌肉发达，行动敏捷，为尽管住在边境却不受日晒而颇感得意。他有着和欧洲先辈一样苍白的面色，这些先辈移民到来时不受欢迎，屡遭歧视，被人像垃圾一样对待。丹记得他祖父母的抱怨，他们曾是野蛮歧视的对象，因为说话不同，饮食不同，模样不同。气味也不同。当那些老人（就算年轻，看上去也像老人，络腮胡子，一身黑衣）带着洋葱

和酸菜的气味经过时，盎格鲁人直捂鼻子。但他们坚持了下来，同化了，变成了公民。没有人比他们更捍卫祖国，丹从美国的河岸望向对岸时想。

"你看过《空军》了吗？"他的爷爷亚当·波隆斯基问他，由于那时丹年纪尚轻，还没有看过关于二战的电影，于是老人送给他一盘录像带，让他看看空军是怎么由各个民族的英雄组成的，不只是盎格鲁人，还有波兰人、意大利人、犹太人、俄国人和爱尔兰人的后裔。从来没有日本人，这确实，他们是敌人。但是也从来没有一个拉丁人，没有一个墨西哥人。偶尔有几个黑人，据说黑人的确上了战场。但是墨西哥人，从来没有。他们不是公民。他们是胆小鬼，是吸食美国鲜血的蚊子，然后跑回去供养他们懒惰的同胞……

"你看过《空军》了吗？里面的约翰·加菲尔德，真名叫朱利叶斯·加芬克。是个来自移民聚集区的孩子，和你一样，是移民子弟，丹尼，我的孩子。"

他们在两次世界大战、朝鲜战争和越南战争中献出了生命，几乎可以比拟上个世纪几代盎格鲁-撒克逊人——那些西部征服者——的牺牲。为什么没有人提起？为什么人们还是以移民后裔的身份为耻？丹看地图时，为美国在上个世纪比任何一个强国获得的领土都要多而感到骄傲。路易斯安那、佛罗里达、墨西哥的一半、阿拉斯加、古巴、波多黎各、菲律宾、夏威夷、巴拿马运河、太平洋上一连串的岛屿、维尔京群岛……维尔京群岛！他想去那里度假。因为这个名字，那么有诱惑力，那么性感，那么难以企及。此外，也是为了一个挑战——到加勒比度假而不被太阳晒黑，回来的时候和他来自波美拉尼亚的祖父母一样白。战胜颜色，不被任何东西染色，黑人不行，墨西哥人不行，太阳也不行。

他要求上夜班正是出于这个隐秘的原因，他没有告诉任何人，因为害怕被人当做笑柄。人们崇尚古铜色的皮肤，一个皮肤如此白皙的男人甚至引人猜疑。"你生病了吗？"另一个和他一样的警员问。他知道殴打警员的后果，才没有给他一拳。丹·波隆斯基不想为任何事丢掉工作，他太满意这份工作了。自从用于探测格兰德河夜间偷渡者的技术装备到位的那一刻起，丹便申请并获准加入了巡逻队，透过影像机器人眼镜、能在夜里看到仿佛发着磷光的非法移民的夜视仪、人体热量探测器等装备，他们看到的夜间世界亮如白昼。坏处是边境巡逻队中有那么多警员尽管是得克萨斯州人，却是墨西哥裔，有时候波隆斯基会弄错，用红外线眼镜抓到一个深色皮肤的小子，结果这小子虽然长着一张短工的脸，身上却配有巡警证……好处是他们可以轻易要挟这些墨西哥裔得克萨斯警员，利用他们分裂的忠诚，要求他们证明，他们是真正的美国人，而不是乔装的墨西哥人，来啊……波隆斯基嘲笑他们。他瞧不起他们，像对待实验室里的老鼠那样玩弄他们。

然而，有种东西令他反感，那就是总要坚称美国高尚无辜的愚蠢行径。为什么政客和记者追求没有野心也没有功利心，总是做高尚、无辜、良善的人？这让丹·波隆斯基恼火。所有人都有功利心、野心和邪念，所有想出人头地的人。他透过夜视镜紧密地注视着，无需阳光，这眼镜也可以照亮河上枯燥乏味充满敌意的景象，他看见一片醉人的红色风景，就像一杯番茄汁兑伏特加。在丹看来，美国把世界从二十世纪的所有灾祸中拯救了出来，希特勒、德意志君主、日本人、越南人、阿拉伯人、萨达姆、诺列加……

他历数敌人的名单，最后为自己找到一个满腔愤怒的核心理由。必须拯救南部边境。现在敌人从那里进来，如今要在那里保卫祖国，正如过去在珍珠港和诺曼底海岸，一模一样。

他们就在那里，猥琐地挑衅着他，在墨西哥一侧成群结队，亮出张开呈十字形的手臂，握紧拳头，向对岸说着：你们需要我们。我们到边境来，因为没有我们，如果我们不把双手借给你们，你们的收成就会烂掉，没有人收割，没有人在医院帮忙、照看孩子、在餐馆服务。这是种挑战，丹的老婆对他说的话带着极大的讽刺：

"听着，我需要一个保姆来照看孩子。别告诉我你打算揭发何塞菲娜？别那么死脑筋。进来的劳工越多，你的工作就越稳定，混……我是说，亲爱的……"

当他的老婆塞尔玛唠叨个没完的时候，丹就找借口去州首府奥斯汀一趟，斡旋一番，要求为他所属的边境巡逻队提供更多资金和影响力。他想要说服：如果不给我们提供资金，我们就没办法保护祖国不受墨西哥人的隐形侵略。他调好夜视仪取景器的焦距。他们就在那儿，永远不肯摘掉帽子，就好像夜里也有烈日当空。他感到一阵强烈的尿意，拉下拉锁，看着磷光中的自己。尿液也是白的，没有颜色，就像流淌的夏布利酒。他想到葡萄成熟，在太阳的暴晒下干掉，感到不快，但想到加利福尼亚农场里采摘葡萄的劳工，又获得了安慰。

他试图纠正自己的矛盾，他不是个矛盾的人。他讨厌非法移民，但又热爱他们，需要他们。没有他们的话，该死，就不会有预算拨给直升机、雷达、强大的红外夜视灯、火箭炮、手枪……让他们来吧，他一边晃动着老二，好甩掉最后几滴黄色液体，一边暗暗地说。他祈求，让他们继续成千上万地来吧，好让我的生命有意

义。我们必须继续做无辜的受害者，他说，当他说服了
自己无论如何晃动，那最后一滴，都将不可避免地留在
他的居可衣牌内裤里。

马、猪、牛、羊来了，

钢铁和火药来了，

成群的猎犬来了，

恐怖来了，

死亡来了：当西班牙人到来时，五千四百万男人女
人生活在这广袤的移民大陆上，从育空河到火地岛，其
中四百万人生活在格兰德河、布拉沃河以北；

五十年后，整个大陆只剩下四百万人，大河流域的
土地几乎变成了后来他们口中一直以来的样子：从未有
人类存在过的土地，

或者说，几乎不再有人类存在的土地，被天花、麻
疹和斑疹伤寒摧残殆尽，

幸存者到高原上去避难，去寻求庇护所和抵抗的
意志。

有一天，弗朗西斯科·巴斯克斯·德科罗纳多[1]也

---

1 弗朗西斯科·巴斯克斯·德科罗纳多（Francisco Vásquez de Coronado,
1510—1554），西班牙探险家，后成为新加利西亚的总督，领导过两次雄心勃
勃的寻宝探险，包括寻找传说中的黄金七城。

来到这里，带着三百个西班牙人，包括分配不均的三个女人、六个方济各教徒、一千五百匹马以及从科阿韦拉州和奇瓦瓦州的土地上带来的一千名印第安盟友，寻找着黄金城，到梦幻东方去的捷径，墨西哥和秘鲁的再现：

除了走在前面的死亡，他们什么也没有找到，但他们留下了绵羊和山羊、小鸡和驴子、李子、樱桃、甜瓜、葡萄、桃子和小麦，就像他们的卡斯蒂利亚语词汇一样，以同样的轻而易举，同样的富裕丰饶，播撒在格兰德河、布拉沃河的两岸。

玛加丽塔·巴罗索

她每天都要穿过边境从艾尔帕索到华雷斯去，在一家组装电视机的出口加工厂做监管。有时她很想说些别的话题，但是就像她奶奶卡梅利娅说的那样，工作已经吸光了她的脑髓。玛加丽塔在很久以前就已经认定，工作是她唯一的救赎，在工作中她找到了尊严和个性，她自重也令人尊重，形成了强硬、不妥协的性格。当然，女工中有的和蔼、温柔甚至多愁善感，也有的严肃、专业，但是只要有那么一个贱人——总会有不止一个——就会毁了一切，迫使监管使用强硬手段，摆臭脸，说狠话……

此刻，她正走在晚上回家的路上。今天是星期五，大家都去娱乐场所消遣，玛加丽塔也不能缺席，这是她对无纪律，或者说，对可能的放松做出的唯一让步，为了不显得那么紧绷，星期五和姑娘们一起去迪厅，反正在那里她可以混迹在人群中。女人们被允许在穿着上别出心裁，什么模样都有：有许愿和穿圣衣会法衣癖好的罗莎·卢佩；无比渴望看海的玛丽娜——这个大傻妞，以为一旦挤进这里来，她们就没有一个人会摊上倒霉的事，真乐观；感觉自己像弗里达·卡罗[1]之类的人物、穿得像最美村花的坎德拉里亚；还有不再起来跳舞的迪诺拉，为她因为没人照看而勒死自己的幼子哀痛着——谁让她这么做的，单身还带着个孩子，住在布埃纳维斯塔的荒郊野外，笨女人。还是每天过河，到艾尔帕索郊区的房子里去好，即便是在黑人区，但只要能让她感到融入就好。她不想被看作墨西哥人，也不想被看作墨西哥后裔，她就是美国人，生活在艾尔帕索。在奇瓦瓦，人们叫她玛加丽塔，但是在得克萨斯，她是玛吉。在艾尔帕索上学的时候，人们就对她说，听着，你皮肤很白，别让别人叫你玛加丽塔，让他们叫你玛吉，假装你

---

1 弗里达·卡罗（Frida Kahlo，1907—1954），墨西哥著名女画家，许多画作受到墨西哥自然及文化的影响，喜欢穿着墨西哥民族服装，传达本土的文化和价值。

是白人，也没人会知道：别说西班牙语，不要让别人把你当成墨西哥人或者墨西哥后裔对待。

"你和家里人关系怎么样？"

"他们简直不可理喻。我没有一次约会不被我妈催逼着问，他家庭好吗？家庭好吗？我真想约会个黑人好把他们气出癫痫来。"

"别那么蠢，和纯白人约会。别承认你是墨西哥人。"

高中时，她叛逆家人，去争做啦啦队员。她告诉父母要加入学校的乐团，在足球赛上表演。当他们看到她在深秋天里赤裸双腿，穿着一丁点的小内裤，露着大腿，哪里只是大腿，是露着臀部——我用来坐的部位，她的奶奶卡梅利娅说，她从来不说臀部，就是露着那地方——挥舞着一根棍子，仿若阳具的象征，就知道已经失去她了。她离开了家，他们警告她，没有一个体面人家的男孩会愿意和你结婚的，你在公共场合露屁股，妓女。但是她既没有时间也没有心思找男朋友，她只在星期五去"王者之剑"迪厅和那些看上去都一样的男人们跳奎不拉迪塔舞，他们都戴着白草帽跳舞，这些是牧场里的，有钱没钱，谁能知道，全都一模一样。那些披头散发、头上绑根带子、穿带穗坎肩的，是拉皮条的和混帮派的，没人拿他们当回事。做这些只是为了喘口气，放空一下，好忘掉瘫痪在轮椅上、一事无成的爷爷，从来不说臀部的温柔的奶奶卡梅利娅，忙于生计的父母——在伍尔沃思做售货员的父亲，在另一家加工厂做工的母亲——和在塔可钟做卷饼的哥哥，还有她有权有势、富甲一方的叔叔，那个自我成就者，不相信家族慈善的人。养活那群好吃懒做的亲戚？让他们像我一样去工作吧，自己去发财致富，他们难道缺胳膊短腿儿吗？钱只有自己挣来的才有滋味，白来的可没有，就像美国人说的那样，天下没有免费的午餐。她，玛加丽塔，玛吉，雄心勃勃，自律勤勉，然而有什么用呢？停在边境上，在中断了一切的抗议示威造成的混乱之中等待着过境，每个晚上都心急如焚地想离开墨西哥，每个早上又满心厌倦地越过边境到华雷斯去，经过铁架子、半途而废的摩天大楼的"墓地"——因为墨西哥周而复始的厄运：钱用光了，危机来了，把企业家、公务员、头号人物投进了监狱，即便如此腐败也没有终止，倒霉的国家，该死的国家，绝望的国家，犹如转轮上的老鼠，幻想自己在往前走，却从来没有离开原地。可是没办法，她的工作在那儿，在工作上她很出色，她对组装流水线的工作一清二楚，从框架到焊接，从机箱和屏幕自动测试，到检查所有部件是否都正常运转、是否有意大利副总经理戏称的"婴儿死亡率"的开机热身，再到将电视机与地球磁场隔离避免干扰的校准，怎么样？她将这些对舞伴和盘托出，他们连舞步都乱了，因为她知道的比他们还要多，他们不喜欢她，不再理她，她和他们谈论对着镜子做的设备测试、塑料机箱、发泡胶包装和最后的大箱子，一切就绪准备送往凯马特百货公司的电视机的"棺材"，整个过程需要两小时，每天一万台，怎么样？嗨，这女人知道的可真多！既然她负责确保每个步骤都不出差错，用绿星标注有问题的设备，用蓝星标注没有问题的，那么她自己配得上一颗大大的金星，贴在脑门儿上，正中央，就像修女学校里面的好女孩儿，就像挥舞着棍子露着小短裤行进的啦啦队员，化装成上校的样子引领着游行队伍，让男孩子们对她们吹口哨，叫她玛吉，说她不是在美国长大的墨西哥移民，不是墨西哥裔美国人，也不是墨西哥人，她和你我一样……

海难者，被打败的人，饥渴交加的人，衣衫褴褛的人，

除了他，还会有谁能冒出这样的黄粱美梦：河流蕴含着财富，如伊甸园里一般俯拾即是的财富，触手可及包含罪孽的金苹果。除了一个谵妄的海难者，谁能将一个关于格兰德河、布拉沃河的此等痴心妄想说得煞有介事？

阿尔瓦·努涅斯·卡韦萨·德巴卡[1]，为躲避那令人夜不能寐的石头而逃亡的埃斯特雷马杜拉[2]人，与大多数征服者无异（来自梅德林的科尔特斯，来自特鲁希略的皮萨罗和奥雷亚纳，来自赫雷斯·德洛斯卡瓦列罗斯的巴尔沃亚，来自巴尔卡罗塔的德索托，来自塞雷纳新镇的巴尔迪维亚，都是边境人，来自杜罗河那一边[3]的人）。和他们一样，他也想将埃斯特雷马杜拉的石头变成美洲的黄金。一五二八年自桑卢卡尔[4]登船，同四百人一起踏上去往佛罗里达的远征，在坦帕湾遭遇海难后只剩下了四十九人，跋涉过塞米诺尔人的沼泽地，沿着墨西哥湾海岸艰难行进直到密西西比河，在这里建造船舶以重返大海。船上拥挤不堪，他们几乎动弹不得，在加尔维斯顿再一次遭遇了海难：一场暴雨袭击之后，只有三十个人活了下来。剩下的人朝西前进，直至格兰德河、布拉沃河，抵御着印第安人的箭矢，以马肉为食，以马皮作酒

---

1 阿尔瓦·努涅斯·卡韦萨·德巴卡（Álvar Núñez Cabeza de Vaca，1488/1490—1559），西班牙探险家，是一次去佛罗里达探险航行的少数幸存者之一，曾浪迹今天美国南部地区约九年时间，关于这次经历的记述于1537年发表。
2 埃斯特雷马杜拉（Extremadura）为西班牙西部的一个自治区，紧邻葡萄牙，是很多西班牙探险家和征服者的故乡。
3 关于埃斯特雷马杜拉地名起源的说法之一是源自拉丁文"Extrema Dorii"，意为杜罗河的那一边，指其位于杜罗河南岸。
4 桑卢卡尔（Sanlúcar）是西班牙安达卢西亚自治区加的斯省的一个市镇，在大航海时代是西班牙的重要港口，也是许多西班牙征服者的航行出发点。

囊，来到了河北岸普韦布洛[1]印第安人的土地。

面对饥渴、无助、没有御寒衣物的夜晚和没有树荫遮蔽的白天，无论是距离还是对那片土地和居民的一无所知都不算什么。身体越来越裸露，越来越黝黑，仅剩的十五个西班牙人已经与普韦布洛人、亚拉巴马人和阿帕奇人难以分辨。

只有黑人仆役埃斯特巴尼克比其他人肤色更深，但他的梦境却金光闪闪，他远远地望见了黄金的城市。与此同时，阿尔瓦·努涅斯·卡韦萨·德巴卡正在记忆之镜中打量着自己，想在镜中看到那个曾经的贵族，那个西班牙绅士，而如今已是面目全非，他唯一的镜子是所遇的印第安人，他变得与他们别无二致，却失去了融入他们之中的机会，他与他们一模一样，却不明白他所面临的机遇，他本可以成为唯一一个能够理解印第安人，并将他们的灵魂译成卡斯蒂利亚语的西班牙人。

卡韦萨·德巴卡无法理解一个风的故事，一段无尽迁徙的编年史，将印第安人从大草原上热火朝天的捕猎，带到风雪中的梯皮[2]，从夏天古铜色裸露的皮肤，

---

1 普韦布洛（Pueblo）人是一个传统的美洲原住民社群，居住地位于今日美国西南部，特别是亚利桑那州及新墨西哥州的沙漠地区。
2 一种圆锥体状的帐篷，由桦树皮或兽皮制成，流行于北美大平原上的美国原住民中。

变成冬天裹在毯子和皮革里的身体。

他不想统治这片世界，游牧生活吸引他，但他却拒绝它，因为在这里，人们迁徙不是为了征服，而是为了生存。

他不理解印第安人，印第安人也不理解他：他们把西班牙人看成萨满、巫医、巫师，于是卡韦萨·德巴卡承担起他被赋予的唯一角色，变成了临时巫师，凭借吸吮、吹气、按手礼、大量的祈祷和划十字来医治病人。

但事实上，他惊恐不安地抗拒着他欧洲灵魂的皮肤和衣衫一层又一层的失去，他紧紧抓住它，不去听取内心的声音：上帝将我们赤条条带来世间，是为了去了解在赤裸时与我们一模一样的人……

哪个上帝？卡韦萨·德巴卡看见他在村落大房子的走廊和房间里游走，他看见一个陌生的上帝，顺着手扶梯在一层层间逃窜，夜里会将梯子撤走，好任性地将自己隔开，与月亮、死亡和陌生人隔开。

八年的迷途漂泊，迫不得已的游牧生活，直到找到格兰德河·布拉沃河这个指南针，重新踏上从奇瓦瓦到锡那罗阿和太平洋、再由内陆通往墨西哥城的路，在那里，他们被门多萨总督和征服者科尔特斯当作英雄迎入城中。

从桑卢卡尔出发前往佛罗里达的四百人中，仅剩下四个幸存者：卡韦萨·德巴卡、安德烈斯·多兰特斯、阿隆索·德尔卡斯蒂略·马尔多纳多和黑人仆役埃斯特巴尼克。

　　人们为他们欢呼，向他们问询，你们去了哪里？看到了什么？知道些什么？带来了什么希望？

　　卡韦萨·德巴卡、另外两个西班牙人和那个黑人没有讲述他们所经历的，而是讲述了他们所梦见的。

　　他们生存下来只为了讲述一个蜃景。

　　他们收到了绿松石和从草原珍奇的灰牛——水牛——背上扯下来的华美的皮，

　　他们遥望见锡沃拉的七座黄金城，听说了奎维拉数不胜数的财富。

　　他们传播着黄金国的梦幻，又一个墨西哥，又一个秘鲁，在格兰德河、布拉沃河的更远处，

　　一个关于财富、权力、黄金和幸福的不朽梦想，补偿了我们遭受的所有磨难、饥渴、海难和印第安人的攻击。

　　他们幸存下来就为了撒谎。

　　死亡本可以将他们同那片土地荒凉、贫瘠、充满敌意、渺无人烟的真相一同熔化，

　　生命却给予了他们谎言中的丰饶财富，

他们可以欺骗整个世界，因为他们得以幸存。

格兰德河、布拉沃河，从那时起，便成了蜃景的边界。

塞拉芬·罗梅罗

从小，人们便叫他"万人迷"，因为他漆皮般又黑又亮的头发和长长的睫毛。但他却自称"狗屎"，因为这是他一直以来的感受。在查尔科的垃圾堆里长大，从小就在腐烂变形的肉块、呕吐出来的豆子、抹布、死猫和看不出形状的碎布头中翻刨，当找到一些还保有原本形状的东西——瓶子、避孕套——可以带回家时便谢天谢地。从小，酸臭刺鼻的味道就伴随着塞拉芬，当他从破烂儿的云雾中走出来，外面的气味是那么香甜，那么清澈，令他头晕，甚至让他有点恶心。他的祖国是泥泞的街道，水坑，坏了膝盖没办法走正道的孩子，繁衍不息肯定着自己生命的流浪狗，吠叫着告诉我们一切都能够生存，无论如何都能生存，就算毒贩用毒品诱骗八岁的孩子，就算敲诈勒索的警察先在夜里杀人，然后白天现身来计算尸体，算到城市大批死亡的名单中，但这死亡数量总会被母狗、母老鼠、母亲们的多产战胜。一切都能生存，因为政府和政党组织实施腐败，任其适度滋长，然后再整治，好让所有人接受那个口号：革命制度党还是无政府，你们选哪个？因此，自从腋下生毛，塞拉芬就了解了这座城市的一切罪恶，再不需要任何人教他任何东西。问题在于生存，可是，怎么才能真正地生存？受制于捡垃圾的恶霸，投票给革命制度党，被迫参加恶心的会议，看着垃圾之王们怎么发财？去他妈的！还是说不，加入摇滚乐队，敢于在一群地下反叛青年中间唱出生活在墨西哥联邦特区的无尽煎熬？再或者是更大声地说出拒绝投票给革命制度党，像他和他的家人一样，不得不逃到一所未建成的学校，与几乎上千个和他们一样的人挤在一起，他们的破屋烂房被警察夷为平地，可怜的财产被警察抢夺一空，这一切只因为说了我们想投谁就投谁？

二十岁时，塞拉芬·罗梅罗决心到北方去，他对朋友们说，离开这里吧，这个国家没救了，革命制度党是离开墨西哥的充分理由，我保证会找出办法在北边帮助你们，我在华雷斯有亲戚，你们会有我的消息的，兄弟们……

在这个手臂张开呈十字、拳头紧握的晚上，二十六岁的塞拉芬却不指望任何人任何事。他已经连续两年组织团伙，几乎每天晚上带着三十个武装的墨西哥人穿越边境，在新墨西哥州南太平洋铁路的轨道上堆放大木箱子、废铁、瓦砾、废弃的汽车底盘，更改铁轨道岔，拦火车，抢走尽可能多的东西卖到墨西哥去，把车厢里填满墨西哥非法移民。塞拉芬·罗梅罗回忆起多少个和今天一样的夜晚，他驾着卡车渐渐远离停在沙漠里的火车，卡车上装满赃物，火车车厢里载满需要工作的同胞，抢来的东西崭新锃亮，包装整齐，洗衣机、烤面包机、吸尘器，都尚且簇新，尚且没有变成垃圾在查尔科堆积成山……如今他的确成了"万人迷"，如今的确不再是"狗屎"，渐渐远离停着的火车时，塞拉芬·罗梅罗想到，距离成为一个英雄，他只差一匹嘶鸣的马……啊，沙漠夜晚的空气是那么干燥，那么洁净……

在富足的墨西哥城，没有人比胡安·德奥尼亚特[1]生活得更富足。他是征服者克里斯托弗·德奥尼亚特之子。克里斯托弗发现了萨卡特卡斯矿山，那里的白银取之不尽。身无分文来到韦拉克鲁斯的富裕之城，如今却能为儿子留下西印度最大的财富之一——一条无穷无尽的白银矿脉，使胡安·德奥尼亚特得以被任命为新西班牙首府的督价官，乘最豪华的马车，偕最美的女人、

---

[1] 胡安·德奥尼亚特（Juan de Oñate, 1550—1626），新西班牙的探险家和殖民者，新墨西哥省的建立者和第一任总督，参与了今天美国西南部最早的探险，是该地区多个殖民定居点的建立者。由于残酷地镇压阿科马印第安人反抗，后来被西班牙国王撤职并流放。

最好的随从招摇过市，在他的宫殿里由成群的用人伺候，众多神父整日祈祷祝愿他得升天国。此人为何要抛下这穷奢极侈的生活，伸个懒腰，到格兰德河、布拉沃河流域未知的大地上去？

如此厌倦旧的白银而渴望新的黄金吗？

不想倚仗父亲？

像他一样白手起家，迎难而上？

还是想证明永远无法企及的才是最大的财富？

看看这位将黑靴踏在格兰德河、布拉沃河褐色河岸上的胡安·德奥尼亚特吧：

肥胖、秃顶、留着小胡子，像一只乌龟，身上罩着铁壳，领口袖口滚着蕾丝花边，大腹便便，双腿纤弱，两腿间是必不可少的阴囊口袋，好在他必不可少的羽饰银头盔所宣布的征服和战斗中间惬意地撒尿。

他率领一百三十名士兵和五百位居民——女人、孩童、仆役——来到了格兰德河，

建立了北艾尔帕索[2]，宣布西班牙人对一切的统治，从树上的叶子到河里的石和沙：没有什么能够阻挡他，北艾尔帕索的建立不过是他伟大帝国梦的跳板。

肥胖，大肚腩，秃顶，小胡子，盔甲赋予他力量，

2 即华雷斯市，旧称北艾尔帕索，于 1888 年为纪念贝尼托·华雷斯而更名为华雷斯。

蕾丝使他更温柔，胡安·德奥尼亚特是个私人承包商，一个实干家，他相信了卡韦萨·德巴卡的谎言，没有理会马科斯·德尼萨修士的考察和不幸而固执的黑人埃斯特巴尼克的死亡：后者消失在对自己的谎言——黄金城——的寻觅中。奥尼亚特不是来寻找黄金，而是来创造黄金，创造财富，来发现新大陆尚待发现的东西，尚未找到的矿藏，尚未建立的帝国，通往亚洲的航道，两个大洋的港口。

为了实现梦想，他开启了死亡征战，来到阿科马，印第安世界的中心（万物的中心，宇宙的肚脐），在那里摧毁城池，屠杀了五百个男人，三百个女人和孩童，将其余的人变为俘虏：十二至二十岁的小伙成为奴仆，二十五岁的男人被当众砍去一只脚。

这是真正地建立新世界，真正地开创新秩序，在这新世界和新秩序中，胡安·德奥尼亚特可以任意统治，随心所欲，不听命于任何人，下定决心哪怕失去一切，也要拥有无限的自由来强加自己的意志，做自己的王，甚至是自己的创造者。

在奥尼亚特到来之前，这里空无一物，没有历史，没有文化，是他建立了这一切。

然而这里有距离，遥远的距离。而这距离，最终，打败了他。

埃罗伊诺和马里奥

波隆斯基对马里奥说，今天晚上，非法移民会比任何时候更可能试图趁桥上的混乱过河，但马里奥很清楚，当一个贫穷的国家生活在世界上最富有的国家边上，他们边境巡逻队所做的事就好比捏气球：捏扁了这边，另一边又会鼓起来。没办法。尽管一开始，马里奥觉得他的工作很有趣，几乎像孩子的游戏，像儿时的捉迷藏，但这一切逐渐开始变得难以忍受，因为暴力不断升级，因为波隆斯基对墨西哥人恨之入骨，要想和他融洽相处，仅仅尽职尽责是不够的，必须表露出真正的仇恨。这对马里奥·伊斯拉斯来说很难，尽管出生在格兰德河的这一岸，但他毕竟是墨西哥人的孩子，正是这一点加深了上司波隆斯基的怀疑。一天晚上，马里奥在小酒馆里撞上他说墨西哥人全都是胆小鬼，差点忍不住揍他，波隆斯基察觉到了，他一定是故意挑衅，他知道马里奥在那里，所以才这么说，然后借机告诉他：

"坦率地说，马里奥，你们在巡逻队服务的墨西哥人必须比我们真正的美国人更有力地证明你们的忠诚。"

"我出生在这里，丹。我和你一样是美国人。别告诉我你们波隆斯基家族是乘五月花号来的。"

"注意你的言行，小子。"

"我是警员。别叫我小子。我尊重你，也请你尊重我。"

"我的意思是：我们是白人，欧洲人，明白？"

"西班牙不在欧洲吗？我是西班牙人的后代，你是波兰人的后代，都是欧洲人……"

"你说的是西班牙语。黑人说英语，但这不会让他们成为英国人，西班牙语也不会让你成为西班牙人……"

"丹，我们的争论没有意义。"马里奥耸肩微笑道，"我们做好自己的工作吧。"

"这对我来说不难，对你来说很难。"

"你用种族主义来看待一切。我改变不了你，波隆斯基。我们做好自己的工作吧。别忘了，我和你一样是美国人。"

在格兰德河、布拉沃河上的漫漫长夜里，马里奥·伊斯拉斯心想，也许丹·波隆斯基怀疑他不无道理。这些可怜的人不过是来找工作，他们不抢任何人的饭碗。战争产业关闭、失业人口增加难道是墨西哥人的错吗？他们本可以继续对"邪恶帝国"——就像里根称呼的那样——开战。

这些疑问在马里奥警觉的头脑中飞快地掠过。黑夜漫长而危险，有时候他情愿整个格兰德河、布拉沃河中间真的有一道铁幕，一条深不可测的沟壑或者起码有一道围栏可以阻挡非法移民的通过。然而与之相反，夜晚的河上充满着一种他再熟悉不过的东西，并不存在的鸟儿的颤音和哨声，是那些经纪人——帮非法移民渡河的蛇头——相互沟通和暴露的方式，尽管有时完全是骗局，蛇头吹哨，就像猎人用木头鸭子一样，是个幌子，与此同时他们从另外一边渡河，离那里很远，完全没有哨声。

此刻并没有哨声。一个小伙子从河里窜出来，速度快得像一头鹿，他浑身湿透，沿着河岸猛跑，撞上了马里奥，正撞个满怀，撞上了他的绿色制服，他的徽章，他的腰带，他的整套警官行头都被他抱住，两个人抱在一起，被偷渡者身体的潮湿和警员身上的汗水紧贴在一起。谁能知道他们为什么继续这样相拥而立，两个人都气喘吁吁，偷渡者因为逃避巡逻队的奔跑，马里奥因为要挡住他去路的奔跑……谁能知道他们为什么任自己的头垂在对方的肩膀上，不仅仅是因为他们筋疲力尽，还有某种别的原因，难以理解……

他们分开以便看见对方。

"你是马里奥？"偷渡者问道。

巡警说对。

"我是埃罗伊诺。埃罗伊诺，你的教子。你不记得了吗？你怎么会记得呢！"

"这名字可忘不了。"马里奥说道。

"你哥们儿的儿子。我在照片上见过你。他们说走运的话我会在这碰见你。"

"走运？"

"你不会把我送回去，对吧，教父？"

埃罗伊诺给了他一个大大的微笑，露出洁白的嫩玉米般的牙齿，在黑夜里湿漉漉的双唇间闪着光。

"你想什么呢，小杂种？"马里奥愤怒地说。

"我还会回来的，马里奥，就算你抓到我一千次，我还会回来一千次，再加一次。别叫我杂种，杂种。"他又笑了，再次拥抱了马里奥，用只有两个墨西哥人之间会有的拥抱方式，因为巡警没能抵抗这墨西哥男人之间特别是亲人之间特有的拥抱中所包含的感情、认同、男子气概、信任甚至是亲密的暖流……

"教父，我们村里所有人都得在夏天来工作，好还冬天的债。您知道的。我们不会嫌麻烦。"

"好吧。你早晚都会回墨西哥去，和你们所有人一样，这是唯一的好处。你们离不开墨西哥，不会留在这里。"

"这次不会了，教父。据说以后入境会比以往任何时候更难。这次我打算留下，教父，还能怎么办呢？"

"我知道你在想什么。以前这是我们的地方，最先是我们的，将来还会是我们的。"

"您大概会这么想，教父，您是个有头脑的人，我妈妈这么说。我来只是为了能有口饭吃。"

"快跑吧，教子。记着我们没见过面。别再拥抱我了，那会让我难过……我已经够受伤的了。"

"谢谢，教父，谢谢……"

马里奥目送着这个素昧平生的年轻人渐渐跑远。哪里来的教子，去他妈的叔叔，这个所谓的埃罗伊诺（他的真名会是什么呢？）在他的胸牌上看见了马里奥·伊斯拉斯的名字，不过是这样得知了他的名字。这还不是神秘之处，令人费解的另有其他，那就是为什么他们会经历这虚构的故事，又为什么如此自然而然地接受了它，为什么两个陌生人能够共同经历这样的一刻……

> 领土尚未赢得便已失去，
>
> 土地没有扩张，
>
> 居民没有增加，
>
> 增长的是传教使命，
>
> 增长的是方济各会修士——被共同利益大于个人自由的哲学驱使着的严酷的殖民者——的长鞭，文字随皮

鞭而来，连同信仰，

皮鞭打在印第安部落身上，因为从前修士们将它用于自己，以鞭笞来悔罪。

反叛增加了，

印第安人对抗印第安人，普韦布洛人对抗阿帕奇人，

印第安人对抗西班牙人，皮马人对抗白人，

最终导致了一六八〇年的普韦布洛人大起义，只用了两星期，他们便解放了自己的土地，毁坏，劫掠，杀死二十一名传教士，焚烧收获的粮食，赶走了西班牙人，然后才意识到，生活已经离不开他们，他们的作物，他们的猎枪，他们的马匹。

二十来岁的贝纳尔多·德加尔维斯[1]，用二十来个男人的精力，通过欺骗建立了和平：

制服格兰德河流域野蛮印第安人的方式是给他们步枪，但这些步枪用的是劣金属，长枪筒，脆弱易损，这样它的修理就有赖于西班牙。"步枪越多，箭矢越少。"这位年富力强的格兰德河流域调解人和未来的新西班牙总督说。

让印第安人失去射箭的技能吧，这些箭矢比使用不

---

[1] 全名贝纳尔多·德加尔维斯-马德里（Bernardo de Gálvez y Madrid，1746—1786），曾任新西班牙总督。

当的步枪杀死的西班牙人更多。

"糟糕的和平好过损失惨重的胜利。"德加尔维斯为接下来的几个世纪说。

但是和平无疑需要居民，而格兰德河、布拉沃河流域只有三千人。于是他们邀请特内里费岛的家族来，给予他们土地、自由通行权和贵族头衔；十五个加纳利群岛的家族来到了圣安东尼奥，风尘仆仆从圣克鲁斯到维拉克鲁斯；从马拉加也来了殖民者，舟车劳顿来到萨尔蒂约和格兰德河；

最早的美国人也来了，

领土尚未赢得便已失去。

胡安·萨莫拉

胡安·萨莫拉做了个噩梦，醒来后发现梦见的是真的，他去了边境，现在就站在示威的人中间。但是胡安·萨莫拉没有抬起拳头，也没有把手臂张成十字形。他一只手提着医疗包，双臂的臂弯里各抱着一大箱药。

他梦见了边境，在他眼里像一个淌着血的巨大创口，一具患了病的躯体，健康状况未卜，面对自身的恶疾哑口无言，处于呐喊的边缘，因为忠诚而茫然无措，最终被政治领域的麻木、煽动和腐败所击溃。边境的疾病叫什么？胡安·萨莫拉不知道。他为此而来，为了减轻病痛，为了回报给美国十四年前他通过莱昂纳多·巴罗索先生弄到的奖学金在康奈尔接受的教育，当时胡安还是个小伙子，并且经历了一段悲伤的爱情……

在白衬衫上面，胡安·萨莫拉别了一块小铁牌，一八七号，和一条斜线，划掉了这个加利福尼亚通过的拒绝为墨西哥移民提供教育和医疗的法案编号。胡安·萨莫拉曾让人邀请他到洛杉矶的一家医院去，在那里他看到墨西哥人已经不再去看病了，便到他们居住的街区去。他们一个个提心吊胆。他们告诉他，如果去医院，就会被揭发并交给警察。胡安对他们说不会的，医院的管理者很人道，不会揭发任何人。但恐惧无法克服，疾病亦然。这边一个病例，那边又一个，感染，肺炎，医治不力的，致命的。恐惧比任何病毒都更具杀伤力。

父母不再送孩子去学校，墨西哥裔孩子很容易被认出来。我们该怎么办？家长们说。我们交的税钱比他们提供给我们的教育和服务多得多。我们该怎么办？为什么指控我们？指控我们什么？我们在工作，我们在这里是因为他们需要我们。美国人需要我们，否则我们也不会来。

站在从华雷斯到艾尔帕索的大桥前，胡安·萨莫拉带着忘恩负义的表情回想起在康奈尔度过的时光，他不希望个人的伤心往事干扰他的判断，关于当时所见和所理解的善良的美国人民可能犯有的虚伪和傲慢。然而胡安·萨莫拉学会了不抱怨。默不作声地，他学会了行动。在墨西哥，他不请求许可就去处理紧急的病例，跳过官僚主义关卡，他认为社会保险是一项公共服务，他不放弃艾滋病人、瘾君子、流浪街头的酒鬼，所有那些不断搁浅在城市垃圾河岸上翻滚着泡沫的黑暗潮水……

"你当自己是谁? 弗洛伦斯·南丁格尔[1]吗? "

从很久以前，关于他的职业和同性恋倾向的玩笑就已经不再激怒胡安。他了解世界，也了解他的世界，他会区分多余的——他是个基佬，是个庸医——和必须的：减轻海洛因成瘾者的痛苦，说服艾滋病人家属让病人死在家中，妈的，甚至是和流浪街头的酒鬼喝上一杯龙舌兰……

现在他感觉这里是他该来的地方。如果美国当局拒绝为墨西哥劳工提供医疗服务，那么他，弗洛伦斯·南丁格尔，将变成流动医院，挨家挨户，走村串巷，从得克萨斯到亚利桑那，从亚利桑那到加利福尼亚，从加利福尼亚再到俄勒冈，普及观念、配发药品、开处方、鼓

---

1 弗洛伦斯·南丁格尔 (Florence Nightingale, 1820—1910)，出生于意大利的一个英国上流社会家庭，世界上第一位真正的女护士，近代护理事业创始人。曾于克里米亚战争期间开设战地医院，为英军提供医疗护理。

励病人、谴责政府的不人道……

"您打算在美国待多久？"

"我有到二〇一〇年的长期签证。"

"您不能工作，知道吗？"

"我可以治疗吗？"

"什么？"

"治疗，治疗病人。"

"不需要。我们这里有医院。"

"会被非法移民占满的。"

"让他们回墨西哥去。在那边治疗他们吧。"

"那样会发展到无法医治，不管是在这边还是那
边。但是他们现在在这边工作，和你们在一起。"

"应付他们对我们来说代价高昂。"

"要是你们不预防疾病，应付传染病代价会
更高。"

"您的工作不能收费，知道吗？"

胡安·萨莫拉只笑了笑，跨过了边境。

此刻，在另一侧，一瞬间，他感觉身处另一个世
界。一阵晕眩袭来。从哪里开始？去见谁？事实上他没
想到会让他过境。太容易了，没想到事情这么顺利，准
有坏事要发生。他在美国这头，带着医用箱和药品。他
听到一阵尖利刺耳的轮胎声，一串均匀的枪声，玻璃破

碎声，金属穿孔声，撞击声，轰响声，尖叫声："医生！医生！"

美国人来了（他们是谁，他们是谁？上帝啊，他们怎么会存在，是谁创造了他们？），

他们如水般一滴滴到来，

来到这片荒无人烟、被遗忘和不公正的土地上，这曾被西班牙王室遗忘、如今又被墨西哥共和国遗忘的土地，

偏远而不公正的土地，在这里，两千七百个雇工照管着墨西哥统治者的两百万只绵羊，多洛雷斯皇家金矿的纯金永远不会回到最先碰触它们的人手中，

在这里，保皇党和起义军之间的战争削弱了西班牙的势力，

接下来墨西哥人反对墨西哥人的战争持续不断，从绝对王权到民主联邦共和国的过渡苦不堪言。

让美国人来吧，他们也独立而民主，

让他们进来吧，哪怕是以非法的方式，跨过沙宾河[1]，湿透脊背，让边境见鬼去吧，又一个年富力强的人说。他清瘦、矮小、自律、内省、正直、安静、审慎

1　流经美国得克萨斯州和路易斯安那州的一条河流，在两州的交界处注入墨西哥湾，曾经是美国与墨西哥，以及美国与得克萨斯共和国的国界。

304

并且会吹笛子：一切与西班牙贵族截然相反。

他叫奥斯汀[1]，他带来了格兰德河、科罗拉多河和布拉索斯河流域最早的拓荒者，他们是"老三百"，美国得克萨斯文化的奠基者，随后又来了五百，他们掀起了得克萨斯热，所有人都想要土地、财产、保障，还想要自由、新教、合法程序、人民陪审员制度，

但墨西哥向他们提供专制、天主教和司法任性，

他们想要奴隶，拥有私有财产的权利，

但墨西哥废除了奴隶制，侵犯了私有财产，

他们想要个人为所欲为，

墨西哥，尽管已不再拥有，却相信西班牙的集权政体，它为所有人的利益行动而无需征询任何人，

此时格兰德河、布拉沃河流域有三万美国移民，却仅有四千名墨西哥人，

冲突不可避免，"墨西哥应该马上占领得克萨斯，否则将永远失去它。"米耶尔-德兰[2]说。

墨西哥迫切地寻求欧洲移民，

然而得克萨斯热已无可阻挡。

---

1 全名史蒂芬·福勒尔·奥斯汀（Stephen Fuller Austin，1793—1836），美国18世纪开拓者，被称为"得克萨斯之父"，今日得克萨斯州首府奥斯汀市由其而得名。
2 全名马努埃尔·米耶尔-德兰（Manuel Mier y Terán，1789—1832），墨西哥政治人物、军人、独立战争起义军领袖之一，曾于1827年领导美墨边境委员会。

每月有上千家庭自密西西比河南下而来，

为什么这些懦弱、懒惰、肮脏的墨西哥人要统治着我们？这不可能是上帝的旨意！

阿拉莫之战[1]伤亡惨重的胜利、戈利亚德的屠杀[2]：桑塔·安纳[3]可不是德加尔维斯，比起糟糕的和平，他更喜欢糟糕的战争。

于是，两个人在圣哈辛托[4]相对而立：

休斯敦[5]，身高近两米，扣着一顶皮帽，身穿豹皮马甲，耐心地雕刻着随手捡到的木头，

桑塔·安纳，戴着肩章和三角帽，当墨西哥失去得克萨斯之时，他正在圣哈辛托酣睡午觉，

休斯敦在雕刻的，是滑稽、轻浮而无能的墨西哥独

---

1 阿拉莫之战（1836年2月23日—1836年3月6日）是得克萨斯脱离墨西哥独立过程中的一个关键事件。桑塔·安纳统率的墨西哥部队对军事要塞阿拉莫发动袭击，经过13天围困，造成驻守的所有得克萨斯士兵死亡。桑塔·安纳在战斗中的残酷手段激发了得克萨斯人的战斗精神。
2 1836年3月27日，三百多名反叛的得克萨斯囚犯在戈利亚德被墨西哥部队处决，被称为戈利亚德大屠杀。"记住戈利亚德！记住阿拉莫！"成为圣哈辛托战役中得克萨斯人的战斗口号。
3 全名安东尼奥·德帕杜亚·玛丽亚·塞维里诺·洛佩斯·德桑塔·安纳-佩雷斯·德莱乌隆（Antonio de Padua María Severino López de Santa Anna y Pérez de Lebrón，1794—1876），简称桑塔·安纳。19世纪墨西哥将军和独裁者，在1833年至1855年间7次担任墨西哥总统。
4 圣哈辛托战役于1836年4月21日发生在今美国得克萨斯州哈里斯县，该战役是得克萨斯独立的决定性战役。休斯敦以少胜多，一举击败了墨西哥总统桑塔·安纳所率领的军队并俘虏了总统本人。
5 全名塞缪尔·休斯敦（Samuel Houston，1793—1863），美国军事家、政治家，得克萨斯共和国第一任总统，得克萨斯并入美国后任得克萨斯州州长。休斯敦市以他的名字命名。

裁者未来的木腿，

　　"可怜的墨西哥，离上帝那么远，离美国那么近。"有一天，另一位独裁者将会说出这句名言，而另一位总统将用更低的声音说："美国和墨西哥之间是沙漠。"

何塞·弗朗西斯科

　　坐在美国一侧河岸边的哈雷摩托车上，何塞·弗朗西斯科着迷地望着墨西哥一侧那罕见的手臂罢工，不是垂下的手臂，而是抬起的手臂，献上贫苦的肌肉、失眠的神经和民间口述图书馆的智慧，他的人民——何塞·弗朗西斯科骄傲地说。他趴在摩托上，脚尖停在油门上，不确定这一次，有没有可能由于对面的骚乱，两岸的巡逻队不会因为他夸张奇特的外表——披肩长发、牛仔帽、银圣衣和彩虹条纹的萨拉佩披肩——而拦下他。他唯一可信的身份证明是他月亮般的脸，舒展、光滑，犹如微笑的星辰。尽管他的牙齿完美、坚固、无比洁白，但也让所有与他不类的人感到不安。有谁从来没有看过牙医？何塞·弗朗西斯科。

　　"你得去看牙医。"在得克萨斯的学校里他被告知。

他去了，又回来了。没有一颗龋齿。

"这孩子真少见。为什么他不需要治牙？"

以前，何塞·弗朗西斯科不知道该怎么回答，现在他知道了。

"代代相传吃辣椒、豆子和卷饼，纯粹的钙，纯粹的维生素 C。从来不吃樱桃味的'救生员'硬糖。"

牙齿，头发，摩托车。他们须得每次都在他身上发现某个疑点，以便不去承认他并不怪异，而只是不同，这二者不是一回事。他的内心里有种不一样的东西，但他无法安然自处。那是种不会只在边境这边或那边，而是在两边共同产生的东西。而这些事在两边都难以理解。

"既属于这边也属于那边的东西。可是，这边是哪，那边又是哪，墨西哥一边不是它自己的这边和那边吗？美国一边不也是吗？难道不是每片土地都有它看不见的复体，在它身外的影子，走在我们身畔，就像我们每个人都有一个不为自己所知的第二个'我'并肩而行？"

何塞·弗朗西斯科为此而写作，为了给第二个何塞·弗朗西斯科一个机会，看起来，这第二个何塞·弗朗西斯科有着自己的内在边界。他想对自己友好，但又不允许自己这样做。他被分成了四个。

他们想让他害怕说西班牙语。要是你说那个语言，我们就惩罚你。

就是在那个时候，他开始在课间高唱西班牙语歌，直到把所有美国人都逼疯，无论老师还是学生。

就是在那个时候，没有人再和他说话，而他却并不感到被歧视。"他们害怕我，"他对自己说，对他们说，"他们害怕和我说话。"

就是在那个时候，他唯一的朋友很快不再是他的朋友。他对何塞·弗朗西斯科说：

"不要说你是墨西哥人。你不可以来我家。"

就是在那个时候，何塞·弗朗西斯科获得了第一次成功。他在学校里掀起轩然大波，为了让教室里的所有人——黑人、墨西哥人和白人——都按照字母顺序，而不是按照种族来排座位，他通过用油印机写传单、纠缠校领导、令他们不堪其扰而达到了目的。

他哪来这么强的自信和勇气？

"大概是基因，该死的基因。"

是他的父亲。他身无分文，带着老婆孩子从萨卡特卡斯和奥尼亚特枯竭的矿场来。其他墨西哥人借给他一头奶牛，好喂些牛奶给孩子喝。父亲冒了个险。他用奶牛换了四头猪，又宰了猪买来二十只小鸡仔，接着凭精心照看的小鸡仔做起了鸡蛋生意，就这样发了财。借奶牛给他的朋友没有要他还，但是他给了他们无限信贷，想要多少"小白球"——那边难为情地这样称呼[1]——都可以。

那边，这边。把何塞·弗朗西斯科这个名字改成乔·弗兰克吧，高中毕业的时候，人们对他说，他很聪明，这样对他更好。

"这样对你更好，小伙子。"

"我会变成哑巴的，哥们儿。"

除了自己，还能对谁说，当他在他父亲——事业有成、任人索取的移民——的小饲养场里捡鸡蛋的时候，他对自己说，他想让人听见他的声音，他想写东西，他想给予自己从小就听到的所有故事一个声音，关于移民、偷渡者、墨西哥的贫困和美国的繁荣的故事，尤其是关于家庭的故事，这是边境世界的财富，大量未被埋葬、拒绝死去的故事，如同幽灵一般从加利福尼亚到得克萨斯四处游荡，等待着有人讲述它们，写下它们。何塞·弗朗西斯科变成了故事的采集者。

他歌唱没有出生日期也没有姓氏的爷爷奶奶，

书写不知一年有四季的人，

---

1 "鸡蛋"（huevo）一词在墨西哥俚语中常用于脏话。

描绘为了全家团聚的漫长而丰盛的筵席，

在十九岁那年，当他开始写作时，人们问他，他也自问，用什么语言呢？英语还是西班牙语？他马上就说，用一种新的语言，奇卡诺[1]语，正是在那时，他意识到自己的身份，不是墨西哥人，也不是美国人，而是奇卡诺人，语言暴露了他，他开始用西班牙语写那些从墨西哥灵魂中涌出的部分，用英语写那些不由自主随美国节奏律动的部分，起初混在一起，后来慢慢分开，有的故事用英语写，有的故事用西班牙语写，根据具体的故事和人物，但总是浑然一体，将它们融合起来的是何塞·弗朗西斯科的冲动和信念：

"我不是墨西哥人，我不是美国人，我是奇卡诺人。我并非身在美国就是美国人，身在墨西哥就是墨西哥人，我在任何地方都是奇卡诺人。我不需要像别的什么，我有我自己的故事。"

他书写自己的故事，但这对他来说还不够。他的摩托车载着手稿在格兰德河、布拉沃河的桥上来来回回。何塞·弗朗西斯科把奇卡诺手稿带到墨西哥，把墨西哥的手稿带到得克萨斯。摩托车的用处便是将写下来的文

1 奇卡诺人（Chicano）使用的语言，奇卡诺人指墨西哥裔美国人，即出生在美国、祖先是墨西哥人的美国人。奇卡诺文化具有混血文化的特点。

字迅速地从一边运往另一边，这是何塞·弗朗西斯科所走私的东西，两边的文学，好让大家相互了解得更深，他说，好让大家彼此多一点点爱意，好让边境两头存在一个"我们"……

"你包里装的是什么？"

"手稿。"

"政治的？"

"所有的书写都是政治的。"

"那就是反动的。"

"所有的书写都是反动的。"

"你说什么？"

"我说隔绝是愚蠢的。不能沟通的人会自惭形秽。闭口不言的人将自作自受。"

墨西哥警员和美国警员凑在一起看是怎么回事，这个骑摩托车过桥、口中唱着"亲爱的美人"和"山中的瓦伦丁"的披头散发的人在搞什么乱子。他的书包里装满假币、毒品，这是他们所预期的，然而并不是，是纸张。他说是政治的？他承认是反动的？来看看，来看看，他们开始将这些纸张扔到空中，被夜晚的微风吹动着，宛如自由飞舞的纸鸽子。何塞·弗朗西斯科注意到，它们没有落到河里，而是从桥上飞往美国的天空，也飞往墨西哥的天空，里奥斯的诗，西斯内罗斯的短篇小说，内利西奥的杂文，西列尔的书页，科塔萨尔的手稿，加雷的笔记，阿吉拉尔·梅兰特松的日记，加迪亚的沙漠，阿鲁里斯塔的蝴蝶，德尼斯·查韦斯的田鸫，卡洛斯·尼古拉斯·弗洛雷斯的麻雀，罗赫略·戈麦斯的蜜蜂，科尔内霍的千年[1]。何塞·弗朗西斯科自己也高兴地帮警察将手稿抛向空中，抛向河面，抛向月亮，抛向边境，他深信文字会一直飞，直到找到它的目的地、它的读者、它的听众、它的舌头、它的眼睛……

他看见对岸华雷斯城的示威者张开呈十字形的手臂此刻纷纷举起去抓那些四开纸页，何塞·弗朗西斯科发出胜利的呐喊，永久地打破了那玻璃的边境……

边境不是格兰德河，布拉沃河，而是努埃塞斯河，可美国人让这条边境去见鬼，因为它阻碍他们完成"昭昭天命"：

到太平洋去，建立一个占据整个大陆的国家，占领加利福尼亚。

拥挤的车厢、汽车、骑马的人，城市聚满了开拓者，寻求着新获土地的证明，阿拉莫之日得克萨斯有三万美国人，十年之后的战争之日已有十五万人。

1　此处列举的人名中包括拉美文学和奇卡诺文学的代表作家。

昭昭天命，由新教上帝宣告给他的新选民，让他们去征服一个劣等民族，一个无政府共和国，一个欠全世界钱的漫画民族，有着漫画的军队——声称有四万人，实则只有半数，而这两万人，几乎全是敲锣打鼓走下山来的印第安人，临时招募的士兵，武装着全无用处的英国滑膛枪，穿着破烂不堪的制服：

"有一批墨西哥驻军没能出现在马塔莫罗斯，因为士兵都没衣服穿。"

美国的军队更好吗？

不，反对波尔克[1]开战的政敌说，他们只有八千人，都是从来没上过战场的炮灰，背信弃义的囚犯、逃兵、雇佣军……

把美国人从我们这里赶走吧，从布拉沃河那头的奇瓦瓦和科阿韦拉传来呐喊，我们和我们的天然盟友——酷暑和沙漠，连同加入我们的被解放的奴隶们将一起战胜他们。

不要跨过格兰德河，反对波尔克开战的政敌说，这是一场奴隶战争，为的是扩张南方的领土。

格兰德河、布拉沃河，得克萨斯将其宣布为他们的

---

1 全名詹姆斯·诺克斯·波尔克（James Knox Polk, 1795—1849），第 11 任美国总统（1845—1849），致力于领土扩张，领导了美墨战争，向南几乎兼并了墨西哥一半领土。

边境，

墨西哥否认，波尔克派泰勒去占领河岸，墨西哥人抵抗，有人死去，战争开始了。

"在哪里？"亚伯拉罕·林肯在议会上要求，"请确切地告诉我墨西哥在哪里打出了第一枪，在哪里占领了第一块土地。"[1] 泰勒将军笑了，他本人就是他的军队的漫画，穿着又长又脏的白裤子，浑身破洞的外套，系着一条白亚麻腰带，他身形矮小，结实，圆得像个炮弹。

他笑着看墨西哥的炮弹撞击在北美阿罗约锡科的田野里，一千发墨西哥炮弹中只有一个会命中目标；他的哈哈大笑声是邪恶的，将河流分开，从那开始，一切如闲庭信步，到新墨西哥，到加利福尼亚，到萨尔蒂约，到蒙特雷，再从韦拉克鲁斯直到墨西哥城。泰勒的军队告别了穿破裤子的统帅，迎来了西点军校穿纽扣外套的将军斯科特。

唯一不变的是桑塔·安纳，人称十五指，斗鸡爱好者，浪荡公子，会在丢掉一个国家时纵声大笑，只要他获得的补偿是一位美女和一个被摧毁的政治对手。

美国？这我明天再考虑。

---

1 边境发生冲突后，波尔克要求宣战，宣称墨西哥"入侵了我们的边界，在美国领土上撒了美国人的血"。美国北部和辉格党反对这场战争，不相信波尔克的说法，认为是美国军队渡过了格兰德河蓄意挑衅。时任辉格党众议员的亚伯拉罕·林肯引入了一系列决议要求波尔克给出美国人的血撒到的具体地点。

他嚼口香糖，厚葬他的腿，从意大利定制骑马雕像，自封为"尊贵的殿下"，墨西哥容忍了他，墨西哥容忍了一切，谁告诉墨西哥人他们有权拥有好的政府？

战利品的国家，被劫掠一空的国家，满目疮痍、被嘲笑、被诅咒的国家，人杰地灵却还没有找到自己的语言、自己的面孔、自己的命运的国家。它的命运不是昭然的，而是莫测的，人性的，有待缓缓雕刻，而不是由神来启示：地下河的命运，格兰德河，布拉沃河，在此处，印第安人聆听着神的乐声。

贡萨洛·罗梅罗

他对刚刚到来还一身垃圾味的表弟塞拉芬说，在北边所有人都有事可做，所以，塞拉芬和贡萨洛不需要争地盘，何况他们还是表兄弟，而且是为了帮助乡人做事。但他提醒塞拉芬在边境那头做劫匪事关重大，也十分危险，继潘乔·比利亚[1]之后再没有人尝试过，而做一个像贡萨洛这样的蛇头，在加利福尼亚被称为经纪人，甚至是个受人尊敬的工作，可以说是美国人口中所

---

1 潘乔·比利亚（Pancho Villa, 1878—1923），1910—1917年墨西哥革命时北方农民义军领袖，参与推翻韦尔塔的独裁统治。为了惩罚美国政府对墨西哥内政的粗暴干涉，比利亚曾率部越过墨美边界袭击美边境小城哥伦布镇。

谓自由职业的一种。他和同事聚在一起，十四个和他一样二十来岁的小伙子，坐在停着的汽车前盖上，等待着当晚的客户，不是在桥前示威的痴心妄想者，而是那些已经确定要利用边境混乱的夜晚在这个时间偷渡而不是像经纪人建议的那样在白天过河的客户。他们对格兰德河、布拉沃河、艾尔帕索和华雷斯了如指掌，不打算采取最容易的方式，在河道最窄处涉渡，因为那里聚集了小偷、瘾君子和小毒贩。贡萨洛·罗梅罗甚至组织了一个橡胶筏子的小船队，以便在河流真的变大、真的变凶猛[1]的时候，帮不会游泳的人、怀孕的女人和儿童渡河。此刻河水很平静，渡河会很容易，何况大家都被那人尽皆知的示威转移了注意力，不会有人发现。我们在晚上过河，我们很专业，只有等劳工到了目的地才收钱，贡萨洛对表弟塞拉芬说，之后还要跟司机和安全地点管理者分摊收益，有时候还会有电话和机票开支，你该看看有多少人奔芝加哥和俄勒冈去，因为那儿监管少，抓得少，没有类似一八七号那样的法律，米却肯或瓦哈卡整村的人把所有的积蓄集中起来，好让其中一个人能花一千美元坐飞机到芝加哥去。

"你能从中赚多少，贡萨洛？"

---

1 格兰德河（Río Grande）和布拉沃河（Río Bravo）的字面意思分别为"大河"和"凶猛的河"。

"每个人三十美元左右。"

"还不如你加入我的团伙吧。"塞拉芬笑着说，"我对你的妈妈发誓，这行会有前途。"

紧张而寒冷的夜晚造成的混乱使贡萨洛·罗梅罗得以渡过五十四个劳工。然而这是一个不幸的夜晚。晚些时候，在他位于华雷斯的家中，同哭作一团的贡萨洛的妻子儿女在一起，塞拉芬表弟说，当一切看起来太容易的时候就应该格外谨慎，肯定有什么要完蛋，这是生活的法则，谁要是以为自己总能事事顺利，谁就永远是个大笨蛋，他这么说并无意对他时运不济的表哥不敬。

那个晚上，得克萨斯的雇主们就像是提前商量好要搞死这些过境的人，被举着手臂的示威和贡萨洛·罗梅罗聚集在艾尔帕索郊外加油站的五十四个人激起了怒火，招工者站在卡车上，先是说人太多了，他们不能雇佣五十四个偷渡者，但是可以接受愿意以每小时一美元的工钱干活的人。尽管他们先前被告知工钱是每小时两美元，大家还是都举起了手。于是招工的人又说道，不行，还是太多了，有多少人愿意一小时五十分跟我们走。半数的人说还可以，另外一半慌了神儿，发起火来，然而雇主让他们赶紧回墨西哥去，否则他就要通知边境巡逻队了。被拒绝的人咒骂起被雇佣的人，被雇佣的人骂留下的人是该死的乞丐，让他们赶紧滚回去，因为在这地方有很多人反感他们。

罗梅罗只好开始集结他们，没办法，他不会收他们的钱，只有把劳工交到雇主手上他才收钱，因此他在边境上很受尊重，他说话算话，很专业。知道吗？他对他们说，我甚至在训练我的孩子，让他们长大了也像我一样做蛇头，做经纪人，就像加利福尼亚那边称呼的那样，我这该死的职业就是这么光荣……

就在那时候，沙漠的夜晚被一个暴风骤雨般的回声充满。贡萨洛·罗梅罗以为这声音来自天空，然而天空干净清澈，繁星密布，勾勒出杨树的黑色剪影，散发着松子的香气。这震动来自大地深处吗？只在刹那间，贡萨洛·罗梅罗想到牧豆树和石炭酸灌木层是格兰德河流域这片平原的甲壳，任何地震都无法撼动它。不，那雷声，那震动，那回声，来自另一个甲壳，沥青和焦油的甲壳，平原上的公路笔直的路面，摩托车轮炙烤着沙漠，发动机燃烧着，车灯如火，好斗的骑手像一支令人闻风丧胆的野蛮军队。他们看见纹有纳粹标志的手臂，剃光的头，印着白人至上标语的运动衫，以法西斯问候礼举起的手，手里握着啤酒罐，二三十个人，汗液里散发着啤酒、腌菜和洋葱的气味，转瞬之间包围了贡萨洛·罗梅罗和那群劳工，用摩托车围成一个圆圈，开始大喊白人至上，墨西哥人去死，我们要入侵墨西哥，最好现在就开始，我们上街屠杀墨西哥人。每个人都用高功率步枪疯狂扫射，射向贡萨洛·罗梅罗，射向二十三个劳工，随后，当他们都已经死去，其中一个光头党成员走下摩托车，用靴子尖检查每一颗血淋淋的头颅。瞄得很准，正中头部，其中一个人把棒球帽戴在光头顶上，对着空气，对着他的同伙，对着死者，对着沙漠，也对着夜晚说：

"今天我把死亡的阀门开得够大！"

他露出獠牙，下嘴唇内侧刻着纹身： we are everywhere。[1]

乔装成法国律师，贝尼托·华雷斯[2]得以逃亡到北艾尔帕索[3]，因为除了格兰德河、布拉沃河的这一角落，法国人没有给他留下半寸土地来保卫他的墨西哥共和国。

他乘坐黑色马车而来，车里满载着纸张、信件和法律；他身着黑色斗篷、黑色西装，头戴黑色礼帽而来；

1 英文，意为"我们无处不在"。
2 全名贝尼托·巴勃罗·华雷斯·加西亚（Benito Pablo Juárez García，1806—1872），墨西哥民族英雄、拉丁美洲的解放者之一，于 1858 年至 1872 年间担任墨西哥总统。他领导了 19 世纪五六十年代的墨西哥"革新运动"，参与推翻桑塔·安纳独裁政权，先后颁布《华雷斯法》《改革法》，推行自由主义改革。1861 年至 1867 年，领导墨西哥反抗法国皇帝拿破仑三世的侵略，推翻了侵略者扶植下的马克西米连傀儡政权，取得抗法卫国的"第二次独立战争"的胜利。他被认为是墨西哥国家统一和民主共和制度的奠基人之一。
3 即华雷斯市，于 1888 年为纪念贝尼托·华雷斯而更名。

而他自己，晦暗如最古老的语言，如瓦哈卡被遗忘的印第安语；他自己，阴沉似最久远的时间，尚未有昨日与明朝。

但他并不知道。他是一个自由派墨西哥律师，欧洲的仰慕者，却被欧洲背叛，眼下避难于布拉沃河、格兰德河的这个角落，没有任何用于流亡的财富，除了纸张，那些由他签署的与欧洲相同的法律。

华雷斯望向河对岸，望向得克萨斯和它的欣欣向荣，在那里，西班牙留下的，唯有沙子上卡韦萨·德巴卡的脚印，而墨西哥留下的，更只有这个名字的字面意思——一颗埋葬在沙子里的牛头[1]。

美国得克萨斯州建起了商业大都市，吸引来了全世界的移民，铺上了四通八达的铁路，加倍了面包和牲畜，接受了魔鬼的礼物——石油矿藏，而无需向上帝祈祷：

"得克萨斯富到想过穷日子的人得远走他乡，得克萨斯健康到想死的人需另寻他处。"

看看我吧，华雷斯在河对岸对他们说，我一无所有，甚至忘记了祖辈曾拥有的一切，但我想和你们一样，繁荣、富有、民主；看看我吧，理解我吧，我有另一个重担，我想让法律来统治我们，而不是独裁者，但

---

1 卡韦萨·德巴卡（Cabeza de Vaca）的字面意思是"牛头"。

我必须去创造一个政体，能够使人守法，而又不陷入专制。

得克萨斯没有望向华雷斯，只望着得克萨斯，得克萨斯只看见两个总统跨过大桥相互拜访，相互祝贺：霍华德·塔夫脱[2]，肥胖如一头大象，看着他过桥令所有人担心桥梁会不堪重负，身形硕大，笑容满面，长着狡猾的双眼和马戏团驯兽师的小胡子；波菲利奥·迪亚斯，在数不清的勋章重量之下轻盈消瘦，八十岁体弱多病的瓦哈卡印第安人，蓄着白色小胡子，眉头紧锁，鼻翼宽阔，眼神中透出垂老游击队员的忧伤。两个人相互庆贺，为得克萨斯出售商品给墨西哥，为墨西哥出售土地给得克萨斯。

詹宁斯和布洛克尔买下科阿韦拉超过一百万英亩的土地，德士古石油公司买下塔毛利帕斯将近五百万英亩的土地，威廉·蓝道夫·赫斯特买下奇瓦瓦几乎八百万英亩的土地。

他们没有看到那些墨西哥人，那些想要看到墨西哥完整、受伤、幽暗，被白银玷污，由淤泥装饰，石头铺就的腹部像史前动物，颤悠悠的钟声似玻璃酒杯，连绵

2 霍华德·塔夫脱（Howard Taft, 1857—1930），第 27 任美国总统（1909—1913），"金元外交"的炮制者，即鼓励和支持银行家扩大海外投资，以实现向外扩张的外交政策。

的群山如巨大山形牢笼的墨西哥人，

　　他们颤抖的记忆：墨西哥，

　　他们面对行刑队露出的微笑：墨西哥，

　　他们高傲的血统：墨西哥，

　　他们如此苍老于是毫不羞于向外袒露的根，

　　他们灿若繁星的累累硕果，

　　他们如糖果罐般破碎的歌声。

　　革命的男男女女一直来到这里，从这里出发，在格兰德河、布拉沃河的岸边，他们停下脚步，向美国人展示我们想要愈合的伤口，我们需要怀有的梦想，我们应当赶走的谎言，我们必须承受的噩梦：

　　我们袒露自己，他们看见了我们。

　　我们又一次成了奇怪的人、劣等人、无法理解的人，爱恋死亡、午睡和破衣衫的人。他们威胁我们，鄙视我们，他们不明白在格兰德河、布拉沃河之南，曾有那么一刻，在革命中，真理曾经闪光，那真理是我们渴望拥有并渴望与他们分享的，与他们不同；然而这一切发生在灾祸重回墨西哥之前：腐败、滥权、多数人的贫苦、少数人的富足、鄙夷成为规则、同情鲜有发生，和他们一样。

　　会有一天吗？会有一天吗？会有一天吗？

　　会有那么一天，在世界疲惫得闭上眼睛、混淆了死亡与睡梦、对自己开上一枪之前，注定要在这河流的边境上共同生活的美国人和墨西哥人，能够看见彼此，并接纳彼此真实的样子吗？

莱昂纳多·巴罗索

　　一分钟前，莱昂纳多·巴罗索在说什么？他几乎要朝手机吐唾沫，控诉着火车抢劫团伙给他造成的损失，这群潘乔·比利亚的效仿者，在堂堂世纪末的今天！他们在车站外面堆垃圾，抢劫运往北方的出口加工产品，走私劳工。默奇森知不知道，截停火车，调查上面是否有偷渡者，让时间表去见鬼，补上被抢走的商品，让从加工厂运往目的地的出口订单准时到达，一句话，履行承诺，需要付出多大代价？一分钟前，莱昂纳多·巴罗索在想什么？那天早上威胁再次出现，通过手机。地盘儿应当尊重，责任也一样。在毒品贩卖的问题上，有罪的只是拉美人，巴罗索先生，是墨西哥人，哥伦比亚人，永远不是美国人。这是体系的核心，在美国不能有一个像埃斯科瓦尔[1]或卡罗·金特罗[2]那样的毒枭，有罪

---

1 全名巴勃罗·埃斯科瓦尔（Pablo Escobar，1949—1993），哥伦比亚大毒枭。
2 全名拉斐尔·卡罗·金特罗（Rafael Caro Quintero，1952—　），墨西哥大毒枭。

的是提供毒品的人，而不是索要的人，在美国没有腐败的法官，那是你们的垄断，这里没有地下机场，这里不洗钱，巴罗索先生，要是您以为您可以为了保全自己的性命告密来敲诈我们，顺便当民族英雄，您会付出代价的，因为这里面涉及上万亿的钱，您很清楚，您所有的策略在于侵犯不属于您的地盘儿，巴罗索先生，您不但不满足于面包屑，还想把整个宴席据为己有，巴罗索先生……这可不行……

　　一分钟前，莱昂纳多·巴罗索感受到了什么？他手中米切琳娜的手。他热切地找寻着女孩曾有的热情，却一无所获，就像长期被宠溺和怜爱的鸟儿最终窒息而死，死于太多的宠爱，厌倦了太多的关注……

　　一分钟前，莱昂纳多·巴罗索身在何处？

　　在他的凯迪拉克威乐车里，由合作伙伴默奇森提供的司机驾驶着，他和米切琳娜坐在后排座椅上。司机开得很慢，好离警亭和之字形拐弯远一些，美国移民局发明这些是为了让移民没办法冒着被车撞的风险跑过去。米切琳娜说着些不知道什么关于那个在西班牙隧道里撞了车的墨西哥司机莱安德罗·雷耶斯的闲话，他撞上了一个逆向行驶的十九岁愣头青……

　　一分钟后，莱昂纳多·巴罗索身在何处？

　　遍体鳞伤，被五发高强度射击的子弹穿透。司机死在方向盘上，米切琳娜奇迹般地活着，歇斯底里地尖叫着，用指甲掐着喉咙，似乎是为了压制住喊叫声，接着马上意识到眼泪流下来，她用手肘擦拭着，睫毛膏弄脏了她的莫斯奇诺牌衣服袖子。

两分钟后，胡安·萨莫拉身在何处？

在莱昂纳多·巴罗索的身旁，他在跨过国际桥时听到急迫的呼喊——"医生！医生！"于是应声而来，在伤者的脉搏、心脏和口中寻找生命体征，一点也没有，已经无计可施了。这是胡安·萨莫拉在美国领土上处理的第一桩病例。他没能在这个脑浆飞溅的男人身上认出他家的恩人、他父亲的保护者、送他去康奈尔学习的那个强大的男人……

三分钟后，罗兰多·罗萨斯在做什么？

他在用手机通话，传达那个简短的消息，工作完成，毫无意外，零失误。然后将他汗津津的手掠过飞机色的西装——如玛丽娜所形容的那样——整好领带，开始像每个晚上一样，在他最喜欢的餐厅、酒吧和艾尔帕索的大街上闲逛，看看有哪个新的姑娘会落到他手里。

此刻，加工厂的马林钦正跨过格兰德河、布拉沃河上的大桥，挽着一位身形十分矮小、裹着传统披肩的老妇人的胳膊，保护着她。老人的脸上无穷无尽的皱纹纵横交错仿佛一张重写纸，就像一个永远失落了的国家的地图，其下的面目已然模糊难辨。

是迪诺拉拜托她的，把我奶奶带去桥对面，玛丽娜，到那边把她交给我的叔叔里卡多，他不想再进入墨西哥了，他已经不会说西班牙语了，他感到羞耻，也害怕过来了就再也回不去，

把我奶奶带到格兰德河、布拉沃河对岸去吧，好让我叔叔带她回芝加哥，她只是因为孩子的死来安慰我的，

她没办法依靠自己，不仅仅是因为她将近一百岁了，

还因为她作为墨西哥人在芝加哥生活了太久，以至于从很久以前就忘记了西班牙语，但她却从来没有学会英语。

所以，她没有办法与任何人交流。

（除了与时间，与夜晚，与忘却，与伊克斯库因特拉犬[1]和金刚鹦鹉，与市场上触摸的木瓜，与每个清晨造访她的经纪人，与她无处诉说的梦，与她藏在心里的无数今天没有出口好留待明天对自己说的话。）

而在对面那头，在一片混乱之中，两个赤身裸体的

1　在西班牙殖民之前存在于墨西哥的印第安人所畜养的犬种。

男人来到移民局警亭前想要过桥。一个是五十岁的男人，头发银白，身材健美，红光满面，他抓着一个粗人的胳膊，拖拽着他，这一个体弱不堪，潦倒到无以复加，俨然一副皮包骨头，肤色暗黑，然而两个人是一起来的，他们抗议着，疯疯癫癫抗议着说，他们不让我们从圣迭戈出境，从蒂华纳入境，从加利西哥出境，从墨西加利入境也不行，从亚利桑那的诺加利斯出境，再从索诺拉州的诺加莱斯入境还是不行。

要把我们一直打发到哪里去？

一直到海里吗？

我们得游泳进墨西哥？

为什么你们不理解，我们想什么都不穿、抛掉一切、干干净净地回到墨西哥？

看在老天的分上，给我们一个安身之处吧。

你们没有发现吗？我们身后追来了全副武装的垃圾，抹了除臭剂的死神，逃亡，逃亡律条[1]，死去的土地，不公正的土地，又一次朝我们而来。

我们想进来讲述玻璃边界的故事，在一切变得太迟之前。

---

1 "逃亡律条"指一种非法处决方式，通常是在转移犯人的途中故意制造犯人潜逃的假象，然后根据逃犯不服从止步命令可以开枪的法律条款从背后处决，在墨西哥波菲利奥独裁统治时期和墨西哥革命期间曾被大量使用。

所有人都诉说吧，

诉说吧，跪在地上照料着一具尸体的胡安·萨莫拉，

诉说吧，出示着你模糊的身份好越过边境的玛加丽塔·巴罗索，

诉说吧，米切琳娜·拉博尔德，停止喊叫吧，想想你的丈夫，那个被抛弃的小伙子，莱昂纳多·巴罗索先生的继承人，

想想吧，贡萨洛·罗梅罗，杀死你的并非光头党而是此刻围绕着你和那二十三名工人的尸体的经纪人，他们正围成一个饥饿与惊恐交织的圆圈，

愤怒吧，塞拉芬·罗梅罗，告诉自己，你要劫掠每一辆与你狭路相逢的该死的火车，让一直以来的战争回到边境上吧，不能只是他们侵犯我们，

调整你的夜视镜吧，等待着示威的劳工胆敢向前迈出一步的丹·波隆斯基，

装傻吧，马里奥·伊斯拉斯，好让你的教子埃罗伊诺能够跑向那片土地深处，浑身湿透，年轻力壮，上气不接下气，打定主意永远不再回来，

举起你的手臂吧，贝尼托·阿亚拉，把你的手臂献给河流，献给大地，献给倚仗你的力量生活和生存下去的一切，

将纸页抛向空中吧，何塞·弗朗西斯科，诗歌，笔记，日记，小说，看看风会把它们卷向何处，看看它们会落在哪里，落在哪一边，这边，还是那边，

格兰德河之北，

布拉沃河之南，

抛起那些纸页吧，仿佛它们是羽毛，是装饰，是抵御岁月无情的纹身，是部落的标志，是石头、骨头和贝壳的项链，是种族的王冠，是腰间腿上的装饰，是会说话的羽毛，何塞·弗朗西斯科，

格兰德河以北，

布拉沃河以南，

标志着每一桩壮举、每一场战役、每一个名字、每一段记忆、每一次失败、每一场胜利、每一种色彩的羽毛，

格兰德河之北，

布拉沃河之南，

让文字飞吧，

可怜的墨西哥，

可怜的美国，

离上帝那么远，

离彼此那么近。

Carlos Fuentes

LA FRONTERA DE CRISTAL: UNA NOVELA EN NUEVE CUENTOS

Copyright：© 1995 by Carlos Fuentes

This edition arranged with BRANDT & HOCHMAN LITERARY

AGENTS，INC.

through Big Apple Agency，Inc.，Labuan，Malaysia.

Simplified Chinese edition copyright：

2021 SHANGHAI TRANSLATION PUBLISHING HOUSE (STPH)

All rights reserved.

图字：09 - 2015 - 996 号

图书在版编目(CIP)数据

玻璃边界/(墨西哥)卡洛斯·富恩特斯著；李文
敏译.—上海：上海译文出版社,2021.6
　ISBN 978 - 7 - 5327 - 8575 - 9

　Ⅰ.①玻…　Ⅱ.①卡…②李…　Ⅲ.①短篇小说—小
说集—墨西哥—现代　Ⅳ.①I731.45

中国版本图书馆 CIP 数据核字(2021)第 073375 号

玻璃边界

[墨]卡洛斯·富恩特斯　著　李文敏　译
责任编辑/刘岁月　装帧设计/柴昊洲　插图/蓝斓岚

上海译文出版社有限公司出版、发行
网址：www. yiwen. com. cn
200001　上海福建中路 193 号
杭州宏雅印刷有限公司印刷

开本 787×1092　1/32　印张 10.5　插页 6　字数 152,000
2021 年 7 月第 1 版　2021 年 7 月第 1 次印刷
印数:0,000—8,000 册

ISBN 978 - 7 - 5327 - 8575 - 9/I • 5284
定价:59.00 元